扉の影の女

横溝正史

角川文庫
22959

目次

扉の影の女

ハット・ピン

緑ヶ丘町緑ヶ丘荘の二階三号室、金田一耕助のフラットは、いま快くガス・ストーブに温められている。

壁にかかったカレンダーによると、昭和三十年も残り少なくなっており、都心へ出ると師走《しわす》のあわただしさが身にしみるころだが、国電の環状線から遠く外へはみだしたこの緑ヶ丘町では、師走も正月も変わりはない。

ただ、窓外に目を転じると、緑ヶ丘荘の門内に、数本そそり立っている銀杏《いちょう》の樹が、あらかた葉を振り落として、いまにも雪でもちらつきそうな寒空に、箒《ほうき》をさかさに立てたように突っ立っているのが、冬のようやく深まってきたことを思わせる。

しかし、一歩金田一耕助の応接室に足を踏み入れると、むっとのぼせあがりそうなほどの、ガス・ストーブの温かさなのだ。

金田一耕助は思い出したようにつと立って、ガス・ストーブの火を小さくすると、

「さて……？」

と、いうようにじぶんの席から、デスク越しに女の顔を見なおした。

その女は夏目加代子といって、年齢は二十五、六だろう。その女の持ってきた紹介状

のぬしは、もと銀座裏のバーで女給をしていたことのある女なのだが、夏目加代子はそのじぶんの朋輩《ほうばい》だという。

金田一耕助はかつてその紹介状のぬしなる女のために、ひとはだ脱いでやったことがあるが、その女がとっくの昔に夜の蝶《ちょう》の商売から足を洗っているのに反して、夏目加代子はいまでもその商売をつづけているらしく、モンパルナスという、金田一耕助など名前もしらぬ西銀座のバーへ出ているという。

さて、夏目加代子はなかなか用件を切り出さなかった。ひざのうえでハンカチをもみながら、紹介状のぬしのうわさやら、その女が巻き込まれた事件の思い出話やら、とりとめもない会話のやりとりも、どうかするととぎれがち。

年齢はさっきも言ったとおり二十五、六、きょうはわざとそうしているのか、地味なツー・ピースに化粧などもひかえめで、器量はそうとうのものなのだが、女給のような派手な職業に従事している女とは見えない。

加代子がさんざん金田一耕助をじらせたのち、やっと本題に触れたのは、応接室で向かい合ってから半時間もたってからのことだった。

「じつは、あたし、ほんとうに困ってしまって……よっぽど警察へ言っていこうかと思ったんですけれど、悪くするとあたしが疑われるんじゃないかと……それにもうひとつ心配なことがございまして、それで、いちおう先生にご相談にのっていただいたうえでと……」

本題へはいったといっても、加代子の話が核心に触れるにはまだまだ時間がかかりそうである。こんなときあせりは禁物《きんもつ》であることを、金田一耕助は経験によってしっている。

なまじかれのほうからあせってかかると、あいてはかえって切り出しにくくなり、果てはそのままかえっていく場合も、なきにしもあらずなのである。それでも適当に相槌をうってやることは必要なので、

「疑われるって、どういう疑いがかかるというの」

と、金田一耕助のほうから水を向けてやると、加代子はやっと決心がついたのか、きゅうにおびえの色を深くして、

「それが、あの、人殺しの……」

と、のどのおくに魚の骨でもひっかかったような声で、

「それに、あたし殺されるかもしれません。犯人を見てしまったものですから……」

「人殺し……？」

と、おうむがえしに聞きかえして、金田一耕助はきびしい目をしてあいての顔を見なおした。だが、すぐ気がついてきびしい視線をやわらげると、無言のままあいての出かたを待っている。

加代子は蒼《あお》くそそけだった顔を、真正面から金田一耕助のほうへ向けたまま、瞳《ひとみ》をわなわなふるわせていたが、きゅうに堰《せき》を切ったように、ひくい金切り声でしゃべりはじ

めた。

「金田一先生、助けてください。警察へいけばあたしが犯人だと疑われます。またこのことが新聞に出れば、あたしは犯人にねらわれるかもしれません。あたし犯人の顔を見ていないんです。でも、あいてはあたしに顔を見られたと思っているかもしれません。金田一先生、あたしを助けてください。いつかハルヨさんを助けておあげになったように」

ハルヨというのが加代子を紹介してよこした、昔の夜の蝶の仲間なのである。

とつぜん襲ってきた加代子のヒステリーの発作を、金田一耕助はしいてなだめようとはしなかった。かれはただ口もとにかるく微笑をたたえて、あいての顔を見守るばかりだ。

金田一耕助の微笑はふしぎに対座するあいての心に、和らぎと安堵《あんど》感をあたえるようだ。

「失礼しました」

と、加代子もやっとじぶんを抑えると、

「先生の貴重な時間をムダにしてはいけませんわね。でも、先生、ほんとうはあたしこのことをだれにもいいたくないのです。その理由はふたつあります。ひとつはあたしが犯人だと疑われやしないかって不安……もうひとつはこれが犯人にしれて、犯人からねらわれはしまいかという恐怖……でも、先生は信頼のできるかたですし、他へもらしてあたしを窮地に陥《おとしい》れるようなことはなさいませんわね」

「承知いたしました」

と、金田一耕助はあいかわらず、口もとに微笑をふくみながら、かるく頭をさげると、

「依頼人の秘密を守るということは、こういう職業に従事しているものにとって、なによりもだいじなことだし、とくにあなたからそういう要望があるとすれば、どういう意味でもあなたが絶対に安全であるという見通しがつくまでは、けっしてあなたの名前を出さないようにいたしましょう。ただし……」

と、金田一耕助はここで唇《くちびる》をほころばせると、

「いうまでもないことだが、あなたが法に触れるようなことは、やっていないという前提のもとにですよ」

「金田一先生、あたしとうてい先生を欺《あざむ》きとおせるほど上手なお芝居を打てる自信はございません。黙って座るとピタリと当たるというのが、金田一先生だそうですから」

「あっはっは、これはごあいさつだね。しかし、そういうお愛想が出るようならもう大丈夫、とにかくお話というのを伺いましょうか」

「はあ、そのまえに……」

と、加代子は頭のうえにのっけていた帽子をとった。

それは濃紫《こむらさき》のビロードのような生地でできており、かっこうは昔の陣笠をうんと小さくしたようなもので、むろんかぶるといってもかぶれっこないから、毛糸の編棒《あみぼう》のよう

なピンでとめるのである。そういう帽子がいま若い女のあいだでは大流行だった。

加代子が帽子から抜きとったピンは約八センチあり、頭に小さな真珠がちりばめてある。

「先生、よくごらんになって、このピンには血のくもりはついてないはずなんですけれど……」

「血のくもり……？　それじゃ、あなたはこういうピンで殺された人間をしっているというんですか」

と、金田一耕助は鋭くあいてを凝視しながら、加代子の手からピンを受け取ると、それを逆手《さかて》ににぎってみた。

かんざしも逆手にもてば恐ろしい
という昔の川柳もあるが、ちかごろ流行のハット・ピンも、場合によっては手頃の凶器となりうるということを、金田一耕助はきのうの夕刊以来しっている。

叩けよ、さらば開かれん

「おとついの晩のことですから、十二月二十日の晩のことですわね。いえいえ、正確にいえば……」

と、やっと落ち着きを取り戻した加代子は、ひざの上でハンカチをもみくちゃにしながら、それでも話が軌道にのってきた。

「うちのお店のモンパルナスは十二時が看板《かんばん》ですの。西銀座でもわりに高級な店ですから……いまお店にあたしみたいなひとが六人おりまして、お当番にあたると看板のあと、あとかたづけやなんかしなければなりませんけれど、そうでないひとは十二時になるとさっさと帰ってしまいます。お客様に誘われたりしたひとはべつでございますけれど……」

加代子は口をすべらせたらしく、ちょっとはじらいの色をみせてドギマギしたが、金田一耕助が落ち着きはらっているので、安心したように言葉をつづけて、

「二十日の晩、あたしは十二時になるとまもなくお店を出ました。さきほども申し上げたとおり、あたし五反田の松濤館《しょうとうかん》というアパートに住んでおりますから、いつも有楽町から国電を利用しております。モンパルナスは、京橋にちかくOビルの裏側あたりになっておりますから、有楽町まで歩いて十五分くらいの距離でございますわね。おとついの晩も……いえいえ」

と、加代子はあわてて訂正するように、

「正確に申しますと、きのうの朝になりますけれど、あたしいつものとおり有楽町の駅へいそいでおりました。毎日通いなれた道ですから、途中にどういうお店があるか、どういう路地があるかということもだいたい心得ております。ところが、モンパルナスから有楽町の駅までまいりますみちのりの、ちょうど半分くらいのところに、西銀座とし

ては珍しくさびしいところがございます」

「ああ、ちょっと待って。そのさびしいところというのが問題の場所なんですね」

「はあ……」

「ああ、そう、それじゃ地図でその地点を示してください」

金田一耕助は背後の書架から、帙《ちつ》におさまった東京都の区分地図をとりあげると、そのなかから中央区をえらびだしてデスクのうえにひろげた。

「ここが銀座の表通りですね。ここが京橋だが、モンパルナスのあるのはどのへん……？」

「はあ」

と、加代子はうすく爪を染めた人差し指を、地図のうえにはわせながら、

「モンパルナスはこのへんでございます。あたしはいつもこの道を通って有楽町へ出るんですけれど……ああ、このへんでございます」

と、加代子の指がとまったのは、K館の裏側に当たっていた。

「このへんに有楽町のほうへ向かって歩いていくと右側に、片っぽが銀行、片っぽが薬局になっているところがございまして、その銀行と薬局のあいだの袋小路のおくに、お稲荷《いなり》様をおまつりしてあるところがございます。たしか曳舟稲荷《ひきふねいなり》とか聞いておりますけれど……」

「曳舟稲荷ですね」

と、金田一耕助は地図のうえに赤インキで書き入れた。

「はあ、このお稲荷様のある袋小路の入口には、ふつうの街灯とはべつに、コンクリートで作った常夜灯《じょうやとう》がございまして、いつもそこに電気がついているんですけれど、どうかすると消えていることもございます。その常夜灯が消えておりますと、曳舟稲荷のある袋小路のなかはまっくらなんですが、ゆうべはその電灯が消えておりました」

「と、いうことは袋小路のなかがまっくらだったということですね」

「はあ……」

「なるほど、それで……？」

「でも、いま申し上げたようなことはあとになって気づいたことで、はじめはそんなこと気にもとめていなかったんですの。おとついの晩は霙《みぞれ》が降って、十二時過ぎにはとても寒気《かんき》がきびしゅうございましたし、霙が凍って足もとも危なかったものですから、オーバーの襟《えり》を立てて、うつむきかげんに足を急がせておりました。そして、いま申し上げた銀行のまえを通りすぎて、袋小路の入口までさしかかったんですの。そしたら……」

「そしたら……？」

「だしぬけに袋小路のなかから男のひとがとび出してきて、出会いがしらにいきなりどしんと、あたしにぶつかってきたんですの」

「ふむ、ふむ、なるほど、それで……？」

「はあ、あたし思わず凍った舗道に足をすべらせ、そこへひざをつきそうなほどよろめきました。しかし、よろめいた瞬間、なにやらチャリンと舗道のうえに落ちた音を、ハッキリ聞いたんですの」

「はあ、はあ、チャリンという音をね」

と、金田一耕助はおもわずデスクのうえにあるハット・ピンに目を走らせて、

「それから……？」

「はあ、あたしがやっと姿勢を立てなおしたときには、男の姿は薬局のまえを通りすぎて……薬局の三軒ほど向こうに袋物屋があるんですが、そこが四つ角になっていて街灯がついております。いえ、街灯ばかりではなく袋物屋のショーウインドーは、明るく照明でかがやいておりましたが、男の姿がその四つ角を右へ曲がって見えなくなったと思うと、自動車のスタートする音が聞こえました」

「なるほど、するとその四つ角の向こうに自動車を待たせていたということになるんですな」

「はあ」

「ところで、その男の姿だが、ショーウインドーの照明や街灯の光りで、見たことは見たんですね」

「はあ、ほんの一瞬……でも、オーバーの襟をふかぶかと立てて、帽子……中折帽子のようでしたが、それをまぶかにかぶった男としか印象に残っておりません」

「だが、その男、曲がり角を曲がるとき、横顔だけでも見えたはずだが……」

「いいえ、それが、先生」

加代子はハンカチを引き裂かんばかりにもみながら、

「横顔だけではなく、ちらとこちらを見たんですけれど、オーバーの襟を立てているうえに、感冒《かぜ》よけのマスクをかけておりましたから、こんど会ったところでとてもわかりはしないのですけれど、向こうでは顔を見られたと思っているかもしれません。それがあたし怖いんですの」

「つまり、目撃者を抹殺《まっさつ》しろというわけですか」

「はあ、ちかごろ映画にちょくちょくございますでしょう、そんなのが……」

「ああ、なるほど」

金田一耕助は思わず白い歯を出して笑いかけたが、考えてみると加代子にとっては笑いごとではなかった。彼女がいま深刻な恐怖に襲われているのもむりはないと同情して、金田一耕助はあわてて笑いをかみ殺した。

「それですから、金田一先生、どんなことがあっても絶対にあたしの名前が、新聞やなんかに出ないようにしていただきたいんですの。どのようなことがあっても……」

「いや、承知しました」

と、金田一耕助は語調を強めて、

「だから、安心してお話をつづけてください」

「はあ、それで……その男の姿が向こうの四つ角へ消えたあとで、あたしさっきの物音を思い出したんですの。そこであたりを見まわすと、キラキラ光るものが舗道に落ちております。のぞいてみると帽子のピンでした」

「なるほど、それがチャリンと音を立てたんですね」

「はあ、ところがそのときあたしはこの帽子をかぶってましたので、てっきりじぶんのピンだと思ったんです。さっき男とぶつかったとき、抜けて落ちたのだと感ちがいして、なにげなくそれを拾ったんですの。あとから考えるとバカな話で、ピンが抜ければ帽子も落ちるってこと、そのときは考えなかったんですわね」

「いや、いや、人間てときどきそういうこともあるもんです。ところで、それから……？」

「ところが、拾いあげてみるとなにやらヌラヌラ濡《ぬ》れておりますの。でも、あたしそれを霙《みぞれ》のせいだろうくらいに気にもとめずに、歩きながらちり紙を出して拭《ふ》いたんですの。ところが四つ角の袋物屋のまえまできて、ちり紙を捨てようとしてなにげなく見ると、ちり紙がべっとり血に染まっておりますでしょう。気がつくと手袋も……」

「つまり、あなたが拾ったハット・ピンに血がついていたというわけですね」

「はあ……」

加代子はうわずった眼《まなこ》を金田一耕助にすえると、

「あたし、もうびっくりしてしまって……そこで改めてピンを見ますと、ピンはピンでもじぶんのピンとちがっております。じぶんのピンはちゃんと頭にささっておりました」

「そうすると、あなたが拾ったピンというのは、あなたにぶつかった男が落としていったということになるんですね」

「たしかにそうだと思います。ぶつかったひょうしにチャリンという音を聞いたんですから」

「それから……？　まだつづきがあるんでしょう」

話がいよいよ問題の中心点に触れてきたらしく、加代子は緊張に目をうわずらせて、

「はあ、もちろん、これからが肝腎の話なんです」

「そのとき、あたしそのままピンを投げ出して逃げてかえるか、それともそのことをおまわりさんに届けて出ればよかったんです。ところがなまじ好奇心を起こして、男にぶつかったところへ引き返すと、まっくらな路地のなかへはいっていったんです」

「なるほど、それは当然の好奇心ですね。それで路地のなかへはいっていくと……？」

と、金田一耕助もさすがにデスクから身を乗り出して、加代子の顔を凝視している。

加代子の額には汗がいっぱいにじんでいた。

「さきほど申し上げたとおり、その路地は袋小路になっておりまして、その突き当たりにお稲荷様がまつってございます。そのお稲荷様のまえにお賽銭箱《さいせんばこ》がおいてございましたが、そのお賽銭箱のまえに女がひとり倒れているんです」

「女……と、すぐわかりましたか。その袋小路のなかはまっくらだったとさっきいったが……」

「あたしライターをつけていったんです。あたしたばこを吸うものですから……」

加代子はデスクのはしにおいたハンドバッグから、しゃれた形のライターを出して、カチッと音をさせて火をつけた。

「ああ、なるほど……それで女は死んでいたんですか」

「いえ、あの、それは……あたしさわってみませんでしたから……とてもその勇気はなかったんです。でも、死んでいたろうと思います。首筋のへんから血が吹き出していて……さっきのハット・ピンのことがございますから、すぐそれで突き殺されたんだと気がついたんです」

「首筋から血が吹き出しているのが見えたとすると、女はうつむきに倒れていたんですね」

「はあ、でも、顔が横にねじれていたので、ライターの光でその恐ろしい死顔がハッキリと見えたんです」

蒼《あお》くつめたく戦慄《せんりつ》している女の顔を、金田一耕助は鋭く凝視して、

「ひょっとするとあなたはその女をしっていたんじゃないの」

「はあ」

加代子は指にまいたハンカチで、神経質らしく額の汗をぬぐいながら、

「しっているばかりではなく、あたしにとっては恋敵《こいがたき》なんです。金田一先生、これであたしがだれにも告げずに、その場を逃げだした理由がおわかりになったと思います」

加代子はひと息にいいくだすと、燃えるような眼で金田一耕助の視線をはじきかえした。

金田一耕助は無言のまま、しばらくあいての顔を見つめていたが、やがて立って部屋のすみから新聞の綴り込みをさげてくると、きょうの朝刊の社会面をひらいて、

「ここにハット・ピンで刺殺された女の身もとが出ているが、名前は江崎タマキといって、お京というバーに出ていた女ということになってるが……」

「はあ、あたしも十月のおわりまでお京に出てたんですけれど、それがタマキちゃんと気まずいことになって、モンパルナスへ移ったんですの」

「さっき江崎タマキのことを恋敵といったようだが、お京からモンパルナスへ移ったというのもそのことからですか」

「はあ」

加代子は自嘲的な微笑を唇のはしにこわばらせて、

「タマキちゃんにあたしのだいじな彼氏をとられてしまったんです。そのこと、お京でもモンパルナスでもみんなしってます。だから……」

「なるほど。しかし、夏目君」

と、金田一耕助は鋭くあいてを見て、

「それほんとに偶然なんだろうねえ。君がそこを通りかかったというのは……?」

「先生!」

「いや、わかった、わかった。それで君がじぶんに疑いがかかりゃしないかと、逃げだしたというわけだね」

「それもございますけれど……いいえ、それがいちばんの理由でございますけれど、ほかにももうひとつ理由がございますの」

「犯人が怖かったから……？」

「いいえ、それは気が落ち着いてからのことで、そのときはそこまでは気がまわりませんでした」

「と、すると、もうひとつの理由というのは……？」

「あたし現場でこんなものを拾ったんです。タマキちゃんの死体のすぐそばに落ちていたんですけれど……」

　加代子がハンドバッグから取り出したのは、はしの破けた粗悪な便箋のひとひらで、そこにつぎのような妙なことが書いてある。

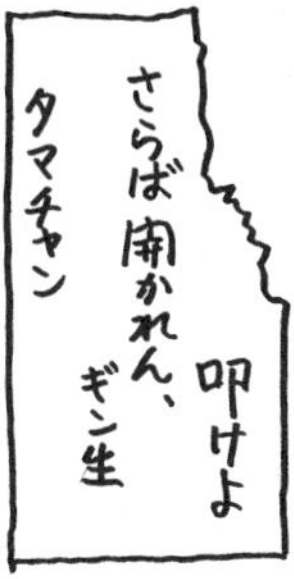

　金田一耕助はしばらくこの奇妙な手紙のきれはしを眺めていたが、やがて探るような

目を加代子に向けて、

「君はなにかこの手紙の断片に心当たりでもあるというの」

「あたしそのタマちゃんというのをタマキさん……江崎タマキさんのことだと思ったんです。それから、先生はご存じじゃありませんか。まだQ大の学生なんですけれど、この秋ミドル級の世界選手権を獲得したプロ・ボクサーの臼井銀哉というひとを……」

「名前はもちろんしってますよ。だけど、その臼井選手が……？」

「そのひとなんですの。あたしがタマキちゃんに奪《と》られた彼氏というのは……？」

加代子の唇のはしには自嘲めいた微笑がこわばっていたが、その目にはかすかに光るものがうかがわれた。

「なるほど、するとこれは臼井君からタマキちゃんにあてた呼び出し状というわけで……？」

「と、まあ、そのときはそう思ったんですの。それでいっそう死体をそのままにして逃げ出したんですけれど、先生」

と、加代子はきゅうに瞳をうわずらせて、

「きのうの夕刊を見るとタマキちゃんの死体は、ぜんぜんべつのところで発見されてますわねえ。築地のほうで……？」

「ふむ、築地の入船橋下の川のなかから発見されてるね。君はこれをどう思う？」

「どう思うって、先生、もしそれがほんとうなら、だれかが死体をそっちへ運んだにちがいございませんわね。だからあたし怖いんです。殺人のほんとの現場をしっているのは、犯人とあたしだけじゃないかと思うと……？」

なるほど、これでは加代子が深刻な恐怖にとらわれているのもむりはないと思われた。

「だけど、そうすると、君が立ち去ってから、また犯人が引き返してきて、死体をほかへ運んだということになるね」

「はあ……」

「犯人はなんだってそんなことをやったんだろう」

「先生、そんなことあたしにはわかりません。それをお調べになるのが先生のお仕事じゃございません」

加代子はちょっといたけだかになったが、すぐしょんぼりと肩を落として、

「先生、ごめんなさい。ろくなお礼もできないくせに、生意気なことを申し上げて……」

「あっはっは、いいよ、いいよ。こっちこそ愚問だったよ。それじゃもう少し君の話を聞こう。君が入船橋の下で発見された死体が、江崎タマキであることをしったのはいつのこと？　けさの朝刊でしったの？」

「いいえ、それはこうなんですの。きのうの夕刊を見ると曳舟稲荷の殺人事件は出ていないで、築地の入船橋下の川のなかから、女給らしい女の死体が発見されたと出ておりますでしょう。名前はまだ出ておりませんでしたけれど、死因はハット・ピンで刺殺されたらしいって……」

「ふむ、ふむ、それで……？」

「あたし夕刊を見てとまどいしてしまったんですの。死体の発見された場所がまるでちがっておりますわね。それでいて服装やなんかはタマキちゃんのようです。あたしとっても怖いと思ったんですけれど、でも、お店を休んであやしまれちゃいけないと思って、ゆうべもなにくわぬ顔をしてモンパルナスへ出たんです。そしたら八時ごろ築地署の古川という刑事さんがやってきて、その話によると築地で発見された死体はやっぱりタマキちゃんだということです。けさの新聞にはじめてそのことが出てますわね」

「ああ、築地入船橋下の堰《せき》に、ゴミといっしょにひっかかっていたということだね。それで……？」

「はあ、刑事さんがいらしたんですけれど、築地とするとあたしがモンパルナスを出てから、有楽町へいく道とまるで方角がちがっております。あたし曳舟稲荷でちょっと手間どりましたけれど、それでも一時まえには五反田のアパートへ帰っております。だから、いまのところ疑いはかかっていないようなので、いくらか安心しているんですけれど、そのうちに妙なことに気がついたんですの」

「妙なことというと……？」

「その手紙のきれはしのことですけれど、それ妙なことが書いてございましょう」

「叩けよ、さらば開かれん……ですか」

「はあ、その手紙のきれはし、あたしも先生がさっきおっしゃったように、銀ちゃん…

…いえ、あの、臼井さんからタマキちゃんへあてた手紙だと思いこみ、臼井さんをかばう気持も大きかったんですの。しかし……」

「しかし……？」

「はあ、ゆうべお店から帰ってきて、もういちどそれをよくよく調べてみたんですけれど、銀ちゃんてひとはとても単純なひとです。手紙を書くにしてもそんな気障《きざ》な文句は書かないと思いますし、じぶんのことをギン生と呼ぶのはまだしもとして、タマキちゃんのことをタマちゃんとは呼ばないと思いますの。タマキちゃんてひと、とてもお高く……いえ、気位の高いひとですから、臼井さんみたい年下のひとからタマちゃんなどと呼ばれると侮辱《ぶじょく》を感ずると思うんです。ですから、これ、ひょっとすると臼井銀哉さんが江崎タマキさんに書いたのではなく、まったくべつの、ギン生というひとがいるんじゃないかって気がついたんです。少し偶然が多すぎるようですけれど……」

「なるほど」

　金田一耕助は驚いたように鋭くあいてを見つめて、

「しかし、筆跡はどうなの。君もかつて銀ちゃんと愛人関係があったとしたら、臼井君の筆跡はしってるはずだが……」

　加代子はハンドバッグのなかから一枚のハガキを取り出すと、無言のままデスク越しに金田一耕助のほうへ差し出した。

「先生、それがこの夏時分銀ちゃんにもらったハガキなんですけれど……」

金田一耕助が手にとって見ると、文面はあしたどこそこで待っているというような、ごく簡単なものだったが、便箋の文字と比べてみて、似ているようなところもある。ただし、じぶんの名前はG・Uとなっている。

「先生、そのふたつの筆跡をどうお思いになって？　あたしライターの光で見たときには、てっきり臼井さんの筆跡だと思ったんです。でも、よく見るとなんだかちがっているようだし、それにあたしのところへくれた手紙やハガキはいつもG・Uでした。だからギン生はおかしいんじゃないかと気がついたんです」

「この紙片、どこに落ちていたの？　死体のすぐそばという話だったが……」

「ちょうどタマキちゃんの伸ばした右手の、すぐそのさきに落ちていました。だからタマキちゃんが右に持っていたのを、刺殺されたひょうしに手を離れたんだと、さいしょあたしそういうふうに思いこんで……」

金田一耕助は仔細《しさい》にふたつの筆跡を見比べた。なるほどちょっと見たところでは、万年筆の太い使いかたなど似ているようだが、注意ぶかく見るとちがうようでもある。

「夏目君、このふたつの筆跡、ぼくにあずけてくれますか。いちおう専門家に鑑定してもらう必要があると思うんだが……」

「はあ、それはよろしいんですけれど、あたしの……いいえ、あたしだけではなく臼井さんの名前もお出しくださいませんように」

「いや、それはわかってるが、臼井君、としはいくつ？」

「来年大学卒業ですから二十二か三じゃございません？」

加代子はさすがに双頰に血を走らせた。

新聞で見ると江崎タマキという女も年齢二十六歳とある。ちかごろは年上の女と恋を語るのがはやるのだ。

「臼井君の住所や所属しているクラブは……？」

「X・Y拳闘クラブに所属しております。事務所もジムも茅場《かやば》町にあるんですけれど、銀ちゃんは事務所の二階に寄宿してるんです」

「ところで、もうひとつお尋ねするが、袋小路からとび出してきて、あなたにぶつかったのはたしかに銀ちゃんじゃなかったんだね」

「ええ、それはもちろん」

と、加代子は言葉に力をこめると、

「銀ちゃんてひとはミドル級のチャンピオンですから、からだはなるほどガッチリしています。しかし、上背《うわぜい》はそれほどではなく五尺四寸越えるていどなのです。ところがあたしにぶつかった男は五尺六寸くらいあったんじゃないかと思うんですけれど……」

「年齢はどのくらいでした。ぶつかった感じとして……」

「さあ、それもわかりませんけれど、中年以上の男だったんじゃないでしょうか。いまの若いひとで中折れかぶるなんて、めったにございませんわねえ」

「それじゃさいごにもうひとつ。あなたが拾ったピンはどうしました。新聞によると死体といっしょに発見されているようだが……」

「あたし路地をとび出してから気がついたんですけれど、ピンはもうあたしの手にありませんでした。死体を見つけたときにはたしかに手に持ってたはずなんですけれど……」

「君はこの便箋のきれはしを拾った以外には、なにも手に触れなかったでしょうねえ」

「はい、なんにも……顔をひとめ見ただけで死んでることはわかりましたし、とても怖くて死体にさわるどころじゃなかったんです」

「なるほど、そのほかになにか……?」

「はあ、これでだいたいなにもかも申し上げたつもりですけれど」

「つまり君の言いたいのはこうなんだね。このまま黙っていることは気がとがめる。と、いってうっかり警察へとどけて出て疑われるのはいやだし、また犯人にねらわれるのは怖い。そこでぼくになんとかしてほしい……と、そういう意味なんだね」

「はあ、ろくにお礼もできないくせに、はなはだ身勝手なお願いでございますけれど……」

「いや、礼のことは気にしなくてもいいんだけれど、夏目君、君、なにもかも正直に話したんだろうねえ」

「先生」

と、夏目加代子は一生懸命の思いを瞳にこめて、

「じぶんのことだけならばともかく、銀ちゃんのこともございますわね。とても嘘《うそ》など

つけませんわ」

金田一耕助はうなずいて、手にした便箋のきれはしに、もういちど視線を落とした。

叩けよ、さらば開かれん……

金門剛《きんもんつよし》

昭和三十年十二月二十二日午後三時半。

警視庁の捜査一課、殺風景な第五調室《しらべしつ》では等々力《とどろき》警部が、金田一耕助のくるのを待っていた。新井刑事も待機していて、

「警部さん、金田一先生の事件というのは、お京の江崎タマキのことじゃありませんか」

「いや、おれもそう思ったので電話できき返してみたんだが、いずれそっちへいってからとのことだというんだ」

「ああいう職業をしていると、かえってわれわれよりいろいろと情報が入るものらしいですね。しょっちゅうわれわれは出し抜かれる」

「いや、出し抜きゃしないよ、あのひとは……さいごにはわれわれに協力してくれる。だけどなかなか手のうちは見せないな」

「失礼だけどあの先生、ああしていていくらかでも収入になるんですかね」

「収入になるのは五件に一件くらいじゃないかな。けっきょく、好きでやってるってか

たちだな」

「それを警部さんが利用していらっしゃる」

「いや、利用したりされたりというところだな。あのひとを見ているとおれはいつも胸がせつなくなってくる」

「どういう意味で……？」

「孤独なんだね。それもなにか事件が起こって、われわれと行動をともにしているときのあのひとはそれほどでもないが、事件が無事に解決して、もはやじぶんに用なしとなったときのあのひとの孤独感にゃ、なにか救いがたいものがあるのを感ずるね」

「なぜ結婚しようとしないんでしょうねえ」

「おれもそれを思うこともあるが、さりとてあのひとに奥さんがあって、子供ができて……なんてことを考えると、考えただけでも滑稽《こっけい》なような気もするんだ」

「やっぱり一種の天才なんですね」

「天才の孤独というやつかもしれんな」

そこでボツンと言葉が切れると、ふたりとも憮然《ぶぜん》たる顔色で、それぞれの席に座ったまま、やたらにたばこの煙を吐き出している。暖房はよくいきとどいているものの、もとより殺風景な取調室のなかである。言葉の切れたふたりのあいだを、空虚な時が流れて過ぎる。

「それにしても、金田一先生のもってきてくれる事件というのが、江崎タマキの一件だといいんですがねえ」

「それはどういう意味かな」

「だってこの年末多忙の折柄、こういう事件にひっかかってちゃやりきれませんや。まして や迷宮入りで年越しなんてことになってごらんなさい。雑煮《ぞうに》の餅《もち》ものどを通らない」

「そういえばそうだな」

等々力警部が柱時計を見ると時刻は三時四十分、窓の外には小雪がちらつきはじめて、部屋のなかは幽然《ゆうぜん》と暗くなる。

「新井君、電気をつけたまえ。それにしても金田一先生はおそいな」

新井刑事が電気のスイッチをひねったとき、ドアにノックの音が聞こえて、金田一耕助がひょうひょうとして入ってきた。

例によってくちゃくちゃに形のくずれたおカマ帽を頭にのっけ、襟のすりきれた二重回しの肩にはふたひらみひら雪がのっかっている。

「やあ、さきほどは電話をどうも……」

「いやあ、どういたしまして。この部屋は暖かですね」

「金田一先生、二重回しをおとりになったらいかがですか」

新井刑事がうしろへまわろうとするのを、

「いや、すぐまた出かけますから、このままで失敬」

と、金田一耕助は雪にぬれた二重回しのまま、デスク越しに警部のまえへ腰をおろし

て、

「警部さん、すみませんがたばこを一本めぐんでください。あんまり急いだもんだから、つい買ってくるのを忘れて……」

「ああ、そう、どうぞ」

と、等々力警部はデスクのうえにあった吸いさしのピースの箱を出しかけたが、すぐ気がついたようにデスクの引出しから、まだ手つかずの箱を取りだすと、

「金田一先生、これあなたに差し上げましょう。どうぞご遠慮なく」

「ああ、そう、それじゃおじぎなしに頂戴いたしますかな」

金田一耕助はケロリとして、まだ新しい箱からピースの一本を抜き取ると、新井刑事の差し出すライターへ口をもっていき、さもうまそうに吸っている。等々力警部は思わず新井刑事と顔見合わせた。

金田一耕助はしばしばおケラになる場合がある。

ときたまどかっと金が入っても、この男は貯金ということをしらないらしい。金があるとうまいものを食べてまわったり、ひとりでふらりと旅行をしてまわったり、またアパートの管理人夫婦にごうせいな贈物をしてみたり、そして、金がなくなるとたばこ銭にも困るような窮地におちいることが珍しくない。どうやらいまがその時期らしい。

「金田一先生、お電話をちょうだいしてから、だいぶん暇がかかりましたが、緑ケ丘からここまでまっすぐにハイヤーで……?」

「いやあ、きょうは電車にしました。歳末の庶民の匂《にお》いをかぐのもいいもんですからな。われわれは庶民のなかに生きてるんですから、たまにゃのんびりせんことにゃね」

それでいて、急いでたばこを買うひまがなかったというのだから、金田一耕助の言動には矛盾ありというべきである。しかし、等々力警部も新井刑事もなれているので、気の毒そうな顔色はつとめておもてに出さなかった。

「ときに金田一先生、さっきのお電話の事件とおっしゃるのは……？」

「ああ、それそれ……」

と、金田一耕助は窮乏しているくせに気前よく、まだ三分の一も吸っていないピースの吸殻を、灰皿のなかでもみ消すと、

「きのうの夕刊からきょうの朝刊へかけて出ている、築地入船橋の下で発見された女の死体のことですがね」

等々力警部はちらりと新井刑事に目くばせをすると、

「ああ、あのお京というバーへ出ていた江崎タマキの事件ですね」

「ええ、そう、新聞によるとあの死体、どこかほかで殺害されて、あそこへ運んでこられたものらしいということだが……」

「金田一先生」

と、新井刑事は目をかがやかせて、

「先生はひょっとすると、その現場をご存じなんじゃありませんか」

「しっています」

と、金田一耕助は厳粛な顔をひきしめて、

「これからその現場へご案内しようと思うんですが、なぜわたしがそれをしっているか、それはほじくらないでください。むろん適当な時期がきたら打ち明けるつもりではいるんですが……」

「承知しました。それで犯罪の現場というのは……？」

と、等々力警部も身を乗りだした。

「いや、そこへご案内するまえにいちおう話を聞かせてください。殺害の時刻は……？これは新聞に報道されていますが、いちおうあなたの口からうかがっておきたいんです」

「承知しました」

警部はメモを取り出して、

「殺害の時刻は二十日の夜の十二時を中心として、一時間くらいのあいだ。致命傷はちかごろ流行のハット・ピンで、左の頸動脈《けいどうみゃく》をぐさっとひと突き。ピンは左のほうから右へ向かって突き刺されたらしい。傷口の状態からみるとですね」

「そうすると、背後から刺されたということになりますか」

「まあ、そうでしょうなあ」

「ですから、金田一先生、犯人は左利《き》きということになり、こいつ案外解決がはやいということになるんじゃないでしょうかねえ」

「しかし、うしろから頸動脈をねらうとしても、そいつなかなか容易なわざじゃありませんね。もし、突きそこなったらたいへんだし、それにだいいち凶器というのが、被害者の頭にさしていたハット・ピンなんでしょう」

「そうです、そうです。流行というやつは怖いもので、ちかごろの若い女、みんな頭に凶器をさして歩いているわけですな」

「被害者のさしているピンを抜き取って、それで背後から刺し殺す……なかなかむつかしい仕事だと思うんだが……」

「それじゃ、金田一先生のお考えはどうです」

新井刑事はちょっと挑《いど》むような調子である。

「いやあ、いまのところぜんぜん白紙だが……それにしても、そのハット・ピンが被害者の死体といっしょに発見されたというのは……？」

「被害者のオーバーに帽子といっしょに縫いつけてあったんですよ。これが凶器だといわぬばかりに……」

「なるほど、それで死体をほかから運んできたとして、それについてなにか手がかりはありませんか。運んでくるとすると自動車だが……」

「いまのところまだハッキリしないんですが、入船橋の下の川の一部分に、ちょっと堰《せき》みたいになっているところがあって、そこへよくゴミやなんかが溜るんですが、そのゴミといっしょに流れよっているのがきのうの朝発見されたんです。だから死体が投げこまれたのは、もっと上流の三吉橋へんじゃないかということになってるんです。このへんは癌研《がんけん》の付属病院や区役所があって、夜はさびしいところですからね。あるいはもっと遠く、佃島《つくだじま》のへんまでもっていって遺棄しようとしたのが、なにかの事故があって、そこいらで投げだしたのかもしれない。ところで、金田一先生、先生のご存じの犯罪の現場というのは、入船橋からそうとう距離があるんですか」

「はあ、直線距離にしても五百メートルはゆうに越えておりましょうねえ」

「それじゃ、やっぱり自動車かなんかで運搬してきたんだね。それで、先生。いったいその現場というのは……？」

「いや、それじゃこれからいってみようじゃありませんか。ぼくもすっかり暗くなってしまわないうちにいってみたいと思ってるんです」

「そう、それじゃ……」

等々力警部が立ちあがりかけたところへ、卓上電話のベルが鳴りだした。警部は受話器を取りあげて、しばらく話をきいていたが、

「ああ、そう、それじゃこれから出向いていく。ただし、ちょっと寄りみちをしていくから、それまでその男をとめておいてくれたまえ。なに、ちょっとこっちに耳よりな話がもちあがっているんだが、いずれそっちへいってから話をしよう。では、のちほど……」

ガチャンと受話器をおくと、金田一耕助のほうをふり返って、

「築地署の保井警部補からですが、いまこの事件の重要参考人があちらのほうへ出頭しているそうです」

「重要参考人というと……？」

「臼井銀哉といって江崎タマキの情人なんです。まだQ大在学中ですが、プロ・ボクシング界の人気者で、ミドル級の世界チャンピオンだそうです」

「ああ、そう、それじゃ自動車のなかで話をききましょう」

　等々力警部と金田一耕助、新井刑事の三人を乗せた自動車が、警視庁のまえを離れると、

「銀座西二丁目へ」

　と、運転台へ声をかけておいて、金田一耕助は等々力警部のほうへ向きなおった。

「臼井銀哉とかおっしゃいましたね。ボクサーの臼井銀哉なら、ぼくも名前くらいはしってますが、その男、容疑者としてつかまったんですか」

「さあ、まだそこまではいってないんですが、いちおう重要参考人としてゆうべから、ゆくえを捜索中だった男です」

「そうそう、さっきききわすれましたが、その死体が江崎タマキだってことはどうしてわかったんですか。なにか持物やなんかから……？」

「いや、オーバーのポケットからお京の宣伝マッチが出てきたんですね。ハンドバッグを持ってたはずだというんですが、それはまだ発見されておりません」

「タマキはたしか二十六とか新聞に出ていましたが、臼井はまだ学生でしょう。するとタマキのほうが……？」

「五つくらいうえになるらしいですよ」

と、そばから新井刑事が言葉をそえた。

「タマキと臼井とはいつごろからそんな関係になってるんです」

「なあに、この秋臼井がミドル級世界チャンピオンを獲得してからのことなんですね。それまでむしろおなじお京で働いていた夏目加代子という女とねんごろだったらしい。それをタマキが横からちょっかいを出して横奪《ど》りしたので、加代子という女はお京にいたたまらなくなって、モンパルナスという店へ住みかえてるんですね。これは、まあ、朋輩《ほうばい》の話ですがね」

「お京というのは銀座でも一流の店で、しかもタマキというのはその店でもナンバー・ワンだったらしいな。アパートなども芝白金台町の、白金会館という豪勢な高級アパートに、ねぐらを構えているくらいだからな」

「と、すると、当然だれかしっかりしたパトロンがついてるわけですね」

「そうです、そうです。それが金田一先生、たいへんな人物がついてるんですよ」

「たいへんな人物というと……？」

「金門産業の金門剛《きんもんつよし》という人物をご存じでしょう。あの男がパトロンなんだそうです」

金田一耕助は唇をつぼめて口笛を吹きかけたが、それを思いなおすとジャンジャンバリバリ、めったやたらと雀の巣のようなもじゃもじゃ頭をかきまわした。

金門剛といえば戦後派の怪物といわれる人物である。もとは職業軍人で終戦のときは少佐だか中佐だったと聞いている。

終戦のときには呉《くれ》にいたそうだが、広島に原爆が落ちたしゅんかん、この男は敗戦を予知したのだろうといわれている。昭和二十年八月十五日終戦の詔勅《しょうちょく》が出たとき、同僚には割腹《かっぷく》したもののもあったなかに、この男はあらかじめ結託していた御用商人と組んで、軍需品をどんどん船で阪神地方へ送り出し、しこたま私腹をこやした。終戦と同時に軍の統制力なんてものが、支離滅裂となって吹っとぶだろうということを、この男はあらかじめ計算に入れていたのだ。

昭和二十一年か二年ごろ、まだヤミの全盛時代に彼は東京へ出てきた。当時のヤミ商売で、この男が手を出さなかった品はなかったろうといわれるくらい辣腕《らつわん》をふるった。

昭和二十四年から五年へかけて、ヤミ商売が下り坂になりかけたころ、この男はいちはやくヤミと手を切って金門産業という商事会社を起こした。と、同時に当時パージの解けた財界の巨頭に取り入って、着々として財界に地歩をかためていった。

ヤミ商売と手を切ったとはいうものの、汚職といえばこの男の名前が出るくらいだから、暗い、危ない橋を渡っているらしいことは、いまも昔も大差はないらしい。しかし、いちおう日本の経済界で金門剛といえば、傑物でとおるくらいの存在にのしあがっている人物である。

だが、それにしてもタマキにそういう凄いパトロンがついていることを、夏目加代子はなぜ話さなかったろう。

「タマキという女はそういうパトロンをもちながら、ボクサーなんかと浮気をしていたんですか」

「浮気はしょっちゅうのことで、金門氏も見て見ぬふりをしていたそうです。まあ、じぶんがいったとき、よろしくサービスをしてくれさえすればばってわけでしょう」

「それに金門のほうにだって、ほかにもいろいろあるんだろうからな」

等々力警部は冷笑した。

「その金門氏は大丈夫でしょうねえ。まさかあれだけの人物がこんなばかなまねはやるまいと思うんだが……」

「いや、そのほうは築地署で抜かりなくやってます。あいてが有名人だけにアリバイなどの点、つかみやすいんじゃないですか」

「しかし、その金門がいま流行の殺し屋というやつを使ったとしたら……」

「警部さん、それはないでしょう。金門剛という人物、いまや財界の裏街道から本街道へ抜け出そうとしてやっきとなってるって話です。そいつをやると永遠に表街道へは出られませんからねえ」

「金田一先生、だからこそ金門も必死になってるってことも考えられますぜ。もし、タマキが金門の致命的な暗い面でもにぎっていたとしたら……」

金門剛という人物、等々力警部にはよい心証をあたえていないらしい。金田一耕助はしばらく黙って考えこんでいたが、

「ときに、臼井というボクサーのほうは……？」

「それがねえ」

と、説明役はあいかわらず新井刑事である。

「二十日の晩、お京へやってきてるんです。お京に働いてる女たちの話によると、だれか学校の先輩が関西旅行中だとかで、そのかん自由に使ってよろしいって許可をえたとかで、豪勢なキャデラックをころがしてきたそうです。そして、タマキとふたりですみのボックスで、なにやらひそひそ話をしていたが、看板すこしまえにキャデラックを運転して立ち去った。それからまもなくタマキも店を出たから、どこかで落ち合う約束じゃなかったか……と、これが朋輩たちの話なんですが、臼井はそれっきりいままでゆくえがわからなかったんです。だからいちおう容疑者線上に浮かんでたわけですな」

「ああ、なるほど」

と、金田一耕助はうなずいてから、きゅうに運転台のほうへ乗り出して、

「ああ、そこ……K館の手前で停めてください」

自動車を降りるともう四時になんなんとしていて、墨をはいたように暗い空から、しきりに白いものが舞い落ちている。

自動車をそこに待たせていまきた道をひき返していくと、師走の町はあわただしく、

どの店もクリスマス・デコレーションができあがっている。そろそろラッシュアワーに近いので、そうでなくとも雑踏しがちなこのへんの道路は、師走という季節感を盛ってあわただしい。

金田一耕助は夏目加代子に書いてもらった地図を、頭のなかにえがきながら、二、三度道を曲がると、新井刑事が声をひそめた。

「金田一先生、すると犯罪の現場というのはお京の店に近いんですな」

「お京の店はどれですか」

「ほら、この横町に花輪を表にかざってある店があるでしょう。あの隣りがそうです」

金田一耕助は立ちどまって、その横町の路傍にかざってある花輪に目をやったが、

「なんでも現場はお京の店から歩いて三分くらいの距離らしいんです」

そこからもういちど角を曲がってすこしいくと、はたして右側に路地ひとつへだてて銀行と薬局のならんでいるところがあった。銀行はもう鉄の扉をおろしているが、その鉄扉に「東国銀行銀座支店」と、大きく白ペンキで書いてある。その銀行と路地ひとつへだててならんでいるのは、銀星薬局というそうとう大きな薬局である。

金田一耕助は歩きながらふたりをふり返って、

「この路地のおくなんですがね。とにかくいちど向こうの角までいってみましょう」

四つ角までくると右側にさぬき屋という袋物屋があり、クリスマス・デコレーションに飾られたショーウインドーのなかには、ぜいたくなハンドバッグなどがならんでいる。

等々力警部はショーウインドーのなかを覗《のぞ》きながら声をひそめて、

「金田一先生、あの路地のおくが犯罪現場なんですって？」

「はあ」

「路地のおくにお稲荷さんみたいなもんが祭ってありましたね」

「曳舟稲荷というんだそうです。その賽銭箱のまえで、女が殺されていたっていうんですがね」

「それが江崎タマキにちがいないんですね」

「ある事情があってそれを発見した人物は、江崎タマキをしっていたんですね」

「金田一先生、それはいったいどういう……？」

「新井さん、それはきかないというお約束でしたね。ある理由からその人物は事件にまきこまれたくない。しかし、それでは良心にとがめるからと、わたしのところまで申し出があったわけです。そうそう、江崎タマキの頸部から血が吹きだしていたし、また、血に染まったハット・ピンも落ちていたそうです」

「そうすると、その人物が立ち去ったのち、だれかがその死体を築地まで運んでいったということですか」

「問題はそこなんですね。なぜ死体をほかへ移したか……？　いや、移さねばならなかったか……？」

新井刑事は声をひそめて、

「それ、何時ごろのことなんですか。その人物が死体を発見して、しかるのちに立ち去ったというのは……？」

「十二時十五分ごろじゃないですか。たぶんその時刻だと思います」

「そのあとでだれかが死体を運搬遺棄したというわけだが、そうすると、当然、あの路地のおくに血痕があったはずなんだが……」

「それを尋ねてみたらいかがですか。いまあの路地のおくで薬局の店員らしいのがふたりなにかやってましたね」

「ようし、警部さん、いってみましょう」

三人はショーウインドーのまえを離れて、もとの路地の入口へ引き返した。

路地の幅員《ふくいん》は一間半あまり、奥行きは六間ほどあって、突き当たりにお稲荷様が祭ってある。曳舟稲荷と赤地に金泥《きんでい》で浮き彫りにした額があがっていた。

路地はよく舗装されていて、右側に東国銀行の通用門があり、左側には銀星薬局のガラス戸がならんでいる。ガラス戸の外には荷物が二、三個解いてあって、縄だの包装材料だの板ぎれだののパッキングの類だのが散乱していた。

三人が路地のなかへ入っていくと、包装を解いていた薬局の店員がふたり、気味悪そうにふり返った。お稲荷様の信者としては異様に見えたのであろう。

路地の突き当たりにお稲荷様の賽銭箱があり、賽銭箱のうえに大きな鈴がぶらさがっている。その気になって調べなければわからなかったろうが、賽銭箱のまえにははたして、血痕を洗ったような痕がのこっていた。

新井刑事はほかのふたりと顔見合わせて、

「警部さん、よいところへきました。もう少しおくれるとこの雪で、すっかり埋まってしまうところでしたよ」

両側を建物でくぎられたせまい路地だが、それでももう薄塩をまいたくらい雪が積もっている。

「君、君。ちょっとこっちへきてくれたまえ」

包装を解く手をやすめて、ふしぎそうにこちらを見ていたふたりの店員は、顔見合わせながらそばへやってきた。

「君たちここの薬局の店員だね」

「はあ、銀星薬局のもんですが……」

「われわれはこういうもんだがね」

と、新井刑事は警察手帳を見せて、

「君たちここに血痕を洗い落としたような痕があるのに気がつかなかったかい」

「ええ、そりゃ……気がついてることはついてましたが……」

ふたりのうちの年かさの、革のジャンパーを着たほうが、急に呼吸をはずませて、

「刑事さん、それじゃあの血の痕になにかあやしい節《ふし》でも……？」

「あやしい節でも……？」

と、新井刑事はあきれたように、ふたりの顔を見比べて、

「君たち、路上に血の痕があったら当然あやしむべきじゃないか。だいたいどのくらいの血の量だったんだい？」

「はあ、あの、これくらいでしたが……」

と、革ジャンパーが両手で示したのは、直径十センチくらいの円である。

「君、それだけの血痕があったのをあやしいとは思わなかったのかい」

「いったい、だれがそれを洗い落としたんだね」

と、そばから口を出したのは等々力警部だ。

「はあ、それはわれわれが洗い落としたんです」

「だって、君、それじゃ……」

新井刑事が憤然とすると、革ジャンパーはオドオドしながら、

「いや、それというのが……だって、刑事さん、きのう起きてみたら、そこに毛をむしった鶏が血だらけになってころがっていたんです。それで、その家が……」

と、東国銀行の裏手に当たっている家の青い鉄の扉を指さしながら、

「その家がレストランになっているもんですから、野良猫が夜中にカシワをくわえ出したんだろうということになって、べつにあやしみもしなかったんですが……」

金田一耕助は思わず等々力警部と顔見合わせた。

もし人間の血をカムフラージュするために、血だらけの鶏をそこへ投げ出しておいた

としたら、これはそうとうの智能犯である。

新井刑事も非常口と大きく書いた青い鉄の扉に目をやって、

「これ、レストランなのかい？」

「はあ、トロカデロというんです」

「すると、この路地を利用するのは君たち薬局のものと、この銀行の連中と、トロカデロに出入りするものと、それからこのお稲荷様におまいりする善男善女と、その四種類あるわけだね」

「いえ、ところがもう一種類あるんです」

革ジャンパーはもうひとりの、ニキビだらけの青年と顔見合わせてにやりと笑った。

「もう一種類というと……？」

「ご存じじゃありませんか。この路地もあのお稲荷さんもこの界隈《かいわい》じゃ有名なんです」

「有名とは……？」

「このへんじゃ俗にあいびき横町とか、ランデブー稲荷とかいって、場所がいいんでしょうかねえ、通りがかりの男と女が入りこんできやあがって、ゴチャゴチャやってくことがしょっちゅうなんです。キスぐらいならまだなまやさしいほうなんで……」

「路地の入口に常夜灯があるでしょう」

ニキビだらけの青年が、革ジャンパーのあとをついで口を出した。

「あれ、紐《ひも》を引っ張ると電気がついたり消えたりするんですが、あれが消えてると曲者《くせもの》なんです。パトロールのおまわりさんなんかも心得たもんで、あれが消えてると紐を引っ張って電気をつける。そうするとこの路地から若いふたりがとび出してくるってしかけになってるんです。なあ、青木さん」

「つかまってもお稲荷さんにおまいりしてたってば、いいわけが立ちますからね。ぼくなんかもはじめんちは気が悪くなって、二階から水ぶっかけたりなんかしてたんですが、ちかごろじゃ馴れっこになっちまって……やっぱり場所がいいんでしょうねえ」

革ジャンパーの青木は真顔になって、

「しかし、刑事さん、この血痕になにか不審の点でもあるんですか」

「いや、君たち、それじゃきのうの朝、この血痕に気がついたんだね」

「はあ、ぼくとここにいる山本君……このふたりが毎晩ここの二階に寝泊まりしてるもんですから……」

「それじゃ一昨日の晩の十二時過ぎ、ここでなにかあやしい気配がしやあしなかったかい」

「あやしい気配といえばこのところ毎晩ですよ」

と、言葉をはさんだのは山本だ。

「お店をしまうのが九時なんです。旦那や通いの連中は九時半にはかえってしまいます。そのあと青木さんが銭湯へいって、かえって寝るのが十時半ごろ、ぼくはそのあとで交替に風呂へいきますから、寝るのはどうしても十二時になります。その時分にゃトロカデロも看板になって、そこの扉もしまってしまいますから、それから一時、二時ごろまでがランデブーの楽天地になってしまうんです。きのうもおとついもさきおとついも、なんだかゴチャゴチャやってたようですが、ちかごろじゃぼくも気にならなくなって、平気でねられるようになりましたよ。それまでは青木さんにずいぶん叱《しか》られましたけどね」

「世の中が解放的になったというのか、それともこの季節になるとあのほうが昂進するのか、いやもうあきれたもんですよ」

革ジャンパーの青木は哲学者みたいな顔をしてつぶやいた。

三本目のピン

「ときにこのドアはトロカデロというレストランなんだね」

新井刑事はもういちど東国銀行の背後にある、かなり大きな西洋建築を見なおした。

その建物は二間あまりこの路地にくいこんでいて、ランデブー稲荷とよばれる曳舟稲荷の、赤い朱塗りの祠《ほこら》のすぐ右側に、青く塗ったドアがあり、ドアのうえには白ペンキで大きく非常口と書いてある。きょうは忘年会でもあるのか、ドアのなかからしきりによい匂いが漂うている。

「はあ、表は向こうの通りにあります。そのドアはトロカデロの非常口で、めったに使うことはないんですがね」

「鶏はその台所から盗み出されたんだって？」

「広田さんがそう言ってました。そういえば、朝そこのドアが細目に開いてたって……」

「広田さんというのは……？」

「トロカデロのコック長です」

と、ニキビの山本が口を出した。

「ときに君は山本君、そっちは青木君だね」

新井刑事が手帳を取り出すと、

「はあ、ぼく青木稔、年齢は二十八歳、まだ独身です。こちらは山本達吉君、おい、達っちゃん、おまえ正確にいっていくつだい？」

「ぼく正確にいって二十二歳と八か月」

「ああ、そう、それじゃ、青木君、君、すまないが広田君というのをここへ呼び出してくれないかな」

「ええ、でも、このドア開くかな。いつも締め切りになってるんですが……」

「青木さん、お店から電話かけるといいよ。そのほうが手っ取りばやい」

「ああ、そう、それじゃそうしてくれたまえ。ついでにぼくも電話を借りたいんだが……警部さん」

と、新井刑事は警部のほうをふり返って、

「鑑識をよんだほうがいいでしょうねえ」

「ああ、そうしたまえ。山本君、この血痕をソッとこのまま保存しときたいんだが、なにかこれを覆うようなものはないかね」

「承知しました」

新井刑事が青木稔のあとについて薬局のなかへ入っていったあとで、山本達吉がズックのシーツをひっさげてきた。

「警部さん、これ、人間の血だという疑いでもあるんですか」

「まあね。いずれ君たちの耳にも入るだろうが、なにかまた耳よりな情報をきいたら、ぼくのところまで報告してもらいたいな」

等々力警部が名刺をわたすと、山本達吉はニキビ面《づら》をまっかに染めて興奮した。

もうそのころには銀星薬局の店員たちが、仕事も客もおっぽり出して、ガラス戸の外へ飛び出していた。路地口にも通行人が二、三人、足をとめてこちらをのぞいている。

等々力警部が山本達吉に手つだわせて、血痕のうえへシーツをかぶせているところへ、青木稔がかえってきて、

「広田さん、すぐ顔を出すそうです。刑事さんはいま警視庁へお電話……」

青木の話もおわらぬうちに、右側の青いドアが開いて、なかからものを煮るよい匂いとともに、コック姿の男が顔を出した。

「ああ、広田さん、こちらが警視庁のかたですが……」

広田は電話でだいたいのことを聞いたとみえて、目をまるくしてドアのなかから出てくると、そこに敷いてあるズックのシーツに目をやって、

「旦那、いま青木さんから電話で話をきいたんですが、そこにあった血痕についてなにかご不審の点でもあるんですか」

「ああ、ちょっとね」

と、等々力警部は金田一耕助に目くばせをすると、

「いまここにいる青木君や山本君から話をきいたんだが、きのうの朝お宅の台所から鶏が一羽くわえ出されていたんだって……？」

「はあ……」

と、広田は帽子をとって頭をかきながら、

「だから、あの血も鶏の血だとばかり思って、なにげなく洗ってしまったんですが……ちょっとこちらへおはいりになりませんか。そういえばいま思い出したことがあるんですが……」

「ああ、そう」

等々力警部は金田一耕助に目くばせをすると、山本達吉のほうをふり返って、

「山本君、いまに警視庁から鑑識のものがやってくるからね、それまでだれにもこのシーツをさわらせないように」

「承知しました。ぼくここで張番をしてます」

山本達吉はすっかりハリキッている。

「青木君、新井君が出てきたらトロカデロにいるからと、そういっといてくれないか」

「はあ、承知しました」

青い鉄のドアをなかへ入ると、そこは薄暗いタタキになっており、正面にせまい急な階段がついている。その階段の裏側がトイレになっているらしい。

調理場はその左側になっていて、そこにはあかあかと電気がついている。まるで清潔を誇示《こじ》するかのように、白いタイルとステンレスで磨きあげられたひろい調理場では、いま四人のコックが戦場のように立ち働いている。ものを煮るもの、器用な手付きで野菜をきざむもの、カシワを料理するもの。……油の煮える匂いがほのあたたかく鼻をついて、三人はいっせいに空腹をくすぐられるような気持だった。

その広い調理場の向こうには、白いテーブルクロースをみせて、テーブルが整然とならんでいる。明るくついた灯の下で妙にがらんとした感じだが、それでも隅のボックスには二組ほど客があるらしい。ウエイトレスがふたり、料理やビールを運んでいた。

「旦那、あれをごらんなすって……」

広田にいわれるまでもなく、調理場へ入ったとたん、金田一耕助や等々力警部の目にはいったのは、調理場のおくの天井からさかさにぶらさがっている、みごとなカシワの列である。

「なるほど、カシワというものはこうしてむきだしにして、ぶらさげておくものかね。冷蔵庫へもしまわずに……？」

「いや、それは夏場は冷蔵庫へ入れますよ。だけどいま時分はこうしてぶらさげておくほうが、お客さんのほうからみても景気がよくていいですからね」

「それをどこかの野良猫がくわえ出したというんだね」

「はあ、まあ、そうとしか考えられませんからね。このタイルのうえにもカシワをひきずったような血の痕がついてましたよ」

しかし、その床もいまはきれいに拭われて、白いタイルがピカピカと滑るようである。

「それじゃおとついの晩、裏のドアが開いてたということになるね」

「いや、じつはそのことなんですがね」

広田コックが話をつづけようとしているところへ、向こうのボックスから抜け出してきた女がひとり、こちらのほうへやってきた。

「広田さん、広田さん、いて……？」

と、ハッチからこちらを覗《のぞ》いたのは、世にもあでやかな女性であった。

年齢は三十五、六というところだろうか、黒繻子《くろじゅす》に金糸銀糸の刺繍《ししゅう》のはいった帯をしめて、派手なお召かなんかの襟足の抜きかたからしてただの女ではない。こってりとした厚化粧だが、その厚化粧がすこしも不自然でないということは、この女が人工的な美の世界にすんでいるということを意味しないか。とにかくぼってりとボリュームをかんじさせる美人である。

「ああ、広田さん、マダムがお呼びですよ」

「あら！」

ハッチからなかをのぞいた美しいマダムは、そこに見慣れぬ男をふたり発見すると、ちょっと驚いたように眉をひそめて、

「広田さん、どなた……？」

と、近づいてきたコック長に尋ねた。

「なあに、警視庁のかたですがね。べつにこのうちとは関係のないことですからご心配なく……ときに、なにかご用で……？」

「あしたの晩、急にご宴会がひとくち割りこんできたんだけど、なんとかつごうつけていただけない」

「ご宴会っていったい何人さんくらいなんで？」

「それがちょうど三十人というのよう。しかも、それが六時からだってさ」

「マダム、そりゃむりでしょう。あしたの晩は……」

と、広田はそこに掛けてある黒板に目を走らせて、

「六組ありまさあ。人数にして約百五十人、そこへいきなり三十人以上のお客さんに割りこまれちゃ……だいいちテーブルからしてたりますまい」

「テーブルのほうはなんとかつごうつけるわ。四時からの岡さんの組が六時半にはなん

とかなると思うの。だから、六時という申し込みを七時にしていただければ、ヒヤシンスの間がなんとかなると思うのよ。広田さん、お料理のほう、メニューはこんなとこだけど、なんとかかつごうつけてちょうだい」

　はじめは相談ずくの調子だったのが、しだいに押しつけがましくなってくる。広田は小ビンをかきながら、

「弱りましたねえ、マダム、六組だけだってたいへんだと思ってるんです。そのうえ三十人のご宴会に割りこまれちゃ、こりゃ労働基準法に抵触《ていしょく》しますぜ」

「ナマなこといってないでさ。いずれ年末には色をつけるから、なんとかしてちょうだい」

「そりゃマダムにそうおっしゃられちゃ、いやとはいえませんが、なにか義理のあるかたなんですか。話があんまりだしぬけだが……」

「お察しのとおり、金門産業さんなのよう」

　調理場のすみに立って、聞くともなしにふたりの会話を聞いていた金田一耕助と等々力警部、それに話なかばに調理場へ入ってきていた新井刑事の三人は、思わずはっとしたように顔見合わせた。

　思いがけないところで、思いがけない名前がとび出してきたものだが、しかし、これでどうやら金門剛とこの路地がむすびついてきたようである。

「ああ、なるほど」

と、広田コック長もうなずいて、

「そいつは大物ですな。よござんす。それじゃなんとか無理してみましょう」

「有難う、じゃ、頼んだわよ」

マダムはハッチのまえを離れると、向こうに見えるボックスのほうへ姿を消した。おそらくそこに金門産業の使いのものがきているのだろう。

広田はメニューに目を通しながら、低い声でブッブツいってたが、

「おい、みんな、いまのマダムの話を聞いたろう。あした飛入りで三十人ふえたぜ」

「ダメだなあ、広田さんは、もっとぴしぴし断わりゃいいのに……」

「広田さんにそんなまねができるかってよう。広田さん、あのマダムにゃヨワイんだからな」

「いいよ、いいよ、うんと超過勤務手当てとやらを請求していただこうじゃねえか」

若いコック連中がブスブスいってるのも耳にもかけず、広田は片隅のデスクに向かって、メニューと照らし合わせながら、なにか台帳に書きこんでいたが、それがおわるとやおら立ちあがって、

「やあ、お待たせいたしました。おや」

と、新顔の新井刑事を見てふしぎそうな顔をするのを、

「いや、これは本庁の新井刑事といって、いま隣りの薬局で電話をかけていたんだ。ところで、広田君、忙がしいところをすまんが、さっき君が思い出したことがあるといっ

てたのは……?」

「ああ、それなんですがね、ちょっとこちらへおいでなすって」

広田は調理場を出ると、非常口のすぐ内側にあるせまい階段をのぼっていった。

ビヤ樽《だる》のように肥った広田には、彼ひとりでいっぱいになりそうなせまい階段である。階段をあがるとせまい部屋がふたつ三つならんでいた。使用人たちが着替えをするための部屋らしい。

広田がその部屋のひとつを開くと、なかは六畳ばかりの小ざっぱりとした洋風の部屋で、ベッドに洋服ダンス、デスクに椅子と、ちょっとアパートの一室といった感じである。

「ほほう」

と、等々力警部は目をまるくして、

「これ、宿直室というのかね」

「まあ、そうですが、いまはわたし専用の部屋になってるんです」

「君専用の部屋に……? すると君はここに住んでるのかい」

「はあ、この店が朝日軒といってた時分からね。まあ、このうちじゃヌシみたいなもんでさあ、わたしゃね」

「細君もいっしょにいるのかね」

等々力警部が疑問を提出したのもむりはない。見回したところ部屋のなかには、女っ気というものがさらに感じられない。

「女房はいませんや。数年まえに別れたきりでいまはノンキなやもめ暮らし、だからこんなところでとぐろを巻いているんです」

等々力警部は金田一耕助と顔見合わせた。

見たところ四十五、六、まだ五十には手がとどいていないだろう。ビヤ樽みたいに肥った男で、あごが二重にくびれているくらいである。顔は赤ん坊のようにみずみずしくて血色がいい。

「ときに、さっきいってたわれわれに話があるというのはどういうことだね」

「ああ、そうそう」

と、広田はデスクの引出しをあけてなかを探っていたが、やがて取り出したのは新聞に巻いた細長いものである。

「おとついの晩……と、いうよりはきのうの朝のことでしたね。そこの階段……いま旦那がたがあがっていらした階段ですね、あの階段の下でこんなものを拾ったんですよ」

ポンとベッドのうえへ投げ出したものを、新井刑事がいそいで取りあげ、新聞紙をひらいてみると、なかから出てきたのは一本のハット・ピン。

金田一耕助はおもわず呼吸をのみこんだ。ピンの長さは約八センチ、頭に宝石が飾りつけてあるところは、さきほど夏目加代子が持ってきた、彼女自身のピンとおなじだが、加代子のピンに真珠がちりばめてあったのに反して、このピンにはダイヤが燦然《さんぜん》と光っている。

それにしても殺人の凶器として使われたピンは、被害者のオーバーに縫いつけてあったという。加代子のピンは加代子自身が持っている。そうすると、これはだれのピンなのか。

美しき経営者

「このピンを階段の下で拾ったというんだね」

「はあ」

「階段の下というと非常口のすぐなかがわということになるね」

「さようで」

「それいつのこと？　おとついの晩というより、きのうの朝のことだといったが……」

「きのうの朝の一時半から二時ごろまでのあいだのことでしょうねえ。あたしがこのベッドへもぐりこんだのが、二時ごろのことでしたからね」

「君はそれまで起きていたのか」

等々力警部はひろげた新聞のなかにある、ハット・ピンの無気味な光を眺めながら、疑いぶかそうな目つきである。

「いや、わたしちょっと外出してたんです。外出さきからかえってきたのが一時半を過ぎてたでしょうねえ。あの非常口から入ってきて、階段をあがろうとするとき、このピンを靴の爪先きでひっかけたんです」

「なるほど、それで……？」

「わたしもそのときはべつに気にもとめませんでした。なにしろここ、このとおり人の出入りの多いうちですからね。それにあの階段のうらがわが、すぐトイレになってるでしょう。だからお客さんが落としたのか、それともうちの女の子の落としものか……とにかく気にもとめずに拾っておいて、そのまま寝ちまったんです。もっともうちの娘《こ》にはききました。ハット・ピン落としたものはないかって。だれもなかったんです。だから、いずれだれかお客さんから名乗って出やあしないかって、そうしてとっといたんですがね。あの路地の血痕に疑惑があるとすると……」

　と、広田は白いコック帽をとって小鬢《こびん》をかいた。赤ん坊のようにまるまるとした指だ。

「あの路地の血痕に疑惑があるとすると……？　どういうんだね」

「だれかおとついの晩……いや、きのうの朝早く、非常口からなかへ入ってきた女があるんじゃないかって、さっき思い当たったんです」

「君はあの非常口、開けっぱなしにして外出したのかね」

「ごらんになったでしょう、あのドア……外から鍵がかからないことになってますね。うちがわから掛金がかかるだけのことで……だから、わたしゃいつも外出するときは、調理場の反対がわにある勝手口から出入りすることにしてるんですが、おとついの晩は勝手口がごたごたしてたのでついあの非常口から外へ出たんです。ドアはぴったり閉めておいたつもりなんですが、かえってきたとき細目に開いていたんです。だから野良猫でもはいこんだんじゃないかと思って……」

「君はおとついの晩、何時ごろここを出たんだね」

「十二時ごろでしたかね。何時ごろここを出たかね。ここんな店でしょう。飲み屋じゃなくてみなさんお食事にいらっしゃるんですからね。だから、どんなにおそいご宴会でも九時か九時半、おそくとも十時にゃお開きになります。だから案外看板が早いんですよ」

「そんな時刻に君はいったいどこへ出かけたんだね」

広田はまるまると肥った手で、つるりと満月のような顔をなであげると、

「旦那、そんなヤボなことおききになるもんじゃありませんぜ。わたしゃこれでも生身のからだなんですからな。あっはっは」

腹をゆすって笑いながらも、きめのこまやかなつやつやとした広田の頰に、ほんのりと血の色がのぼった。

なるほど、この血色で、この体格で、しかも男やもめとあっては、ときとしては深夜外出しなければならぬ、血の衝動を感ずることがあるとしてもむりはなかろう。

「それで、外出からかえってきたのは、一時半ごろのことだというんだね」

「はあ、たしかその時分でしたよ。少し酔ってたもんだから、いちいち時計を見たわけじゃありませんけれどな」

等々力警部はデスクのうえから及び腰に手をのばして、窓のガラス戸をひらいてみた。ガラス窓のすぐ下に曳舟稲荷の屋根が見え、その屋根をかこんで三方に高い建物がそびえている。その建物の空間に、しきりに白いものが舞い落ちていた。

この窓からでは路地は入口の一部分しか見えなかったが、そこのひとだかりはふえては減り、減ってはふえ、いまも十人くらい立っている。薬局にはもう灯がついていた。

「君が外からかえってきたとき、この路地のおく、……つまり曳舟稲荷のまえになにか変わったことがあったのを見かけやあしなかったかね」

「変わったこととおっしゃると……？」

「つまり、なんだな、女が倒れていたとかなんとか、そんなことなんだが……」

広田は目をまるくして警部の顔を見すえていたが、急に強く首を左右にふると、

「と、とんでもない！」

それからのどのおくからしぼり出すような声で、

「それじゃ、この路地のおくで女が殺されていたとでも……」

等々力警部は金田一耕助をふり返って、

「金田一先生、いったいその人物……あなたに報告をもたらした人物が、それを見たのは何時ごろのことなんです」

「だいたい十二時半ごろだろうといってるんですがね」

と、すると広田がかえってくる一時間まえのことになり、ちょうどこの男の留守中の

出来事ということになる。そして、一時間あればそうとういろんなことができるはずである。たとえば死体をほかへ移すというようなことも。……

「いったいここでなにがあったんです？　あの血はカシワの血じゃなかったんですか」

「そうそう」

と、金田一耕助が思い出したように、とつぜんそばから嘴《くちばし》をはさんだ。

「広田さん、あなたがこの路地へかえってきたとき、路地の入口の常夜灯に灯がついてましたか」

「えっ？」

広田はあきらかにさっきから、このもじゃもじゃ頭に、二重回しをまとうた小男の存在が気になっていたのである。そいつがとつぜん生意気にも、そばから言葉をはさんだのだから、虚をつかれたように、ぎょっとそのほうをふり返った。

「広田君、いまのこちらの質問に答えてあげてくれたまえ」

「はあ、あの、それが……」

と、広田は二重あごを撫《な》でながら、うさんくさそうな目で金田一耕助の風采をぬすみ見るように見ていたが、

「そうそう、そういえば常夜灯は消えてましたね。じぶんで紐をひっぱって、スイッチを入れたのをおぼえとります。なにせこの路地にゃあいびき路地だの、ランデブー横町などというアダ名があって……」

「いや、そのことはまたあとでお尋ねしますが……」

と、金田一耕助がさえぎって、

「すると、その瞬間、つまりあなたが常夜灯のスイッチを入れた瞬間、この路地のなかが明るくなったわけですね」

「そりゃそうですが、あの路地、あれでも奥行きが六、七間ありますからね、ずうっとおくまで、まっ昼間みたいに明るくなったというわけにゃいきませんな」

「しかし、まあ、そこになにか大きなものが落ちてるとか、転がってるとかすれば、当然気がついたはずでしょう」

「大きなものとおっしゃるが、いったいどのくらいの大きさのもの……？」

と、広田はなかなか用心堅固である。

「まあ、人間くらいの大きさのものとしたらどうです」

「そりゃ、もちろん気がついたでしょう。人間が倒れていたとしたらね」

「ところがあなたがかえってきたとき、そこにそんなものは倒れていなかった。そこであなたは非常口からなかへ入った。そのとき、非常口のドアに掛金は……？」

「もちろん、なかからかけましたよ」

「そして、階段をあがろうとして、そのハット・ピンを靴の爪先きにひっかけたんですね」

「はあ、だいたいそういう順序になりましょう。ハット・ピンを拾ったのがさきだったか、ドアに掛金をかけたのがさきだったか……酔っ払ってたのでよくおぼえとりませんが、そりゃやっぱり掛金をかけたのがさきだったでしょう」

「と、すると、それ以後は野良猫がカシワをくわえ出そうとしても、くわえ出せないわけですね」

「そりゃ、まあ、そういうことになりますな」

「と、なると、野良猫がカシワをくわえ出したのは、あなたが外出中ということになり、したがってあなたがこの路地へかえってきたときには、あそこにカシワがころがっていたということになりそうなんですが、あなたそれに気がつきませんでしたか」

「さあ、それなんですよ。そうおっしゃればたしかにそうで、わたしもそれについて考えてみたんですが、気がつかなかったところをみると、わたしが酔っ払っていたせいか、それともあそこがなにかの影になって暗くなっていたか、それともうひとつわたし考えたんですがね」

「もうひとつ考えたとおっしゃると……？」

「わたしゃ毎朝六時か六時半にゃ河岸《かし》へ買い出しにここを出るんです。いつもは向こうの勝手口から出るんですが、きのうの朝はあっちの勝手口にゃ荷物がいっぱい積んであったもんだから、こっちの路地の入口にトラックをつけて、そこから河岸へ買い出しにいったんです。だから、この下の非常口から出たわけですね。そのときもカシワに気がつきませんでしたから、野良猫が忍びこんだのはそのあとじゃないかと思っていたんだが……」

「それで、河岸からかえってきたのは何時ごろのことだね」

と、等々力警部がきびしく追及した。広田の答弁のなかには真実性もあるけれど、悪く疑えばあらかじめ用意されていたのではないかと、考えられるふしがないでもなかったからである。

「そうですね。だいたいいつも八時を過ぎますから、きのうもそうだったでしょうね」

「八時過ぎといえばいかに日の短いいまごろでも、もう明るくなっている時分だが……」

「いや、ところがかえりは向こうの路地へまわったんです。もう若いもんが出てきてましたからね、勝手口の荷物をかたづけさせて、そっちへ乗り入れたんです」

「失礼ですが買い出しは何人くらいで……？」

「いつもわたしひとりですよ。若いもんを連れてくこともありますが、だいたいわたしひとりですね。そのためにわたしがここへ寝泊まりしてるのも同様ですから……買い出しからかえってもういちど寝るんです」

「宿直は何人いるんです」

「おくではわたしひとりです。お店のほうには交替で事務のものが宿直しますけれどね」

「それはそうと……」

金田一耕助が思い出したように、

「この店、まえには朝日軒といってたんですって？」

「いつごろからトロカデロにかわったんですか」

「去年の秋ですよ。ついふた月ほどまえにトロカデロ一周年記念というのをやりましたからな」

「経営者がかわったんですか」

「ああ、そうそう、経営者がかわるとこうもお店の繁昌がちがうもんかって、こりゃいま銀座でも評判なんです」

広田は急に勢いをえたように、

「朝日軒の時分にゃ名前も古いがお店もクサッてしまって、わたしなんどもなんどオン出ようかと思ったかわからないくらいです。それがいまのマダムの手にうつってから、旦那がたもさっきお聞きのとおりの大繁昌。いやもうたいした手腕ですぜ」

「さっきのご婦人がマダムなのかい？」

「そうです、そうです。藤本美也子さんというんですがね。以前どっかのバーのやとわれマダムをしていたひとです。それがバーをはじめるとか、あるいはキャバレーやナイト・クラブで当てるとかいうなら話はわかりますが、こんな地道なレストランで大繁昌なんですからね。やっぱり持つべきものはバックでしょうな」

「だれかいいパトロンでもついているのかね」

広田はニヤッとした微笑を満面に浮かべると、

「あっはっは、問うに落ちず、語るに落ちるたあこのことでしたな。いや、こんなことをかくしてても、警察の手で調べてごらんになればすぐわかるこってすから、ここで申し上げておきましょう。東亜興業の加藤栄造さん……あのかたがそうですよ」

金田一耕助と等々力警部は、おもわずはっと顔見合わせた。

江崎タマキのパトロン金門剛のことはまえにも述べた。昭和二十四年から五年へかけて、ヤミ商売が下り坂になりかけたころ、いちはやくヤミと手を切って商事会社を起こすと同時に、当時パージの解けた財界の巨頭に取り入って、着々として財界に地歩をかためていったということは、まえにも述べておいたが、その財界の巨頭というのが加藤栄造なのである。

加藤栄造というのはさいしょ土建業者として身を起こした。東亜土建がそれである。この土建事業が成功すると、つぎに手を出したのが鉄鉱業だった。昭和の初期の不況時代にオンボロの鉄鉱会社を手に入れて、東亜鉄鉱と名を改めたが、やがて迎えた満州事変から日華事変、大東亜戦争へかけて、躍進また躍進と東亜鉄鉱は大飛躍をとげた。

三番目に加藤栄造が手を染めたのはビール会社だった。昭和八年ごろこれまたオンボロのビール会社を手に入れて、東亜ビールと名を改めたが、いまでは一流中の一流のビール会社にのしあがっている。

こうして彼はつぎからつぎへと、種類のちがった事業に手を出したが、加藤栄造が手を染めると、ふしぎにその事業は成功した。ちょうど手に触れるものことごとく黄金と化したという、昔のマイダス王のように、どんな鉛のようなオンボロ会社でも、加藤栄造がタッチすると、たちまち純金と化すとまでいわれたくらいだ。

こうして彼は手に入れた会社にかならず東亜という名前をおっかぶせた。いわく東亜自動車、いわく東亜造機、戦後はホテル事業やレコードにまで手を染めて、いわく東亜観光、いわく東亜レコード。

東亜興業というのは、これらの全然種類のちがった諸会社を統率するための親会社である。むろん戦後はいちおう解体されたが、パージが解けて復活すると、加藤栄造は着々として傘下《さんか》の事業を再編成し、戦前にもまさる隆盛を誇っている。壮時から企業の天才ともいわれ、戦前戦後を通じて財界の怪物とも傑物ともいわれているのが加藤栄造だ。

年齢はすでに七十を越えているはずなのだが、女出入りの多いことにかけても有名な男で、つねに数名はご寵愛の女があり、もしそれ夜行列車の寝台車でご寵愛を賜っただの、旅行先のホテルで枕席にはべっただのというたぐいを合算すると、枚挙にいとまあらずだろうといわれているくらいである。女にたいしてじつに手のはやい爺さんなのだ。

その加藤栄造の想いものだったのか、ここのマダムは。……金田一耕助は心のなかでうなずき、と、すれば、加藤にたいする義理からでも、宴会が多いのは当然であろう。

「なるほど」

と、等々力警部はきびしい目をして、広田の横顔を見守りながら、

「ときに、広田君、さっき金門産業のご宴会がむりやりに割りこんできたようだが、金門産業の社長はたしか金門剛という人物だったね」

「はあ、さようで」

「すると、金門剛という人物もちょくちょくここへ出入りをするのかね」

広田はさぐるように等々力警部の顔色を見ながら、

「金門さんに限らず加藤さんの息のかかったかたなら、たいていここを利用なさいますよ。まあ、加藤さんくらいになりゃご婦人を世話なすっても、ちゃんともとは取り戻しておしまいなさいますね。あっはっは」

「それで、おとついの晩、金門剛氏はこのうちへきていなかったかね」

「さあてね」

と、広田は首をひねって、

「そりゃご宴会やなんかでいらしたのなら、わたしの耳にも入るかもしれませんが、金門さんが個人でちょっと食事によられたくらいじゃ、調理場のわれわれにまではわかりませんや」

「それじゃ、おとついの晩、金門氏がここへきていたかもしれないんだね」

「さあ、そりゃ……そんなことは……それなら表のほうで聞いてごらんなさい。金門さんもちかごろ有名なかたです。いらしたんならいらしたですぐわかりましょう。しかし、旦那」

と、広田は三人の顔を見比べながら、

「金門さんがなにか……？」

赤ん坊のような頰っぺたが好奇心にもえていた。

「いや、それはこちらのことなんだがね」

と、金田一耕助は悩ましげな目をして、かるく返事を引き取ると、窓から外を見おろしながら、

「ときに、この路地のことなんだがね。あいびき路地とか、ランデブー稲荷とか……？」

「ああ、そうそう、ここ場所がいいんですかね。道路の向こうが建築中でしょう。あれ、建築ぬしと地主のあいだに係争が起こって、もう三年越しあの調子なんですな。だから、夜になるとあの常夜灯さえ消してしまえば、この路地のなかまっくらになってしまうんです。はじめは近所のバーの女やなんかが、客とここを待ち合わせに使ってたようですが、だんだん図々しくなったというのか、ここで安直にね。あっはっは」

広田は鼻のあたまにしわをよせて、にやにやとくすぐったそうな笑いかたをしていたが、急にまたまじめになると、

「ところがねえ、警部さん、ちかごろじゃこの路地にまたいやな名前がひとつふえましてね」

「いやな名前というと……？」

「暴力横町だのタカリ路地だのとね。このこと京橋署のかたはご存じですが、ここがあ

いびきの場所になってるてえことが、愚連隊の耳に入ったんですね。それでここで網を張ってて、網にひっかかった男と女をゆするんです。いやもう西銀座の盲点みたいなとこですよ、ここは……」

ちょうどそのとき路地の入口に自動車がついて、鑑識の連中がおりてきた。新井刑事がそれを見つけて、

「ああ、警部さん、鑑識の連中がきたようですよ」

「ああ、そう、広田君。それじゃこのピンはこちらへあずかることにするがいいかね」

「さあ、さあ、どうぞ。そう願えれば助かるというもんです」

警部は名刺のうらに受け取りを書いて広田にわたすと、新井刑事といっしょに廊下へ出た。金田一耕助は新井刑事や等々力警部の背後から、ドアの外へ出ようとしたが、きゅうに思い出したように、

「ああ、そうそう、広田君、君、こういう文句をしらないかね」

と、あいてに気をもたせるように間をおいて、ゆっくりと意味ありげに口ずさんだ。

「叩けよ、さらば開かれん……」

広田はあきらかに虚をつかれたのだ。いっしゅんギクッとしたように、険悪な光が瞳をよぎった。だが、もうつぎの瞬間には、ポカンとした表情があきれたように金田一耕助の顔を見ていた。

「それ、なんのことでしょう。なんだか映画の題みたいだが……」

「ああ、そう、仰せのとおり、ちかくそういう題の外国映画が入荷するそうですよ。さあ、警部さん、いきましょう」

金田一耕助は例によって例のごとく、二重回しのまえを開いたまま、ひょうひょうとして階段をおりていった。

マダムX

あとは万事新井刑事と鑑識課員にまかせておいて、金田一耕助が等々力警部とともに築地署へ着いたのは、もうかれこれ五時だった。見ると、表に豪勢なキャデラックが駐車している。

「臼井銀哉が先輩から借りてるという自動車じゃありませんか」

「そうかもしれませんね」

外からボディを調べると、どこを突っ走ったのか物凄い埃《ほこり》と泥のはねっ返りだ。泥っぱねはフロント・グラスから車体の屋根まではねっ返っている。

「やっこさん、どこを突っ走っていたのかな」

「二十日の晩からきょうまでかえらなかったとすると、そうとう遠出をしていたんでしょうな」

「どうせひとりじゃあるまい。金田一先生、ほら、あれ……」

等々力警部に注意をされて、金田一耕助が運転台をのぞいてみると、色のついたパラフィン紙だの銀紙だのがいちめんに散乱している。

「あっはっは、だれか女の子といっしょだったんですぜ。キャンディーかチョコレートをむしゃむしゃやりながら遠出とは悪くないな」

殺風景な取調室では二十二、三の青年が捜査主任、保井警部補や古川刑事の取り調べをうけているところであった。

保井警部補は等々力警部の背後から入ってきた金田一耕助の姿を見ると、いっしゅんはっとしたように目を見張ったが、すぐ白い歯を出して立ちあがった。

「やあ、これは金田一先生、あなたもごいっしょでしたか」

「やあ、保井さん、しばらくでした。またこのドン・キホーテが割りこんできましたよ」

「さあ、さあ、どうぞ。先生の割りこみなら大歓迎ですよ。警部さん、金田一先生がなにかまた……？」

「ああ、素晴らしい情報をもってきてくださったんだよ。どうやら殺人の現場が割り出せそうだ」

「警部さん、それ、どこですか」

と、古川刑事がさっと気色ばんで腰をうかした。

「いや、それはあとで話そう。いま新井君が洗ってるから大丈夫だ。ときに、こちらがX・Y拳闘クラブの臼井君だね」

「ああ、そうそう、紹介しましょう。こちらが臼井銀哉君、いま任意出頭できてもらったんです。臼井君、こちらが警視庁の等々力警部、そちらが警部さんの親友で金田一耕助先生」

臼井はふてくされた恰好で椅子のなかから、金田一耕助の風采をジロジロ見守っていたが、やがてにやっと不敵な微笑を浮かべると、せせらわらうようにつぶやいた。

「ああ、あの有名な私立探偵だね」

等々力警部ははっとしたように眉をひそめて、

「おや、臼井君、君は金田一先生をしってるのかい」

「名前だけはね、お目にかかるなあはじめてだが……」

「だれに聞いたんだ。金田一先生のことを……?」

臼井はまた金田一耕助の風采を、頭のてっぺんからスリッパをはいた爪先まで見まわしながら、わざとにやにやしながら、

「だれってことはありませんが、こちらそうとう有名なんでしょう。名前くらいはしってますよ。いかにボクサーだってね」

「あっはっは、令名天下にあまねしというところですかな。いや、光栄のいたりで……」

金田一耕助はうすく雪をかぶった二重回しをぬぎながら、内心ほっとしたものを感じずにはいられなかった。

臼井はおそらく金田一耕助の名を、夏目加代子から聞いていたのであろう。しかし、

ここで加代子の名前が出るのはまずいのだ。古川刑事は昨夜モンパルナスへおもむいて、いちおう加代子を取り調べている。

いまのところ彼女はぜんぜん事件の圏外に立たされているようだが、加代子と金田一耕助が結びついてくると、金田一耕助がこの事件へ乗り出してきた動機もわかり、はては加代子の希望を裏切らなければならない破目におちいらないとも限らないのだ。

「ときに、保井君、臼井君の話はどうなんだね」

「いや、そのことなんですがね。臼井君、すまないが、こうして警部さんや金田一先生がいらしたんだ。さっきの話をもういちどくり返してもらえないかね」

「よしてくださいよ、主任さん」

臼井はボサボサの毛をうしろに搔きあげながら、

「子供じゃあるまいし、おんなじ話をそうなんべんもくり返せますかってんだ。それにさっきからなんどもいったとおり、ぼかあこの事件にゃぜんぜん関係なしでさあ。きょう昼過ぎ新聞を見て、びっくりして箱根からこっちへかえってきたんですからね」

「いや、臼井君はこういってるんですがね」

と、保井警部補は古川刑事のデスクからメモを取りよせると、

「おとつい、すなわち、二十日の晩、臼井君はお京の店で江崎タマキに誘われたことは誘われた。しかし、そんな気にはなれなかったので、そのまま車をころがして、赤坂のナイト・クラブ〝赤い風車〟へ出向いていった。そこで知合いの人物に出会って、その

まま箱根の湯本にある銭屋という旅館へ車をとばした。そしてきのういちにちときょう昼過ぎまで、そこでゴロゴロしていたが、昼食後新聞を見て、はじめてこんどの事件をしって、びっくりしてかえってきた……と、こういってるんですがね」

「いってるだけじゃねえんで。じっさいそのとおりなんですよ、警部さん」

　臼井はそこまでひと息にわめいたが、きゅうに弱々しい調子になって、

「ねえ、金田一先生、助けてくださいよ。ひとにはそれぞれ秘密ってものがありまさあ。それだのに主任さんたら、あいての名前をいえいえってきかないんで、それでおれ弱りきってんだ」

「名前を出しちゃいけないあいてなのかね」

　と、金田一耕助は微笑をふくんで、このあどけないだだっこに目をやった。

　ボクサーだけあって、がっちりとした体格はしているが、夏目加代子もいっていたとおり、上背はそうあるほうではない。五尺四寸ちょっとというところだろう。色は浅黒いがちょっと女好きのする、いわばお坊っちゃんタイプの青年である。もっとわかりやすくいえば、根はお坊っちゃんでありながら、お坊っちゃんと見られるのがいやで、スゴんでみせる……と、そういった年ごろでもあり、また、そういうタイプの青年で、こういうのが年長の女にかわいがられるのであろう。

「ええ、それがね、ちょっとまずいんですよ、金田一先生。だからさ、そのひとの名前を出さないで、なんとかこの事件からのがれられるように取り計らってくださいよ。お

礼はしますぜ」

「箱根へしけこんだご婦人に吐き出させるか。あっはっは」

保井警部補は笑って、

「金田一先生、どこかの奥さんといっしょだったらしいんですよ。その奥さんの名前が新聞にでも出ちゃたいへんだってんで、それで銀ちゃん、大いに騎士道ぶりを発揮して、われわれをてこずらせているというわけです」

「しかし、臼井君」

「はあ」

「君がいかにかくしたって、箱根の旅館を調べられりゃすぐわかるんじゃないかな。たとえ宿帳にゃ変名を使ってたとしてもだね」

「いえ、ところがそのひと女中のまえじゃ絶対に顔はみせなかったんです。宿のもんであのひとの顔を見たものはひとりもなかったでしょう。ネッカチーフやサングラスやそれにハンカチを使って、うまく顔をかくしてたんです」

「あっはっは、それじゃまるでスリラー映画じゃないか」

「金田一先生、冗談じゃなくほんとに助けてくださいよう。なんぼでも出すとはいえねえが、そうとう謝礼をするからさあ」

「と、いうところをみるとあいてはよほどの大物なんだね」

と、等々力警部がそばからまぜっ返した。

「しかし、臼井君、箱根のほうはそれでよいとしても、赤坂のキャバレーのほうはどうなの。そっちを調べればあいてがだれだかわかるだろう」

「それをいわれるとヨワイんだ。金田一先生、われわれはべつべつに赤い風車を出たんだけど、そりゃ目のカタキみたいにして調査されりゃ、あいてがだれだかわかりまさあ。だから、金田一先生、助けてくださいよ。おれ、そのひとをスキャンダルにまきこみたくねえんだ。そうとうの謝礼はしますからさあ。それが先生のしょうばいなんでしょう」

妙なことになってきたと、金田一耕助は心のなかで考える。

夏目加代子はこの男を事件のなかにまきこみたくないと、警察から姿をかくしているのである。ところがいっぽうこの男は、正体不明の人物……それはおそらく保井警部補も指摘したとおり女性、それも人妻ででもあろうか……に対して、騎士道精神を発揮しているのである。これを聞いたら夏目加代子はいったいどんな気持であろうか。

「いや、ありがとう、臼井君、わたしの手腕を高く評価していただいたんだからね。それじゃひとつ話を聞かせてもらおうじゃないか。おとついの晩からきょうここへ出頭するまでの君の行動を……おっと、警部さん、よろしいでしょう」

「さあ、どうぞ、どうぞ。わたしもここで聞かせてもらいましょう。臼井君、ひとつ金田一先生の質問に答えてあげてくれたまえ」

「はあ、でも、金田一先生」

臼井はちょっと野獣を思わせるような唇をなめながら、

「問題のひとのことはいっさいノーコメントですぜ」

「ああ、いいとも。そのひとはいちおうここで、マダムXとでもしておこうじゃないか」

「マダムXか。あっはっは、そいつは気に入ったな。それで……？　どこから話をすればいいんです？」

「お京で江崎タマキに誘われたってところから聞きたいんだがね。君はそれを断わったそうだが……」

「いや、断わりゃしませんよ。オレもはじめはそのつもりだったんだ」

「あれ、君はさっきタマキに誘われたけれど、断わったってふうにいってたじゃないか」

「それは主任さんの聞きかたがいけないんですよ。タマキに誘われたことは誘われたけれど、けっきょくスレちがっちまって、じぶんはほかのひとと箱根へいっちまったってさっきいったんです」

「ああ、なるほど、それじゃスレちがいのいきさつをこれから聞かせてくれたまえ」

金田一耕助が目くばせしたので、保井警部補は無言のままでひかえていた。

「はあ、それはこうなんです。ぼくがキャデラックをころがしてきたってことをいうと、みんなわあってんで表へとび出したんです。あそこいらの女、自動車というと夢中だからな。そんときみんなで車を褒《ほ》めたり貶《けな》したりしてたんだが、そのあとでタマキとふたりでボックスへおさまったとき、むこうのほうから箱根か熱海へドライブしようじゃないかと切り出してきたんだ。ほんというとそれ、ぼくんとっては渡りに舟だったんですがね」

「渡りに舟とは……？」

「いやだなあ、金田一先生、おひとが悪いや」

臼井はてれてちょっと顔を赧《あか》くしたが、すぐ真剣な目つきになって、

「いや、じついうとぼくことしのスケジュールはすっかり終わっちまったんです。あと来年そうそうのマッチにそなえて、クリスマス時分から本格的トレーニングに入らなきゃいけねえんだが、それまでに体内にたまってる、モヤモヤとしたもんをはき出しとく必要があると思ったんです。だから先輩から借りてる車を見せびらかしたてえのも、それでタマキを誘ってやろうという魂胆だったんです」

「ああ、なるほど。それをむこうから切り出してくれたので渡りに舟……」

「そうなんです。だから、それじゃこれからあのキャデラックでどこかへいこうじゃないかって、こちらから誘ったところが、タマキのやつ変なことをいうんだな」

「変なことというと……？」

「タマキにゃパトロンがあるんです。ぼく、タマキと関係ができてからしったんですが、金門剛ってそうとうの大物なんです。なんでも戦後派の怪物とか傑物とかいわれてる男で、そうとうすごい男らしいんですが、金田一先生はご存じじゃありませんか」

「名前はもちろん聞いてるが、そのひとがどうかしたの？」

金田一耕助は等々力警部のほうへ視線をやりたいのをがまんして、表面はごくさりげ

ない顔色である。

「いや、じつはタマキのやつ、そのひとのことをだいぶん恐れていたらしいんだな。ぼくとの関係がばれたんじゃないかと思う。こんやなんかも監視されてるような気がしてならないというんだ」

「だれかそんな人物が……タマキちゃんを監視していそうな人間が、その晩お京にいたのかね」

「いいえ、タマキもべつにあのひとがそうだなんてことはいわなかったんだが、いやにびくびくしてんだな、そいで……」

「ああ、ちょっと……臼井君は金門剛という人物に会ったことある？」

「お京でいちど会いました。豪勢なリンカーンをじぶんでころがしてやってきたんだ。おれがおとついの晩、これみよがしにキャデラックをころがしてたってえのも、あのひとに対する劣等感だったかもしれないんだな」

「なるほど、なるほど、それで……？」

「ええ、そいでここをいっしょに出るとこをひとに見られちゃまずいてえんです。だからおまえはひとあしさきにここを出て、そこいらをひとまわりしてこい。じぶんは看板になるとすぐここを出て、これこれこういうところで待ってるから、そこへ迎えにきてくれって、妙な場所を指定しましたよ」

「妙な場所って？」

「お京の店のすぐ近くに曳舟稲荷ってあるんです。そこで待ってるからって地図まで書いてくれましたよ」

金田一耕助と等々力警部は、またたがいに顔を見合わせたい衝動をおさえるのに苦労しなければならなかった。

「君、その地図持ってる……？」

「いいえ、そんなもんとっくの昔に破って捨てちまいましたよ。だって、おれ、なんだか怖くなってきたんだ」

「怖くなったってどんなこと」

「いや、それはこうなんだ。おれがお京を出たなあ、十二時ちょっとまえだったたな。それから二十分ほど車をころがしていたんだ。おれあんまりひとに待たされるのきらいだからな。それから地図にある曳舟稲荷というのへいってみたんです。それ、銀行と薬局のあいだにある袋小路のおくなんだな」

「お京の店の近くだって、それ、いったいどのへんなんだね」

「いや、保井さん、それはあとのことにしましょう。ふむ、ふむ、それで……？」

「ああ、おれもタマキに書いてもらった地図と首っぴきで、曳舟稲荷というのへいったんだ。そしたら、なるほど銀行と薬局のあいだに袋小路があることはあるんだけど、なかがまっくらでタマキがいるのかいないのかわかりゃしない。まさか、そんなとこで車をとめてノコノコ袋小路のなかへ入ってくわけにもいかねえじゃありませんか、金田一先生」

「そりゃそうだね」

「そうでしょう。それでおれ、袋小路の入口を徐行しながら、二、三度クラクションを鳴らしたんだ。タマキがいたら飛び出してくるだろうと思ってさ」

「そしたら、タマキちゃんが飛び出してこなかったんだね」

「そうなんだ。で、そのまま車をころがして四つ角までいったんだ。そしたらそこに車が一台とまってて、運転台にいる男が袋小路のほうを見張ってるじゃありませんか。おれぎょっとしちゃって、そのまんま雲を霞《かすみ》と逃げ出したんです」

金田一耕助はとうとう等々力警部と顔見合わせた。

「臼井君」

と、等々力警部はのどのおくからしぼり出すような声で、

「それが金門剛だったのかね」

「いえ、それがよくわからねえんで。運転台の灯が消えてたんです。だけどこっちのヘッドライトを浴びたとたん、やっこさん、さっと顔をそむけやあがった。帽子をまぶかにかぶり、サングラスをかけてたようだったな。防寒用のマスクをかけてたかもしれねえ。どっちにしても、こいつくさいと思ったとたん、おれぎょっとしちゃって、そのまんま雲を霞と逃げ出したというわけだ」

「それ、何時ごろのことかね」

「ハッキリ時計を見たわけじゃありませんが、だいたい十二時十五分か二十分ごろのことじゃありませんかね」

もし臼井銀哉が夏目加代子と連絡をとっていないでこれをいうのだとしたら、真実を語っているとみてもよかろう。なにもかも加代子の話と符節が合っているようである。

「君、そのとき車の型に気がつかなかったかね。リンカーンだったかどうか……」

「いや、それなんですよ、警部さん、あとでしまったと思ったんですが、なんしろあわくってたもんだから、そこまで見定める余裕はなかったんです。だけど、あれ、たしかにだれかを見張ってたにゃちがいねえな」

等々力警部は金田一耕助の顔色をうかがいながら、

「それから君はまっすぐに赤坂の〝赤い風車〟へ車を走らせたんだな」

「ええ、そうなんです。あんな見張りがついてる以上、こんやはタマキは駄目だと思ったんだ。それでついムシャクシャして赤坂へ突っ走ったんです」

「そこでマダムXに出会って、ふたりで箱根へ遠出をしたんだね」

「ええ、そうなんで。おれもまえに箱根へドライブしたことがあるんだけど、おれよりもマダムXのほうがよく道をしってましたよ」

「箱根へ着いたのは何時ごろ？」

「三時を過ぎてましたね。三時二十分ごろ……途中でちょっと道に迷ったりしたもんですからね」

「それからすぐ寝たのか」

「ええ、ひと風呂浴びて……あとはまあ想像におまかせしますよ。えっへっへ」

臼井銀哉はピチャピチャと舌を鳴らして唇をなめるのだが、その動物的な悦に入りかたから察すると、マダムXなる女性、そうとうこの若きドン・ファン氏を満足させたらしい。

「それで、マダムXときょう昼間までいっしょだったのかい」

「とんでもない」

と、臼井は目玉をくりくりさせて、

「マダムXはきのうの朝かえっていきましたよ。女ってものはタフなもんだと思ったな。こっちゃは眠くってしかたがねえのに、十時ごろ起きてひとりで風呂へ入ると、じぶんでハイヤー呼んで引き揚げたんです。そんなときこっちゃはまだ床のなかだったからな」

「それで、君はひとりでもうひと晩泊まったのかい」

「まさか」

と、臼井は鼻の頭にシワをよせてにやりと笑うと、大きく肩をゆすってみせた。こういうバタくさいしぐさも、臼井のような男がやってみせると、ふしぎにイタについているものなのだ。

「じゃ、また、だれか呼んだのか」

「へえ、こんなチャンスはまたとねえと思ったからね。どうせクリスマスを過ぎるとまた殺人的トレーニングだ。そいで東京へ長距離をかけて、女の子をひとり呼んだってわけでさあ」

「あっはっは、おうらやましいご身分だな」

「そうでもありませんのさ」

と、臼井は椅子のなかに埋まるように腰を落として、

「こんな話をしたからって、おれ女の子にもてるなんてウヌボレちゃいませんよ。もててるのはミドル級のチャンピオンてえタイトルと、箱根という場所と、キャデラックという車……その三つでさあ。この三つのどれが欠けても、おれみたいなひよっこに、いまどきの女の子、洟《はな》もひっかけるもんですか」

「あっはっは、なかなか達観してるんだね」

と、保井警部補がからかうように、

「それできのう呼びよせた娘といっしょにかえってきたのかね」

「ええ、そうなんです。きょう昼ごろ起きて、朝昼兼帯の飯を食いながら新聞を見たら、タマキの記事が出てたんだ。もうすっかりおったまげちゃって……。そいで急いでこっちへかえってきたんだが、新橋でその娘をおろして茅場町へかえってきたら、その刑事さんが待ってたってえわけです」

「その娘の名前はいってもらえるだろうね」

「だって、この事件にゃなんの関係もありませんぜ」

「なくってもいい。君の供述の裏付けになるんだ」

臼井はちょっと考えたのち、

「それじゃいっときましょう。だけどあんまり迷惑がかからないようにしてやってくださいよ。ひと晩おれと遊んだだけのことなんだからな」

それから彼は新橋にあるサンチャゴというキャバレーと、そこへ出ている岡雪江というダンサーの名前をあげた。

金田一耕助は内心ほっとため息をつく。夏目加代子に電話をかけてやれば、おそらく彼女はよろこんで飛んでいったであろうに、銀ちゃんの頭のなかには加代子の名前は浮かばなかったのであろうか。と、いうことは加代子はもうこの青年にとっては、路傍の石もおなじなのであろうか。

「警部さん、あなたなにか質問は……？」

「ああ、そう」

保井警部補にうながされて、等々力警部はちらと金田一耕助に目をやると、

「臼井君、君はトロカデロというレストランをしらんかね。以前は朝日軒といってたそうだが……」

「しりませんね。どこにあるんですか」

「ああ、そう、いや、しらなきゃいいんだ。金田一先生、あなたなにか……？」

「はあ」

金田一耕助はちょっと躊躇《ちゅうちょ》したのちに、

「それじゃ、ひとつ聞きたいんだが、君はタマキちゃんに手紙書いたことある？」

「手紙ってどんな手紙です」

「いや、どんな手紙でもいいんだ。いつどこそこで会おうとか、ご機嫌いかがとか、どんな意味でもいいし、また切手を貼って出す郵便物でもいいし、あるいは便箋に走り書きして、ひとにことづけるような手紙でもいいんだが、とにかくタマキちゃんに手紙を書いて出したことあるかね」

臼井は怪訝《けげん》そうな顔をして、ボサボサの頭に手をやりながら、

「さあてね。どういうわけでそんなお尋ねがあるのかしりませんが、おれおぼえねえな。おれあんまり筆マメなほうじゃねえし、第一手紙書くことねえもんな。会いたきゃ電話一本でことが足りるんだから……」

「じゃ、手紙、あるいは手紙に類したものをタマキちゃんあてに書いたことは……？」

「一度もねえな。だけど、金田一先生、だれかがおれの名前をかたってタマキに手紙を書いたとでも……」

「いや、いや、それはまあいいんだが、君はタマキちゃんのことをなんて呼んでたの。タマキと呼びすてにしてたの？」

「いや、そりゃひとまえではタマキちゃんと呼んでましたよ。だけどふたりきりになって、ふざけあうときにはタマキと呼びすてでした。そうでねえと情が移らねえとあのひ

とがいうもんだから」

「ああ、そう、ときに臼井君、君、そこに万年筆を持ってるね。それ君の愛用の万年筆だろうね」

「愛用たって、おれめったに万年筆なんか使うことねえよ。これ、まあ、いってみれば男のアクセサリーみたいなもんでさあ」

「保井さん、なにか紙を貸してください」

金田一耕助は保井警部補から便箋帖を受け取ると、それを臼井のほうへ差し出して、

「臼井君、そこへ君の万年筆で書いてくれたまえ」

「なんと書くんです」

「叩けよ、さらば開かれん。ギン生……ギン生のギンは片仮名、生は先生の生だ。それから宛名はタマちゃんへ……タマちゃんのタマは片仮名、ちゃんは平仮名……さあ、もういちどいうよ、叩けよ、さらば開かれん、ギン生、タマちゃんへ……」

「先生、あんたまさかこのおれを、罠《わな》にはめようてえんじゃないでしょうね」

「君にやましいところがなきゃ、罠にはめようたってはめようがないんじゃない？」

臼井はもういちど金田一耕助の顔に目をやったのち、便箋のうえへ太い万年筆で一気《いっき》呵成《かせい》に書きなぐった。

叩けよ、さらば開かれん
ギン生

タマちゃんへ

これを要するに臼井の話は加代子の話の真実性を裏付けただけのことで、それ以上の進展は見られなかった。それにもかかわらず金田一耕助がこの男に強い興味をもったのは、彼が左利《き》きらしいということだ。そういえば臼井の左パンチは有名なのである。

金門の暗い影

「金田一先生」

それからまもなく臼井銀哉がかえったあとで、保井警部補はきびしい視線を金田一耕助に向けて、

「臼井に書かせたこのお呪《まじな》いみたいな文句、これなにか意味があるんですか」

「そういえば、金田一先生、あんたさっきトロカデロのコックの広田にも、そんなことを聞いてらしたね。叩けよ、さらば開かれん……」

金田一耕助は無言のままふところから手帳を取り出すと、そのなかからさっき夏目加代子にあずかった紙のきれはしを出して、いま臼井の書いていった便箋とならべておいた。

「警部さん、このふたつの筆跡を大至急鑑定させてくださいませんか。おなじ人間の筆によるものであるかどうか……」

等々力警部と保井警部補、古川刑事の三人は紙ぎれに書かれた文字を見て、いっせいに驚きの声を放った。

「金田一先生！」

と、等々力警部は呼吸をはずませて、

「この紙ぎれは……？」

「死体……江崎タマキの死体のそばに落ちていたものを、ぼくの依頼人がひそかに持ちかえったものなんです。なにかの証拠になりはしないかとね」

「じゃ、目撃者があったんですか」

「殺人の現場というのはいったいどこです？」

保井警部補と古川刑事がほとんど同時に左右から叫んだ。

「それは警部さんからお聞きになってください。警部さん、あなたからどうぞ」

「いや、じつはこうなんだ。金田一先生のところへきょうある人物から依頼があったというんだ。金田一先生、職業上の徳義を守って、その依頼人の身分姓名はおろか、性別もいってくださらないんだが、その依頼人が偶然のことから……ああ、金田一先生、その依頼人が江崎タマキの死体を発見したのは偶然なんでしょうねえ」

「もちろん、偶然だ……と、当人はいってます」

「ああ、そう、偶然のことから江崎タマキの死体を発見したのだが、事件の渦中にまきこまれたくないというところから、死体をそのままにしてかえってしまったんだ。だけど、それでは良心にとがめるというので、絶対に依頼人の名前を出さないという条件のもとに、金田一先生のところへ、死体発見の顚末《てんまつ》を打ち明けにいったんだそうだ」

「それで、死体を発見した場所というのは……？」

「それがいま臼井の話にも出たろう。タマキが落ち合う場所として指摘したという曳舟稲荷なんだ」

「あっ！」

「金田一先生の報告を聞いて、さっそく新井君と三人で曳舟稲荷へいってみたが、あきらかに血痕を洗い落としたあとがある。それじゃなぜ付近の連中がその血痕に疑惑も持たず、洗い落としてしまったかというと、こういうトリックを弄《ろう》してるんだ」

と、カシワの一件を語ってきかせて、

「それでいま鑑識のものが出向いてるんだが、ルミノール反応ぐらいは出るだろうが、血液型まで出るかどうかな。しかし、いまの臼井の供述やなんかからして、そこが犯罪の現場であることはもうまちがいがないようだな」

「と、すると、警部さん」

と、保井警部補が身を乗り出して、

「臼井が目撃したという自動車のぬしですがね、それ、やっぱり金門自身かあるいは金門の輩下のものか……」

「いや、金門がこの事件に関係してるとすれば、犯罪現場ともっと密接な関係があるんだが……」

　と、トロカデロと金門剛の関係を打ち明けたのち、等々力警部は金田一耕助をふり返って、

「金田一先生、わたしさっき臼井の話をきいてふしぎに思ったんですが、タマキが曳舟稲荷を、密会の場所に指定したのは、そこがたんにあいびきの場所として恰好の場所であったせいか、それともトロカデロと金門との関係をしっていて、あいびきにことよせて臼井をそこへおびき出し、なにかべつのことをたくらんでいたのか……」

「さあ……」

　と、金田一耕助は悩ましげな目をして、叩けよ、さらば開かれんを見比べながら、

「それはぼくにもわかりません。しかし、もしあとの場合だったとしたら、金門氏があの晩トロカデロにきており、しかも、それをタマキがしってたということを意味するんじゃないでしょうかねえ」

「なるほど、すると、臼井の見た自動車のぬしというのは……？」

「さあ、それはぼくにもまだわかりません」

「いったい、その曳舟稲荷というのはどこにあるんですか」

　と、保井警部補は背後の書架から、東京都区分地図の帖を取り出し、そのなかから中央区の部分を捜し出した。

　等々力警部がその地図のうえに赤インキで×点をつけると、古川刑事が呼吸をはずま

せ、

「それじゃ、警部さん、じっさいに死体が発見された入船橋は、ここから築地の中央卸売市場へいく途中じゃありませんか」

「そうなんだ。しかも問題のコック広田という男は、きのうの朝六時にトラックで買い出しにいっている。おまけにひとりだ」

「よし、それじゃ広田というのを洗ってみましょう。カシワをカムフラージュに使ったところなど、広田という男がくさいですぜ」

「そうだ、それからトロカデロのマダムの藤本美也子という女もね。ときに金門はだれの係りなんだね」

「川端君なんですがね。もうまもなくかえってくると思います。ときにみなさんお食事は……？　なにか温かいものでも取ろうじゃありませんか」

時刻はもう六時になっている。外は雪が本降りになってきたらしく、ストーブのなかの石炭が少しでも下火になると、しんしんと肩に寒さがしみとおる。

一同が出前の温かなものをすすっているところへ、川端刑事がかえってきた。

「主任さん、殺人の現場がわかったんですって？」

「おや、君、だれに聞いたんだい」

「いや、おおぜいブン屋がつめかけていて、主任さんに会いたがってますよ。本庁の鑑識の連中が西銀座の曳舟稲荷というのへ駆けつけたが、あそこが現場じゃないのかって、わっとつめよられましたよ」

川端刑事はストーブのそばへよって、バタバタと外套の雪をはらい落としている。鼻の頭がまっ赤になって、顔がかさかさに凍《い》てついている。

「ふむ、そのことはいまに話すが、君、どうだい、なにか温かなものを……」

「ええ、ご馳走になります。なにせすっかり雪になりゃがって……」

川端刑事はみずから受話器をとって、ソバ屋に釜揚《かまあ》げうどんを注文すると、

「金田一先生、しばらくでした。あなたがこの事件に首をつっこんでらっしゃるてんで、外ではやっこさんたち、いっそうわいわい騒いでますぜ」

「あっはっは、さっきちょっと姿を見られましたからね」

金田一耕助はソバ一杯で満足したのか、腹の底から暖まったように、ヌクヌクと椅子のなかにふんぞりかえっている。等々力警部は天丼《てんどん》のあとでザルソバにタックルしていた。あいかわらず健啖《けんたん》である。

「ときに川端君、金門のほうはどうだったんだい」

「いや、ところがいま東京にいないらしいんです」

「いないらしい……らしいというのはどういうんだ」

「それが自宅でもオフィスのほうでも行先きをハッキリいいたがらないんですね。なにか秘密を要する商用らしいんです。それでもやっと、ゆうべの月光で大阪へ立ったらしいってことだけはわかったんです。秘書の細君の口からきいたんですがね」

「そうすると、おとついの晩は東京にいたんだね」

「ええ、それはハッキリしてます。ただし、おとついの晩どこで過ごしたのか、それは細君もしらないんです。田園調布の自宅へかえってきたのは、真夜中の二時を過ぎてたそうです」

「しかし、自家用車を乗りまわしてるんだろう。リンカーンを持ってるそうだが……」

「いや、ところが自家用車のほうは十時ごろ丸の内のオフィスからかえしてるんです。よくそういうことがあるそうですよ。じぶんとこの運転手にもいきさきをしられたくないような場合が、ちょくちょくあるらしいんですね。そんなときにゃじぶんの自動車をかえして、タクシーを利用するらしいんです」

「そうすると金門のやつ、いまでも暗い仕事をしてるのかな」

古川刑事がつぶやいた。

「それで、ゆうべの月光で大阪へ立ったということは、秘書の細君の口からわかったんだね」

「そうです、そうです。秘書は福田一雄というんですが、きのうの夕方吉祥寺の自宅へかえってきて、社長のお供できゅうにこんやの月光で、大阪のほうへ旅行することになったと、ボストン・バッグに荷物をつめて出かけたそうです。予定は二、三日ですむか四、五日かかるかわからないと、行先きも大阪とだけでハッキリとはいわなかったそうです」

「ゆうべの月光で立ったといえば、きのうの夕刊は見たでしょうがねえ」

「しかし、その夕刊にはまだ江崎タマキの名前は出ていない」

「どうでしょう、大阪の新聞にゃこの事件出ないでしょうねえ」

「そうだねえ。もっと大事件に発展していけばともかく、たかがバーの女が殺されたくらいの事件じゃねえ。向こうだって記事が輻湊《ふくそう》してるだろうからな」

「しかし……」

と、そばから悩ましげな目をして、口をはさんだのは金田一耕助である。

「金門ほどの人物がオフィスにも自宅にも、ハッキリとした行先きもつげずに旅行するというのはどうでしょうね。急に用事ができたらどうして連絡するんでしょう」

「いや、それなんですが、そういう場合は金門のほうから電話をかけてくるんだそうです。日に一回、それもだいたい夜の八時か九時ごろ、オフィスへ長距離をかけてきて、連絡先の打ち合わせをするんだそうです。だから社長が旅行をすると、いつも十時まではオフィスに釘づけだって、専務の阿部仁吾って男がこぼしてました」

「その男に江崎タマキのことはいっといたろうな」

「いや、こちらから切り出すまでもなく、むこうでも新聞を読んでしってたんです。社長の留守中だけにだいぶん困ってたようですね。でも、こんや大阪から電話があったら、さっそく連絡するといってました」

「そうすると、タマキとの関係はオフィスではしれてたんだな」

「いや、オフィスばかりじゃなく、細君もしってましたよ。こんなことでまた主人の名前がジャンジャン新聞に書き立てられるんじゃないかって、だいぶん心配してましたね」

「その細君は大丈夫なんだろうな。亭主のご寵愛をうばったにっくき女めというわけで……」

と、そばから口をはさんだのは古川刑事だ。

「さあ、それはよく洗ってみなきゃわかりませんが、見たところ平凡な、ぬかみそくさい、まあいってみれば糟糠《そうこう》の妻という感じですが、そこはなんともいえませんね」

「ところで、その阿部という専務もおとついの晩、金門がどこにいたのかしらないのかい」

「はあ、十時ごろまではオフィスにいたそうです。なにか重大な会議があったらしいんですね。だけど阿部のほうがひと足さきにかえったので、社長が自家用車をかえして、ひとりでテク、あるいはタクシーを拾ってどこかへいったってことはしらなかったといってます」

金田一耕助がそばから、

「そういう場合、自家の運転手にさえ行先きをしられたくないような、秘密の行動をとる場合ですね、金門氏にはどのような用件があると見てよいのでしょうねえ。事業上の秘密か、それともプライベートな問題か……？」

「いや、金田一先生、それはわたしも突っ込んでみましたよ。そしたらふたとおりあるというんです。事業上の秘密の場合と、プライベートな場合と。……そこでプライベートな場合というとどういうんだと突っ込んだところが、曰《いわ》くいいがたし、そこはご想像におまかせすると逃げられましたが、口ぶりから察するとやっぱり女の問題じゃないかって気がするんですがね」

「金門剛にとってはボスにあたる加藤栄造というのが、女にかけてはじつに手の早い人物だって定評がありますが、そうすると勇将のもとに弱卒なしということになりますかな」

保井警部補のつぶやくのを聞いたしゅんかん、金田一耕助の脳裡にひらめいたのは藤本美也子のあの濃艶な容姿である。

もし金門剛が藤本美也子とひそかに通じているとすれば、それは絶対に秘密にしなければならないだろう。金田一耕助も東亜興業の加藤栄造と金門剛のくわしい結びつきはしっていない。しかし、加藤をおこらせたら金門にとって、いろいろつごうの悪いことが多いにはちがいないだろうくらいのことは想像される。だが、その反面加藤の寵姫とインギンを通じておいて、その方面から策動させれば、金門にとっていろいろ有利な場合も多かろう。金門剛という人物は目的のためなら、手段も選ばぬ男だと金田一耕助も耳にしている。

さらに、もしそれ江崎タマキがふたりの関係をかぎつけており、しかもおとついの晩金門剛が、ひそかにトロカデロでマダムに会っているということに気がついたとしたら……それだって無理な想像ではない。トロカデロとタマキの勤めているお京の店とは、目と鼻のあいだといってもいいほど近距離にあるのだから。……

だが、金田一耕助はにわかに首をつよく左右にふった。いま脳裡に思い浮かんだその考えをふるい落とそうとするかのように。よけいな先入観は物事を正確に判断するうえにおいて、邪魔になるだけのことなのだ。

そこへ新井刑事が鼻の頭をあかくしてかえってきた。

「ああ、新井君、どうだった？　あれじゃ血液型の鑑定もむりなんだろうね」

「いや、ところが警部さん、さいわいほかにも血痕が見つかりましたよ」

新井刑事はストーブのそばへちかよって、寒そうにかじかんだ手をかざしながら、部屋のすみにつんである食いあらしたどんぶりや皿《さら》に目をとめると、

「ああ、おれも腹がへったな。なにか温かなもんでも注文するかな」

「新井さん、ぼくの釜揚げがいまくるはずです。なにか追加しましょうか」

「ああ、そう、それじゃ鍋焼きでもいってくれんか。外はえらい雪ですぜ。まったく金田一先生はいいタイミングに注意してくださいましたよ。もう一日おくれたらこの大雪で、あの現場なにもかもめちゃくちゃになってたかもしれん」

「新井君、ほかにも血痕が見つかったてえのは……？」

「ああ、それそれ」

と、新井刑事はまだストーブのそばを離れようとはせず、

「あの賽銭箱のうえに鰐口《わにぐち》がぶらさがってたでしょう。あの鰐口から赤と白とのダンダ

ラ編みの紐がぶらさがってましたね。あの紐に血痕が跳ねっかえっていたんです」

「鰐口の紐に血が……？」

「そうです、そうです。それもおあつらえむきに赤い布のうえに跳ねっかえっていたんで、犯人も気がつかなかったんですな。高さからいって、ちょうど女が立って首のあたりです。だから犯人は立ったままハット・ピンで女の首を刺した。そのハット・ピンをそのままにしときゃよかったのを、つい抜いたもんだから血が飛んだんですな。だから、大丈夫、血液型は十分鑑定できます。江崎タマキはたしかO型でしたな」

「ああ、そう、それにな、新井君、臼井銀哉の供述で、あの晩、タマキがあの横町へ出向いていったらしいことはハッキリしてきたんだ。だから、あそこがタマキ殺しの現場だってことはもう間違いがないようだな。それじゃひとつ血液型鑑定の結果を待って、そのことをブン屋諸公に発表することにしよう」

　その夜の十時、記者会見の席で殺人現場について発表が行なわれた。それと前後して金門産業の専務阿部仁吾から、捜査本部に電話があった。

　たったいま大阪から長距離がかかってきた。社長に江崎タマキの事件を話すと、社長もとても驚いたようすであった。そういうことならこちらにおける用件を後日にまわしてでも、こんや大阪を立って東京へかえる。ただし、マスコミに追っかけまわされるのは困るから、こちらから連絡するまではソッとしておいてほしい。けっして逃げもかくれもしないから云々。……と、いうのであった。

等々力警部もそれを諒とした。

金田一耕助の取り引き

二十二日の夕方から降りはじめて、二十三日の未明まで降りつづいた雪も、夜が明けるとともにあがって、あとは日本晴れの上天気になっていた。

金田一耕助は十時ごろ目をさますと、ベッドのなかで五種類の新聞に目をとおした。どの新聞の社会面にも、江崎タマキの記事が大きく扱われており、新しく発見された現場の写真や付近の見取り図が、まるで推理小説もどきに挿入されている。金田一耕助の名前の出ているのもあった。

ことに血だらけのカシワによって、路上の血痕をカムフラージュしてあったということが、ブン屋諸公の好奇心をいたく刺激したとみえて、どの新聞にも青木稔、山本達吉両君の談話が掲載してあり、あの若い山本達吉君がニキビだらけの頰っぺたを紅潮させて、新聞記者をあいてにしゃべりまくっているところを想像すると、金田一耕助もちょっとほほえましくなった。

この新聞を読み比べるのにたっぷり半時間をかけて、金田一耕助がベッドを出たのはもうかれこれ十一時であった。それから朝昼兼帯の食膳に向かったが、彼の食事はいたって粗樸《そぼく》なものである。

たっぷりバターを塗ったトーストがふたきれに、牛乳が一本、ほかに罐づめもののアスパラガスに、ウインナー・ソーセージ。気の落ち着いているときは、じぶんで野菜サラダをつくるのだが、きょうはなんとなくソワソワしているので、りんごをかじることでまにあわせた。

十二時になって外出しようとして、金田一耕助ははたとばかりに当惑した。嚢中に赤信号をきざしていることに気がついたからである。金田一耕助は檻のなかのライオンみたいに、二、三度部屋のなかを往復したが、やがて大勇猛心をふるい起こしたような顔色で階段をおり、管理人さんの部屋のドアをノックした。

「あら、金田一先生、お出かけですの」

ドアを開いたのは山崎管理人の奥さんよし江さんである。

「ああ、いや、それについて奥さんにちょっとお願いがあるんですが……」

まるで余計なお小づかいをおねだりする悪戯《いたずら》小僧みたいに、金田一耕助がおずおず切り出すと、よし江さんははやくも用件を察したとみえて、にっこり笑うと、

「先生、そのドアをおしめになって。……それで、いくらくらいご用立てすればよろしいんですの」

「いやあ、これは恐縮です。じつは、その、千円くらいもあればさしあたり……」

「承知しました。少々お待ちになって」

よし江さんはつぎの間へひっこんだかと思うと、すぐまた封筒を片手に出てきた。

「金田一先生、ここに三千円入っておりますから、どうぞご遠慮なく」

よし江さんはなかなか気前がいい。もっとも金田一耕助に三千円用立てておけば、日ならずして五千円くらいになって返ってくることを、ちゃんと勘定に入れているのかもしれない。

「いや、ど、どうも恐縮。……そ、それじゃ当分……」

「いいえ、金田一先生、先生のごつごうのよろしいときで結構なんですよ」

「はあ、いや、そりゃいよいよもって恐縮です」

どんな親しい仲でも金の貸借ということは気まずいものである。金田一耕助がヘドモドしているところへ、電話のベルが鳴り出した。それをしおに金田一耕助が蒼惶《そうこう》として部屋を出ようとすると、

「あの、金田一先生、先生へお電話でございます」

「えっ、ぼくに……? だれから……?」

「いいえ、お名前はおっしゃいません。先生に直接申し上げたいといってらっしゃいますけれど、ここでおかけになりますか。それともお部屋へおつなぎいたしましょうか」

「あっ、そう、それじゃすみませんがぼくの部屋へつないでください」

部屋へかえって受話器をとると、

「ああ、もしもし、金田一先生ですか。金田一耕助先生でいらっしゃいますか」

と、重ねて念を押したのは、ふかいひびきのある声だった。

「ああ、こちら金田一耕助ですが、どなたさまでいらっしゃいますか」

「じつはこちら金門産業の金門剛というものですが……」

「あっ！」

と、金田一耕助はおもわず小さな叫びをもらして、

「それはそれは……あなたいつ東京へおかえりになりました」

「ついさっきかえってきたばかりで……それについて先生に折り入ってご相談申し上げたいことがございまして……じつはけさの新聞で、先生があの事件……江崎タマキの事件ですね、あの事件にタッチしていらっしゃるってことをしったものですから……」

「ああ、なるほど、ときにあなたいまどこにいらっしゃるんです？」

「田園調布の自宅におりますが、先生さえおよろしかったら、すぐこちらからお伺いしたいんですが……」

「ああ、そう、そうしていただければこちらありがたいですが、あなた警察の連中にはまだ……？」

「まだ会っておりません。警察の連中に会うまえに、先生にお目にかかっておきたいんですが……」

電話だから顔色まではわからないが、言葉つきはいたって低姿勢である。さすが戦後の怪物もこんどのことでよほど困っているらしい。

「ああ、そう、それじゃお待ちしております。三、四十分もあれば来られましょう」

あいてのもとめに応じて緑ヶ丘荘の目印や、だいたいの道順をおしえておいて、金田一耕助が受話器をおいたのが十二時十五分。

金田一耕助はまた改めて五種類の新聞を読み比べた。しかし、そこに出ているのは金田一耕助のすでにしっていることばかりで、べつに新事実は報道されていなかった。

十二時半ごろ金田一耕助は築地署へ電話をかけてみたが、いいあんばいに等々力警部がいあわせた。しらばっくれて金門剛のことを尋ねてみると、

「いや、金門ならいまさっき電話をかけてきましたよ。四時に丸の内のオフィスで会うことになっております」

「いまどこにいるんですか」

「田園調布の自宅にいるんだそうです」

「へええ。それじゃ警察では東京駅まで迎えにいかなかったんですか」

「いや、いったことはいったんだが、もののみごとにすっぽかされたんです。やっこさん、横浜から自動車をすっ飛ばしたらしい。会うか会わぬかわからんが、いま新井君を田園調布まで派遣したところです」

金田一耕助はクックッ笑いそうになるのをやっとおさえた。新井刑事が田園調布へつくころには、金門剛はこの部屋のアーム・チェアに座っていることだろう。

「警部さん、そのほかなにか新しい情報は……？」

「ああ、そうそう、トロカデロのコック長広田幸吉という男について、ちょっと妙な新

事実がわかりましたよ」

「妙な新事実というと……？」

「いや、それは電話ではちょっといいにくいことです。金田一先生、こちらへ出向いていらっしゃいませんか」

「はあ、いずれきょうじゅうには、警部さんのお顔を拝見にあがりたいんですが、じつはゆうべ風邪《かぜ》をひいたらしく、いま薬をのんで毛布をぐるぐるまきにして、汗をとっているところなんです」

「あっ、そりゃいけませんな。熱がありますか」

「なあに、三十七度ですからたいしたことはありません。ひと汗かけば下がりましょう。熱が下がったらおうかがいしましょう」

「ああ、そう、どうぞお大事に。いやな風邪がはやってるようですからな」

「いや、どうも、ありがとう」

「ときに、金田一先生、先生の依頼人はその後どうしました」

「ああ、そのほうはその後音沙汰なしです」

「いや、じつはね、金田一先生」

と、等々力警部は声をひそめるようにして、

「いまここで保井君が妙なことをいい出したんです」

「妙なこととは……？」

「金田一先生の依頼人とは金門剛じゃないかって……?」

金田一耕助はギョッとした。まんまと虚をつかれた感じでとっさに言葉が出なかった。

「じょ、じょ、冗談じゃない。ぼくはまだ金門という男に会ったことはいちどもありませんよ。それに金門は二十一日の晩大阪へ立っている。ぼくが依頼人に会ったのはきのうのことなんですからね」

「金田一先生、いやに弁解これつとめるじゃありませんか」

金田一耕助はまたギョッとした。この古狸《ふるだぬき》めと内心舌打ちをしながら、

「あっはっは、ねえ、警部さん、ぼくが金門みたいな金穴をつかんでるとしたら、きのう警部さんにたばこをおねだりするような醜態は演じませんや。わかってちょうだい」

「はいはい、わかりました。それで金田一先生、きょうお目にかかれますか」

「はあ、夕方までにはなんとか熱を下げておうかがいしたいと思っております」

「ああ、そう、じゃ、いずれその節、……お大事に」

受話器をおいた金田一耕助は、ほんとに熱でも出たように、額にぐっしょり汗をかいている。嘘というものはつきにくいものだと金田一耕助は思いしった。

ガス・ストーブの火を小さくし、かわいたタオルで汗をぬぐった金田一耕助が、窓のそばへよってみると、見渡す限りふっさりと綿をおいたような雪景色である。すっかり葉をふるい落とした銀杏《いちょう》の枝にも、なすりつけたように雪がもりあがっていて、どこもかしこもポタポタと滴が垂れる音がしきりである。空はまっ青に晴れていた。

金田一耕助はなんとなく窓のそばに立っていたが、そのうちに目がいたくなりそうになったので、部屋のなかへさがろうとしているところへ、自動車が緑ケ丘荘の門前へきてとまった。

自動車から降りたったのは、新聞や雑誌で顔をしっている金門剛である。しかし、車はリンカーンではなかった。おそらく警官の尾行をまくために、タクシーでも拾ってきたのだろう。時刻はちょうど一時だった。

「金田一先生でいらっしゃいますね」

さっき電話で聞いたふかいひびきのある声である。いかにも肺活量の強さを思わせるような声で、からだもそれに釣り合って堂々としている。上背一メートル七十二、三はあるだろう。

金田一耕助はじぶんの貧弱な風采について強い自覚をもっているので、こういう堂々たる風貌《ふうぼう》の人物のまえに出ると、いつも一種の劣等感をもつのである。男ぶりも悪くなかった。

「はあ、ぼく金田一耕助です。さきほどは電話で失礼しました。さあ、さあ、どうぞおかけになって」

席がきまると金田一耕助はデスク越しにあいての顔を見やりながら、

「あなたけさほどは横浜で途中下車なすって、警察の連中をまんまと出し抜かれたそうですね」

金門の眉がピクリとうごいたが、すぐ白い歯を出してにっこり笑うと、

「捜査本部へ電話でもかけられたんですね」

「ええ、そう、どうしてあなたがゆうゆうと田園調布のお宅へ落ち着かれたのかと思ったものですからね」

「それで、わたしがここへお伺いすることをおっしゃった？」

「それはいいませんよ。それがしれるとこうしてふたりっきりで、ゆっくりお話できない事態に立ちいたるかもしれませんからな」

金田一耕助は言外に金門にかかっている容疑の重大性をにおわせたが、はたしてあいての額がちょっとくもった。

「あなたきょう四時にオフィスで警察のご連中にお会いになるお約束とか……」

「そうなんです。で、そのまえに先生にご相談に乗っていただきたいと、こうして参上したんですが……」

金門剛はあくまでも低姿勢である。こんどの事件でよほどまいっているのか、それとも戦後この男が身につけた、これがふだんのポーズなのか……？

「いや、それはどうもありがとう」

と、金田一耕助はペコリとひとつデスクのうえで頭をさげて、

「だけど、あらかじめいっときますけれど、ここへきて嘘は禁物ですぜ。せっかくいらしても真実をおっしゃっていただかなきゃ、なんのお役にも立てないかもしれない」

「それはもちろん」

と、金門はのどのおくで痰《たん》を切るような音をさせて、

「こうしてご相談にあがった以上は、なにもかも正直に打ち明けるつもりですが、そのまえに先生にちょっとお伺いしておきたいのですが……」

「どういうことでしょう。どうぞご遠慮なく」

「先生はいったい警察方面と、どういうご関係になっていらっしゃるんですか。先生は民間人でいらっしゃるんでしょう」

「ああ、そう、それはごもっともな疑念でしょうねえ」

金田一耕助は破顔一笑して、

「警察とわたしの関係は不即不離というところでしょうねえ。おたがいに利用しあってるというような……だから、ここでわたしがあなたから、どのようなお話を伺おうとも、それを警察に報告しなきゃならんという義務はわたしにゃない」

「それじゃ、秘密は守っていただけましょうな」

「もちろん、依頼人の希望とあらば……ただし、これは申し上げるまでもないことですが、あなたがこの事件に直接手を下していらっしゃるんじゃないという前提のもとにですよ」

「いや、それを聞いて安心しました。もちろんこんどの事件は全然わたしのあずかりしらぬことです」

金門剛はそこで立って、脱ぎすてたオーバーのポケットから、ひと束の新聞を取り出してくると、

「じつはわたしがこんどの事件についてはじめてしったのは、きのうの夜のことです。すでに先生のお耳に入っているかとも思いますが、ゆうべ大阪からうちの専務の阿部という男に電話をかけて、はじめてこんどの事件をしったんです。ところがそのとき阿部はまだタマキがどこで殺されたのかしっていなかった。またタマキの殺害された正確な時刻も、わたしはつい聞きもらしてしまった。ところがけさ車中でいろいろ新聞を買い集めて読んでみて、わたしは愕然《がくぜん》としてしまったんです。タマキは二十日の晩……と、いうよりは二十一日の午前零時半前後に殺害されている。しかも場所はこの場所で……」

と、金門はデスクのうえに新聞をひろげて、そこに掲載されている見取り図を指さした。見取り図のなかにはトロカデロの名前も入っている。

「それで……？」

「金田一先生、警察はわたしのアリバイを追及するでしょうな」

「それは当然……」

「それが困る。わたしはアリバイを提供することができない」

「どうしてでしょうか。金門さん、あなたが潔白ならばどんどんアリバイを申し立てるべきだと思うんですが……」

「金田一先生、それができるくらいならば、わたしはなにもあなたにご相談にあがりゃ

しません。タマキ……江崎タマキが殺された時刻に、どこでなにをしていたか、わたしはいいたくないのです」

「どういう理由で……？　事業上の機密ですか、それともプライベートな問題で……？」

「もちろん事業上の問題です。タマキが殺害された時刻にわたしはあるところで、あるひとに会っていた。しかし、それをいうことはわたしの事業に蹉跌《さてつ》をきたすことですし、またあいてにもひじょうな迷惑をかけることになる。……」

金田一耕助はデスク越しにまじまじとあいての顔を見つめていたが、急にホロ苦い微笑を唇のはしに浮かべると、

「金門さん、あなたはタマキちゃんが殺害された時刻に、その見取り図のなかに書かれてる場所、すなわちトロカデロにいらしたんじゃありませんか」

金門剛の額にさっと怒りの炎がもえあがった。まっくろぐろとした憤怒の炎がひいでた額を険悪に染め、鋼鉄のようにつめたい底光りをたたえた瞳が、真正面から金田一耕助をにらみすえた。なにかいおうとしたのを、唾《つば》といっしょにのみくだした。アヤフヤなことをいったところで、とうていだませるあいてではないと思いなおしたのであろう。

金田一耕助は爪磨きのヤスリをとって爪を磨きながら、

「金門さん、ご返事がないのを肯定とみなしてよろしいのでしょうか」

依然として返事はなかった。

「トロカデロにいらしたとすれば、あのきれいなマダムもごいっしょだったんでしょう

な」

「金田一先生！」

と、金門はきびしい調子で、

「先生はあのマダムをご存じなんですか」

「金門さん、こんどマダムにお会いになったら、きのうの夕方、つまり二十二日の夕方トロカデロの調理場へ、警察の連中が三人きたそうだが、そのなかに二重回しを着て、雀の巣のようなもじゃもじゃ頭をした男がまじっていなかったかと聞いてごらんなさい。それがわたしなんですがね」

「金田一先生、警察はどうしてあの場所へ目をつけたんです？」

「いや、それはわたしが注意したんです」

「金田一先生が……？」

「はあ、しかし、なぜわたしがあの場所に目をつけたか、それはおききにならないでください。業務上の秘密というやつですからな」

金門剛はさぐるような眼《まなこ》で金田一耕助の顔を見守りながら、無言のままでひかえている。これほどの男でもいま眼前にいるこの小男が、いくらか薄気味悪くなってきたのかもしれない。

「金門さん」

と、金田一耕助は爪磨きのヤスリをおくと、

「それじゃ、わたしのほうから質問させてください。あなたは江崎タマキが殺害されたとおなじ時刻に、現場のすぐそばにあるトロカデロにいられた、しかも、あのきれいなマダムとごいっしょに。……ところで、ほかにもだれかその席に……？」

「金田一先生」

と、金門剛はまたのどにからまる痰を切るような、ギコチない空咳《からせき》をすると、

「問題はそれなんです。その席にいた第三者が問題なんです。わたしとしてはそのひとの名前を絶対に出したくない。いまあなたのおっしゃった業務上の秘密というやつで……」

「金門さん」

金田一耕助はまたヤスリを取りあげると、ホロ苦い微笑を浮かべながら、

「それ、あべこべじゃないんですか」

「あべこべとは……？」

「いえね、あなたのボス……いや、失礼、加藤栄造さんというかたはあれだけの大人物です。事業をやっていくうえには、いろいろ秘密がつきまとうくらいのことには、理解をもっていらっしゃると思うんです。それにもかかわらずあなたがあの晩、トロカデロにいらしたということを、絶対にひとにしられたくないと思っていらっしゃるのは、そこに第三者がいなかったからじゃないですか」

「なにを！」

「つまり二十日の夜から二十一日の未明へかけてのある期間を、あの美しいマダムとふ

たりきりで過ごされた。それを加藤さんにしられたくない……それがいまあなたの弱点になっているんじゃないでしょうか」

金門剛の眦《まなじり》はいまにも裂けんばかりである。もし視線がひとを射殺すものなら、金田一耕助はこのときの金門剛の烈々たる凝視に射すくめられて、たちどころに悶絶していたことだろう。

だが、金田一耕助は平然としてせっせと爪を磨きながら、

「このことはあなたにとっても重大なことでしょう。あなたがいま加藤さんをバックにして、いろいろ大きな事業に手を染めていらっしゃるということくらいは、わたしも耳にしています。だけど、このことは同時にわたしにとっても重大なことですよ」

「あなたに……？　どういう意味で……？」

金門剛ほどの男でもこのときばかりはちっとばかりあえいだ。あえぎながらあいかわらず、金田一耕助を凝視しつづけている。

「だって、そうじゃありませんか。そこに第三者がいたのならば、あなたさえ多少事業上の損失を覚悟なされば、アリバイを立証することも容易です。この金田一耕助の助力を懇請なさるまでもなくね。しかし、第三者がいなかったとすれば、あなたは進退ここにきわまったわけで、絶対にこの金田一耕助が必要になってくる。と、すればわたしもモリモリ闘志がわくわけじゃありませんか。あなたを陥れた罠……つまり運命の罠にたいしてですね」

金門剛の顔面を緊迫していたきびしさが、そのときしだいにゆるんできた。かるく一礼すると、

「失礼いたしました、金田一先生、あなたはファイターでいらっしゃる」

「見かけによらず……と、おっしゃりたいんじゃないですか」

「あっはっは」

と、金門剛は破顔一笑して、

「しかし、金田一先生、秘密は守っていただけるでしょうね」

「わたしはひとさまのスキャンダルにはちっとも興味がない。ただし、事件に直接関係がある場合はべつですよ。それにこういう秘密をタネにしてゆすろうなんて野心もない」

「存じております。それでいつもピーピーしていらっしゃるとか」

「あっはっは」

こんどは金田一耕助が吹き出した。さっきのみじめさを思い出すと、われながらおかしさがおさえきれなかったのだ。

「いや、どうも失礼申し上げました」

やっと金田一耕助は笑いをおさえると、

「じつはさっきあなたからお電話をちょうだいしたとき、わたしは築地署へ出向こうとしていたんです。ところが嚢中《のうちゅう》を調べてみると……いや、調べるまでもなくカラッケツなんです。電車賃もない。そこで恥をしのんで管理人のおかみさんから三千円借用にお

よんだ。と、そこへあなたからのお電話です。しめたッ！　と思いましたね。いいカモが飛び込んでくるぞォとね」

「あっはっは！」

こんどは金門剛がはじけるように笑い出した。それがこのひとたちがちょくちょく見せる取りつくろった豪傑《ごうけつ》笑いではなく、腹の底まであけっぴろげてみせるような笑いかたであった。こういう笑いかたができるところに、この男の魅力があるのであろう。

「いや、どうも失礼しました」

と、かたわらにおいた折鞄から革の紙入れを取り出すと、キチンと折り畳んだ千円札の束を十取り出して、金田一耕助のほうへ押しやると、

「金田一先生、それじゃカモにしてください。これは当座の運動費として十万円、いかがでしょう」

「いや、結構です。受け取りを差し上げましょうか」

「いや、たくさん。しかし、金田一先生、わたしのアリバイは……？」

「これは築地署の刑事にきいたのですが……」

と、金田一耕助は無造作に札束をしまいながら、

「あなたは二十日の晩、十時ごろまでオフィスで阿部専務と仕事をしていられたそうですね」

「はあ」

「そして、阿部専務のほうがひとあしさきにかえられたとか……？」

「はあ、そうです」

「そのとき、オフィスにはほかにだれか……？」

「いいえ、阿部君がかえったあとはわたしひとりです」

「それからあなたは自家用車をかえして、タクシーかなんかでトロカデロへ出向いていかれたのですね」

「はあ」

「向こうへついたのは何時ごろ？」

「十一時半ごろでした。阿部君がかえったあと一時間くらい仕事……と、いうより時間を稼《かせ》いでいたんですね」

「あなたがトロカデロへいったという証人……つまりあなたをしってるひとで、しかも、あの晩あなたがトロカデロへ入るところを目撃した人物は……？」

「それはないはずです」

「自信をもってそれをいいきれますか」

「金田一先生」

さすがに金門は緊張の頬を紅潮させて、

「わたしたちはそうとう危い橋をわたってるんですよ。用心に用心を重ねてたと思ってください」

と、うっすらと額に汗をにじませている。金田一耕助はうなずいて、

「じゃ、こうしてください。あなたはじっさいはトロカデロへいかれたんですが、警官の質問にたいしてはいかなかったことにしてください。オフィスにひとり閉じこもっていたのだと……」

「警察で信用しますかな、そんなこと……」

「もちろん疑うでしょうな」

「もし、それが嘘だとばれたら……?」

「嘘だと暴露するまえに、事件が解決して真犯人がつかまったとしたらどうです。あなたのアリバイなんか問題じゃなくなるでしょう」

「金田一先生!」

と、鋭く口走ってから、気がついたようにまじまじとあいての顔を見なおしていたが、莞爾《かんじ》と口もとがほころびてきた。

「自信満々でいらっしゃる……」

「しょうばいですからね」

「こいつは頼もしい。それで、金田一先生、あなたのおっしゃるようにことが運んだとして、謝礼をいくら差し上げたらいいんです?」

「いまちょうだいした金額の倍ではいかがですか」

「承知いたしました」

「ああ、そう、それじゃ取り引きはこれで終わりました。それじゃこれから捜査の必要上、質問にうつりますよ」

金田一耕助がメモと鉛筆を用意するのを見て、

「さあ、どうぞ」

と、いったものの金門剛はなんとなく椅子の座り心地がよくなさそうだった。

ボタン収集家

「まず第一に、あなたはタマキちゃんと、ボクサーの臼井銀哉君との関係をしってましたか」

「しってました」

と、金門の答えは明快である。

「あなたはそれについて……か、あるいは他のなんらかの理由で、タマキちゃんに監視をつけておいたという事実がありますか」

「とんでもない、だれがそんなことをいってるんです」

「二十日の晩、タマキちゃん自身が臼井君にそういったそうですよ」

「と、したらタマキが臼井君を欺いたんです。だいたいタマキを世話する当初から、どうせ浮気はするだろうくらいのことは計算に入れてましたし、それに、他のなんらかの理由で……と、いまおっしゃったが、それはどういう意味なんです」

「あなたが事業上の機密かなんかをタマキちゃんに握られていて、その結果、彼女の言動を監視する必要があった……と、いうのはどうです」

「あっはっは」

と、金門剛はまた腹の底まで開けっぴろげた笑いかたをすると、

「金田一先生、わたしはそれほど鼻の下が長くありません。タマキはたんにわたしの遊びのあいてだったのです。あれのアパートで極秘を要する人物に会ったなんてこといちどもありませんし、また重要書類をあれのところへもちこんだこともありません。タマキに関する限りわたしは遊びと仕事をちゃんと割り切っていたようです」

「しかし、タマキちゃんにとってそれは内心不平だったんじゃありませんか」

「そうかもしれません。とかく女というものは……ですね」

そこで金門は照れたようにつるりと頬っぺたを撫《な》であげると、

「しかし、これだけは信用してください。どんな意味でもタマキを監視していた。あるいはひとを頼んで監視させてたなんてことは絶対にありません」

「わかりました。それでは質問の方向をかえましょう」

と、金田一耕助はメモに目を落として、

「あなたとトロカデロのマダム藤本美也子さんとが、ひとめを忍ぶような関係になられたのはいつごろからのことなんですか」

「金田一先生」

と、金門剛は目尻にシワをたたえて、

「あなたはいまひとの情事にはなんの興味もないとおっしゃった……」

「事件に関係のある場合はその限りにあらずという、但書《ただしが》きをつけたはずですがね」

すかさず金田一耕助に跳ねっかえされて、金門剛はううむとうなると、にわかに不安の色を目に浮かべて、

「じゃ、金田一先生、やっぱりわれわれの情事がこんどの事件に……？」

「だって、金門さん、考えてもごらんなさい。あなたが新しい愛人と密会していらっしゃる建物の、非常口の外でべつの愛人が殺害されたんですよ。だから、ひょっとするとタマキちゃんはあなたがたのちかごろの関係をかぎつけていたんじゃないか。そして、ぎゃくに臼井君を使ってあなたを監視しようとしたんじゃないか……」

「タマキがどうしてこの袋小路へいったのかご存じですか」

「しっています。ここで申し上げますからひとつあなたもその点について考えてみてください」

金田一耕助がメモを見ながら、臼井に聞いた話をくわしく語って聞かせると、さすがの金門も驚きの色がかくしきれず、額にいっぱい汗が吹きだしていた。

「金門さん、この話をあなたどうお思いになります？」

「驚きました」

と、金門は正直に感懐を披瀝《ひれき》して、

「それじゃ、タマキはわれわれの関係をしっていたんですね」

「ハッキリしっていたといえないまでも、疑惑をもっていたことはたしかなようですね。ときにタマキちゃんはマダムをしっていたんですか」

「もちろんしってました。いちどわたしが紀尾井町の妾宅につれてったこともあります。そのとき加藤さんにお目にかかってもおります。そうそう、それに去年の秋、マダムがあの店をやるようになったとき、つい近所だからってお京の店へ挨拶にいったそうです」

「それじゃ、もういちどさっきの質問にかえりましょう。マダムと関係がおできになったのは……？」

「この夏です。軽井沢でつい……」

「ああ、そう」

と、金田一耕助はこともなげに、

「それじゃ、恋するものの敏感さで、タマキちゃんももうそろそろ気がついてもいいころですな。そういえばタマキちゃんと臼井君と関係ができたのは、この秋以来だということですが、あなたの新しい情事にたいする一種の反逆だったのかもしれませんね」

「じゃ、あのころから……」

と、金門剛もなにか思い当たるところがあるふうだった。

「ところで、もしそうだとしたらタマキちゃんが臼井君を、あの袋小路へ招きよせたのは、いったいどういう意味があるとお思いですか」

「いや、それをわたしもいま考えてるんだが、それはこうじゃないでしょうかねえ。タマキはとにかくわたしの尻尾をおさえておきたかった。つまりわたしの弱点を握っていたかったのかもしれません。そういう女でした、タマキというのは。……それで、わたしとしてはよほど用心したつもりだが、トロカデロへ入るところをタマキに見られたのかもしれない。そのときなまじわたし黒眼鏡やなんかで変装してましたから、タマキはさてはと思ったんでしょう。そこでトロカデロへ踏みこんで、マダムとふたりきりでいるところを取りおさえるつもりだったが、あの建物には出入口が三つあります。正面入口と勝手口とこの非常口……このうち勝手口は路地をとおって正面入口の横へ出ますから、これはひとつ入口もおんなじことです。ところで、この地図にある非常口だけは全然べつの方角へひらいている。だから、タマキが臼井をここへ呼びよせたとしたら、そこに臼井を張番させておいて、……つまりわたしの退路を断っておいて、じぶんは正面入口から乗りこんでくるつもりじゃなかったでしょうかねえ」

「はあ、わたしもだいたいおなじ意見です」

「と、すると、臼井君が来ないのでタマキが暗がりのなかで待っているところを、だれかがやってきて刺し殺した……」

「と、いうことになりそうですね」

「それ、臼井君の目撃したという自動車の男がやったんでしょうか」

「そのプロバビリティーは非常に大きいんですがね」

「金田一先生、それはいったいだれ？」

「警察方面ではあなたじゃないかと疑ってるようです」

金田一耕助はホロ苦く笑うと、

「そして、警察でそうにらんでいるあいだは、あなたは安全地帯にいられるわけですね」

「金田一先生、それどういう意味……？」

「だって、その男があなたである以上、あなたはヌクヌクとマダムの体温をたのしんでいるわけにゃいかんじゃないですか」

さすがの金門剛も面に朱を走らせたが、急にはっと気がついたように、

「それじゃ、金田一先生、もしそういう質問が出たら、わたしがその男であったかのごとく、なかったかのごとく振る舞えとでもおっしゃるんですか」

「べつにしいて勧告はいたしませんがね」

「金田一先生、それは非常に危険な……」

「どうやらまだわたしの手腕をご信頼いただけないようですな」

金門剛はしばらく凝然《ぎょうぜん》として、いや、啞然《あぜん》として金田一耕助の顔を見守っていたが、やがてその顔面に笑いの波がひろがってくると、

「承知しました。それじゃひとつ伸《の》るか反《そ》るかやってみましょう。ところで……」

と、腕時計に目を走らせて、

「そのほかになにかご質問は……」

「いや、だいたいそれくらいでよろしいでしょう」

金田一耕助がバッタリ、メモを閉じるのを見て、

「ああ、そう、ところが金田一先生、こちらのほうにもう少し、聞いていただきたい話があるんですが……」

「さあさあ、どうぞ。わたしはどうせ夕方までに築地署へいけばいいんですから……なにか……？」

「これ、こんどの事件に関係があるかどうかわからんのですが、大阪からかえってくると妙な手紙が舞いこんでたんです。これ、きのうの朝着いたんだそうですがね」

金田一耕助が手にとってみると、それはどこにでも売っていそうな粗悪な封筒で、表書きはまるで定規で引いたような文字である。差出人の名前はなく、消印を見ると中野になっていて、二十一日に投函されている。

「なかを拝見してもよろしいですか」

「さあ、どうぞ」

金田一耕助は便箋を見て、ホホウというように目をそばだてた。新聞や雑誌から切り抜いたらしい活字の文字が、いちめんにベタベタと貼りつけてある。表の宛名が定規で引いたような文字なのが、筆跡をくらますためであることがこれでハッキリわかるのである。

前略。私はボタンの収集にたいへん興味をもっているものですが、最近非常に珍奇なボタンを入手いたしました。もし貴下にして私のボタンに興味をお持ちでしたら、つぎの方法でご連絡下さい。すなわち、新宿駅の伝言板にただひとこと、

B——、O・K——Ⓚ

と、お記しおき下さい。それを拝見しだい、なんらかの方法でまたご連絡申し上げます。

以上

「金田一先生」

と、金門剛は眉をひそめて、

「この手紙がそんなばかな活字の切り抜きの貼りまぜ手紙でなかったら、わたしゃひとめ見ただけで破りすてていたでしょう。わたしゃまだ若いし、色気もあれば事業欲にももえている。花卉《かき》いじりに憂身をやつす年ごろじゃない。そういうわたしに向かってなんだってボタンなどを奨《すす》めるのでしょう。これ、なにかべつの意味の宣伝かなんかでしょうか」

「金門さん」

と、金田一耕助はちょっとのどにひっかかったような声で、

「あなた、これを植物の牡丹《ぼたん》だとおとりになったんですね」

「えっ？」

と、金門剛はあいての顔を見直して、

「じゃ、それ牡丹芍薬《しゃくやく》のあの牡丹じゃないんですか」

「こうして片仮名で書いてあるところをみるとね。ひょっとすると、洋服やワイシャツのボタンのことじゃないですか」

「だって、そんなものを収集してなんになるんです。わたしをからかってるんですか」

「金門さん」

と、金田一耕助はきびしい目をして、

「あなた最近どこかでボタンを紛失しやあしませんでしたか。洋服のボタンだとかオーバーのボタンだとか……？」

「いいえ、いっこうそういう記憶がありませんがねえ」

「金門さん、これはひとつやってみる価値がありそうですね」

「やってみるとは……？」

「新宿駅の伝言板へこの手紙に指令されたとおり書きつけておくのです。そして、あいての出方を見るんですね」

「金田一先生、それじゃ、やっぱりこれこんどの事件と関係があるとおっしゃるんですか」

「関係があってもなくてもいいじゃありませんか。やってみてなんの反響もなくてももともとです。反響があればなにかつかめるかもしれませんよ」

金門は強い視線でしばらくあいての顔を見ていたが、

「承知しました。それじゃこれから新宿駅へおもむいて、さっそく……」

「いや、それは少々お待ちください」

「どうして……？」

「その伝言板はいちおう監視させたほうがよろしいでしょう。わたしの知合いのものにそれを依頼してからのほうがいいと思いますから、今夕六時はいかがでしょう。ラッシュでいちばん混みあう時刻ですから……」

「承知しました。ときにこれ、警察のほうへは……？」

「当分伏せておいてください。警察が介在してるってことがわかると、この手紙の差し出し人が動きにくくなるかもしれませんから」

三つの電話

いくらか心がかるくなったような顔色で金門剛が引き取ったあと、金田一耕助はしばらく部屋のなかをいきつもどりつしていたが、やがてその運動を停止すると、書架からスクラップ・ブックを取り出してデスクのうえにひろげた。

そこにはこんどの事件に関する新聞の記事の切り抜きが、ていねいに整理されている。ゆうべ築地署からかえって寝るまえに、金田一耕助がスクラップしたのだ。

記事は二十一日の夕刊からはじまって、二十二日の朝夕刊とつづき、けさの新聞ではじめて殺人の真の現場が暴露されているのだが、この事件がはじめて新聞に報道された二十一日の夕刊では、どの新聞にもまだ江崎タマキの名は出ていない。夕刊の締め切りまでにはまだ身もとが判明しなかったのだ。

だが、金田一耕助がいま気になるふうで、指でしきりに叩いているのはそれらの記事ではない。わずか十行ばかりのみじかい記事で、切り抜きのそばに金田一耕助の朱書きがある。

昭和三十年十二月二十一日付けA紙夕刊より。

つまり江崎タマキの事件がはじめて出た、おなじ夕刊よりスクラップされたもので、記事の内容はつぎのとおりであった。

少女神風に跳ねらる

十二月二十一日夜半一時ごろ、数寄屋橋付近で少女が自動車に跳ねられ昏倒しているのが発見され、ただちに日比谷の山形病院へかつぎこまれた。少女は後頭部を強打しているうえに数か所において骨折、多量の出血のため人事不省であるが、所持品よりしてS高校在学中の沢田珠実さん（十七歳）と判明した。轢《ひ》き逃げ自動車は目下厳探中である。

　金田一耕助はこの記事を二、三度くり返して読んでいたが、やがてなにか心に決めたように、受話器を取りあげて外線につないでもらった。それからダイヤルをまわしていたが、まもなく向こうが出たらしく、

「ああ、もしもし、赤坂のナイト・クラブK・K・Kですか。こちら金田一耕助というものですが多門君いますか。多門君がいたらちょっと電話口まで出てもらいたいんだが……」

　金田一耕助は受話器を耳におしあてたまま、左手にはめた腕時計に目を落とした。時計の針はちょうど二時を示している。

「まだ早いが、やっこさんきているかな」

　だが、あいてはきていた。しばらく待たせたのちに、深いひびきのある若い男の声が、電話の向こうではずんだ。

「ああ、もしもし、金田一先生ですか。こちら多門……多門修《たもんしゅう》です」

「やあ、シュウちゃん、あんたもうきてたの？　いやに早いじゃないか」

「早いたって、金田一先生、もう二時ですぜ。それに、じつはゆうべ泊まりだったんです」

「なあんだ、そうだったのか。ときに、修ちゃん、あんた忙しい？」

「忙しいってば忙しいし、閑といえば閑だし、例によって例のごとしですよ。金田一先生、なにかまたおもしろいお仕事くださるんでしょう」

「あっはっは、そう先《さき》くぐりをしちゃいけない。それにわれわれの仕事おもしろいてえ

もんじゃないぜ」

「だって、先生はけっこう楽しんでらっしゃるじゃありませんか」

「あっはっは、君にはそう見えるかい？　まあ、なんでもいいや。だけど、こんどのはつまらない身もと調べなんだけどな」

「いいですよ、先生のははじめはつまらねえ仕事のように見えてても、さいごへいくとあっとひとのドギモを抜くんだから……」

「いやに買いかぶったな。じゃ、ひとつまた頼まあ」

「だれの身もと調査ですか」

「じゃ、そこへメモを取ってくれたまえ。あいては沢田珠実ってことし十七歳の女子高校生、学校はSとだけわかってるんだ」

「はあ、はあ、それで……？」

「その珠実って娘が二十一日の未明一時ごろ、数寄屋橋付近で自動車に跳ねられて、日比谷の山形病院というのへかつぎこまれたんだね。そこまでは二十一日のA紙の夕刊に報道されてるんだが、それからあとが尻切れトンボになってるんだ。だから、そこをもう少し詳細に調査してもらいたいんだ」

「詳細ってどういうところに重点をおけばいいんですか」

「まず事故にあった前後の事情だね。珠実って娘がひとりだったのか、連れはなかったのか、それにその当時の珠実の服装、また、新聞にはたんに数寄屋橋付近としか出ていないんだが、正確な地点、それからもちろん当人のその後の経過……だいたい以上だ」

「それだけでいいんですか。本人の素行や家庭の事情やなんかは……？」

「いや、事情によってはもちろんそこまで手をのばしてもらわねばならないが、さしあたってはそれだけでいい。ほかにも頼みたいことがあるから……」

「え？　まだほかにもあるんですか」

「ああ、君、金門産業の金門剛という人物をしってるだろうねえ」

「えっ？」

と、電話の向こうでちょっと驚きの声が走って、

「金田一先生、金……いや、いま先生のおっしゃった人物が、ぼくのこんどの調査の対象と、なにか関係があるんですか」

「いや、いや、君、はやまっちゃいけない。いまのところぜんぜんべつべつの事件なんだ。しかし、将来結びついてくるかもしれない」

「先生、そいつはおもしろいや、金……いや、いま先生のおっしゃった人物なら、もちろん名前はしってます。顔も新聞やなんかでしってますし、いつかこの店へもきたことがありますぜ。連れといっしょに……」

「ああ、そうか、それじゃぼくの頼みというのを聞いてくれたまえ」

「はあ、はあ、じゃまたメモを用意しますから」

「いや、メモをとらなければならんほど複雑な仕事じゃない。いまいった金門氏が今夕

六時に新宿駅の正面入口の伝言板に、ちょっとした伝言を書くことになってるんだ。その伝言をどういう人物が読みにくるか、少なくともこんやひと晩気をつけていてほしいんだが……」

「だって、金田一先生、新宿駅の六時といやあたいへんな混雑です。遠くのほうからちらと横目で見てとおられちゃ……それともうんと長い文句なんですか」

「いや、文句はいたって短いんだが、そばへ寄って見なければ読めないように、薄く小さく書くように、金門氏に注意しといたからね」

「ああ、そう、それじゃそのひと先生の依頼人なんですね」

「ああ、まあ、そうだ」

「承知しました。それじゃその伝言板のまえに立つ人物を注意しときゃいいんですな」

「そうだ、男でも女でも、年ごろ、風采、だいたいの職業……そういうものをメモしといてもらえばいい。だいたい今晩いっぱいだな」

「承知しました。それじゃ、これからさっそく日比谷へとんで病院を当たってみます。それから六時に新宿へまわりますが、連絡場所は……？」

「ぼくはまもなく出かけるが、いま君のいるところを中継所にしよう。そこへちょくちょく電話をかけるから、君も必要に応じて電話をかけてぼくへの伝言をつたえておいてくれたまえ。ああ、それからいっとくがね、山形病院のほう、私立探偵の手が働いてるってことを絶対に悟られないように。ブン屋かなんかをよそおうていくんだな」

「承知しました。そこに抜かりはありませんや」

「そりゃ君のことだからな。ああ、待て待て、気のはやい男だね、君は……」

「あれ、まだ話があるんですか」

「ああ、もうひとつ重大な頼みがあるんだ。赤坂に〝赤い風車〟ってナイト・クラブがあるが、そこにだれか君のしってる人間はいないかね」

「そりゃいくらでもいますよ、同業ですもの……その〝赤い風車〟がどうかしましたか」

「いやね、二十日の晩……というより二十一日の午前一時ごろ、ミドル級チャンピオンの臼井銀哉がそこへいってるんだ。臼井銀哉、しってるかい？」

「しってますよ、銀ちゃん、ちょくちょくこのうちへも現われますよ。ちかごろ凄い人気ですからね」

「ああ、そうなの。ところが銀ちゃんそれからまもなく、〝赤い風車〟から箱根までキャデラックを走らせてるんだね。もちろんひとりじゃない。そこで出会ったご婦人と意気投合したらしいんだね。ところがそのご婦人というのがわからない。銀ちゃん騎士道精神を発揮していわないんだ。で、あいてのご婦人に迷惑のかからない方法で、それを探りだすくふうはないかね。そいつ、警察でもやると思うんだが……」

「承知しました。そりゃいくらでも方法はあります。こんなことサツでやるよりこちとらのほうがなにかとつごうがいいですぜ」

「いや、それがこっちの付目なんだがね。じゃ、それだけだ。万事よろしく頼む」

「ああ、そう、それじゃ結果が出しだいここへ報告しときますから……じゃ、バイバイ」
金田一耕助は電話を切ると、これでよしとばかりにゆっくりと、てのひらににじんだ汗をハンカチで拭うたが、ここでいまの電話のあいてについて、一言説明しとく必要があるだろう。

多門修。――

この男のことについてはかつて『支那扇の女』のなかでかんたんに紹介しておいたが、一種のアドヴェンチュラーなのである。まだ若いのに前科数犯という肩書きをもっている。先年殺人事件にまきこまれて、あやうく犯人に仕立てられるところを、金田一耕助に救われたことがある。

それ以来、金田一耕助にひどく傾倒していて、ちかごろでは彼の股肱《ここう》をもって任じている。元来が悪質な人間ではなく、さっきもちょっといったとおり一種のアドヴェンチュラーで、スリルを好む性癖がわざわいして、つい法の規律から逸脱していたらしい。金田一耕助に心酔しはじめてから、適当にスリルを味わえる仕事を提供されるところから、ちかごろでは法網にふれるようなこともやらなくなった。

ふだんは赤坂のナイト・クラブ、〝K・K・K〟の用心棒みたいなことをやっているのだが、活動的な調査を必要とするとき、金田一耕助にとってはしごく便利な手先きであった。

とつぜん、電話のベルが鳴り出した。金田一耕助が受話器をとると、

「ああ、もしもし、金田一先生ですか、金田一耕助先生ですね」

と、男の声が念を押して、

「ぼく、ボクサーの臼井銀哉です」

「ああ、臼井君、きのうはどうも……」

「いや、じつはそのことなんですがね、先生、あのとき話の出たマダムX……」

「ああ、マダムXがどうかしたの」

「それなんですよ、先生、なんとかマダムXの名前が出ねえように取りはからってもらえねえかなあ、先生、そしたらおれ恩にきるよ、先生」

「だけど、そりゃ、無理だよ、臼井君、ぼくには警察の捜査活動を抑制する力はないし、報道陣の取材活動をさまたげる気持もないからな」

「だけど、それ、先生なら簡単じゃねえのかな」

「簡単てどういうんだい」

「だって、はやいこと真犯人をあげちまえばそれでおしまいでしょ。先生ならできねえはずはねえと思うんだが……」

「あっはっは、いやにかいかぶられたね。そう神がかりにみられちゃ困るよ」

「いや、先生、冗談じゃねえんで。警察のほうじゃむやみにひとの秘事をあばきたてるようなことはねえけどさ、ブン屋がうるさいでしょう。だからさ、ブン屋がマダムXの正体をつきとめるまえに、はやいことラチをあけてもらえれば、うんとお礼をはずみますぜ。十万円、どうです」

「十万円は悪くないね、マダムXが出してくれるのかい」

「だれだっていいじゃありませんか」

「ああ、そりゃどこから出ても十万円は十万円だからね。だけど、銀ちゃん、君、あれからマダムXに会ったのかい」

「とんでもない。そんな危なっかしいこと……」

「そうだね、君はいまブン屋諸公に目をつけられてるんだから自重したほうがいいね。じゃ、電話で打ち合わせたんだね」

「ええ、まあ、そうです」

「君、いまどこから電話かけてるの？」

「公衆電話だから大丈夫です」

「ああ、そう、それじゃ、いまの君の申し出でのこと大いに考慮にいれとこう、できるだけご期待にそうようにハリキルからって、そうマダムXにいっといてくれたまえ」

「で、手付けはいらねえんですか、先生」

「あれ、手付けまでくれるつもりかね」

「そりゃ、先生に依頼するんだもん」

「ああ、そうか、じゃどんな方法でもいいから、おぼしめしの金額だけこっちへ送っといてくれたまえ。それでもしご期待にそえなかったら、そのぶんそっくり君に返すと、こういう方法はどうだね」

「ああ、いいよ、じゃ、マダムXにそういって電話かけときます。先生、ほんとによろしく頼みます。じゃ……」

「ああ、ちょっと待って……」

「なにかまだ……?」

「妙なことを聞くがね、君、最近ボタンを紛失したことはないかね」

「ボタン……?」

と、ききかえした臼井銀哉の声音には、ふしぎそうなひびきはあっても、虚をつかれたような不純さはなかった。

「ボタンてなんのボタンです」

「なんでもいいんだ。洋服でもオーバーでも」

「さあてね、おれそそっかしいからシャツや股引きのボタンはしょっちゅう紛《な》くするけど、洋服やオーバーのボタンはここしばらく紛くしたことねえな」

「ああ、そう、それじゃよろしい。それから、銀ちゃん、いまぼくからボタンについて妙な質問があったってこと、だれにもいわないように、マダムXのためにも……」

「承知しました」

と、いやに神妙にいったかと思うと、

「それじゃ、先生、もうなにか手がかりをつかんでんだな」

「と、いうわけでもないが、じゃ、これくらいで……」

「ああ、そう、それじゃよろしく、バイバイ」

金田一耕助がむつかしい顔をして受話器をおいたとたん、また、けたたましくベルが鳴り出した。こんどは夏目加代子からだった。

「先生、けさの新聞に臼井さんの名前が出てますけれど、あのひと容疑者になってるんですの」

と、切迫した加代子の声はいかにも心配そうである。

「いや、まだそこまで強い線は出てないけれど、いちおう参考人として呼び出されたんだ」

「まさか、先生が……？」

「まさかね。臼井君とタマキ君の関係はお京ではみんなにしられてるからね。でも、当人はいたって朗らかだから心配はいらないんじゃないかな」

「あら、先生、あのひとにお会いになりまして？」

「ああ、きのう築地署で会った」

「あのひと、あの晩、どこにいたんですの」

「まあ、そんなことは電話じゃいえないよ」

「だけど、あたし先生のところへお伺いするの、警戒したほうがいいんじゃないかと思って……」

「ああ、当分ここへよりつかないほうがいいだろう。いまどこから電話してるの」

「うちの近所……五反田の駅のちかくの公衆電話からですの」

「ああ、そう、それならいい。とにかく銀ちゃんのことはあんまり心配しないで、なりゆきを見守っていらっしゃい。そして、心配だったらちょくちょくこうして電話をかけていらっしゃい」

「先生、なにぶんよろしく……」

と、いう声は涙にうるんでいるように聞こえ、銀ちゃんに聞かしてやりたいくらいのものであった。

「ああ、ちょっと待って」

「はあ、まだなにか……？」

「君、どうして金門剛氏のことをぼくにいわなかったの？　タマキのパトロンがちかごろ有名な金門産業の金門氏だってこと、君もしってたんじゃない？」

加代子はちょっと黙っていたのちに、

「先生、すみません。あのかたのことならあたしが申し上げるまでもなく、すぐ先生におわかりになるだろうと思って……でも、先生」

と、加代子はちょっと怯《おび》えたような声になり、

「金門さんがなにかこの事件に……？」

「いや、そりゃまだよくわからんがね」

「先生、あのかたにお会いになりまして？」

「いや、あのひと関西のほうへ旅行してたんでね。けさこっちへかえってるはずなんだが……」

「じゃ、あの晩は東京にいらっしゃらなかったんですか」

「いや、あの晩は東京にいたらしいんだ。その翌晩東京をたって関西へ旅行したんだね。それで、こんどの事件をきいてゆうべ向こうを立って、けさこちらへかえってくることになってるんだが……君、金門氏についてなにかぼくに話したいことはないかね」

「いいえ、べつに……まさかあんなおえらいかたが……」

「ぼくもそう思うがね。恋は思案のほかということもあるからね。じゃ、これで……」

「あの、先生、それじゃ、毎日こうして一回ずつお電話を差し上げてもよろしいでしょうか」

「ああ、いいとも、君は依頼人じゃないか」

「お礼もまだ差し上げておりませんのに……」

「いいよ、いいよ。お礼のことは心配しなくてもよろしい。それより銀ちゃんによろしくといってあげたいんだけど、いまンところ、君の名前、出さんほうがいいんだろう」

「はあ、先生、それは絶対に」

「ああ、そう、わかった、心得てるよ。それじゃ……」

金田一耕助は受話器のうえに手をおいたまま、むつかしい顔をして考えこんでいた。

いまの三つの電話を頭のなかで忙しく整理しているかのように。……

同性愛病患者

「ああ、金田一先生、お風邪のぐあいはどうです」

六時ごろ金田一耕助が築地署へ顔を出すと、ちょうど捜査会議のさいちゅうだったらしく、担当係官が顔をそろえていた。部屋のすみに皿小鉢がつんであるのは、たったいま一同で食事をすませたところだろう。

「ああ、ありがとう。ゆうべ雪のなかを夜更《よふ》かししたもんですから鼻っ風邪をひいたらしい。なあに、たいしたことありません」

「それはようござんした。ときにお食事は……？」

「いや、いますませてきました」

「先生、ほんとですかあ」

「警部さん、いやに内懐《うちぶところ》を見すかすようなことをおっしゃいますがね。ありようはさっき管理人の奥さんのご好意におすがりして、きょうはふところがちっくとばかり温かいんですから、どうぞご心配なく……」

「ああ、そう、それは、それは……」

「ときに、さっそくですが金門氏にお会いになりましたか」

「ええ、会ったことは会いましたが、あのポーカー・フェースをなんと判断してよいことやら……」

と、等々力警部は保井警部補と顔を見合わせている。金門剛はだいぶんうまくシラを切ったらしい。

「それで、アリバイは……？」

ひとが悪いようだが金田一耕助は、そう尋ねないわけにはいかないのだ。

「それがぜんぜんないのもおんなじなんですね。二十日の晩金門は十時ごろまでオフィスにいて、阿部専務となにか業務上の打ち合わせをやっている。阿部専務がかえったあと、自家用車をかえしたことはかえしたが、そのあと十二時過ぎまで、ひとりでオフィスに閉じこもっていた。それから十二時半ちょっとまえにオフィスを出ると、ぶらぶらと日比谷まで歩いて、そこでタクシーを拾ったといってるんです。タクシーをつかまえるのにちょっと時間がかかったから、自動車に乗ったのは一時ごろだろうと……だけど、このアリバイにはいまンところ証人がひとりもない」

「しかし、それが嘘なら金門氏はその時刻まで、オフィスにいなかったという証人はあるんじゃないですか。そのビル、夜警はいるんでしょう」

「ええ、もちろん、ところがねえ、金田一先生」

と、そばから言葉をはさんだのは川端刑事だ。

「夜警は二時間おきに見まわるんですね。ところが二十日の晩、十時半ごろ夜警が見まわったときには、金門産業のオフィスに灯がついていたそうです。だから、金門が自動車をかえしたのちに、またオフィスへひきかえしたというのは嘘じゃないらしいんです。ところがそのつぎ十二時半ごろにまわったときには灯は消えていた。……しかし、金門自身が十二時半ちょっとまえにオフィスを出たといっているから、そこに矛盾はないわけです」

「その階、ほかにもオフィスがあるんでしょう」

「ええ、あります。金門産業のオフィスは丸の内三丁目の角丸ビルって四階建ての、エレベーターもなんにもないオンボロビルで、ちかく改築する予定になってるそうですが、金門産業はそこの四階の隅にあるんです。ところがその晩、四階にあるオフィスで、十時過ぎまでねばってたのは一軒もない」

「でも出入口は……？」

「いや、それもね、先生」

と、川端刑事はいまいましそうに舌打ちして、

「いま年末の決算期でしょう。なかにはどうかすると一時、二時過ぎまで事務をとってるオフィスがあるんだそうです。だから裏の出入口のドアは二時まで開放されてるんだそうで、むろん、そのドアのすぐ内側に宿直室があって宿直がいますが、その宿直の気づかないあいだに出たんだろうといえばそれっきりですからね」

金田一耕助は微笑がこぼれそうになるのを、やっと制御しなければならなかった。

金門剛はあらかじめこういうことをしっているか、あるいはきょう出社したのちに、それとなくそれらの事情を調査したのちに、堂々と嘘をついたのだろう。

「だけどね」

と、保井警部補が身を乗り出して、

「このアリバイたしかに臭いと思うんです。と、いうのは臼井が見たという自動車ですね、さぬき屋という袋物屋の角にとまって、曳舟稲荷の入口を見張ってたって……その自動車のことを切り出すと、金門の顔色はちょっと変わりましたよ。もちろん、そんなことは絶対にない。その時刻にはじぶんはオフィスにがんばってたといい張ってましたがね」

「しかし、そりゃ……」

「しかし、そりゃ……とは……？」

「金門氏、じぶんの自動車はかえしてしまったんでしょう。と、すると、もう一台自動車をもってるのかな」

「いや、金門の持ってる自動車は一台です。だけどあれくらいの身分になったら、自動車の一台や二台、どこからでもくめんできるんじゃないですか。知合いやなんかから……」

「じゃ、そこンとこを調査してごらんになるんですな」

金田一耕助は多少うしろめたさを感じながらも、しゃあしゃあといってのけた。この点についても金門はうまく芝居を打ったらしい。

「ときに臼井君の筆跡鑑定の結果はいかがですか。厳密な鑑定にはまだ時日を要するでしょうが、だいたいのところはわかりゃしませんか」

「はあ、ありゃふたりの専門家に見てもらいましたがね。いま先生もおっしゃったとおり、厳密な鑑定の結果は後日にまたなきゃなりませんが、ふたりの専門家の一致した意見としては、どうやら別人らしいというんですがね」

「ですから、金田一先生」

と、古川刑事がそばからからだを乗りだして、

「タマキの知合いにもうひとり、ギンという字のつく名前を持った男がいるわけで、目下そのほうも捜査中なんですが、それにしても、叩けよ、さらば開かれん。……あの謎みたいな文句はいったいなにを意味してるんでしょうな」

「さあ。……ぼくにもまだわかりません。それよりも、臼井のいわゆるマダムXはどうですか。見当がつきましたか」

「ああ、そのことなんですがね」

と、返事をひきうけたのは新井刑事だ。

「臼井は二十日の晩……じゃなかった、二十一日の朝、一時ちょっとまえに赤坂の〝赤い風車〟についてるんです。そのときもかわるがわる女たちを外へ呼び出して、キャデラックの自慢をしてたそうです。それからテーブルにおさまったが、いろんな女がそのまわりに集まってきたものの、べつにこれってことはなかったというんです。あれ、酒もタバコもやらないんですね。で、ジュースを一本飲んだきりで一時半にもならないま

えに、また自動車を運転してかえっていったというんで、いまのところマダムXらしい女は浮かんでこないんですよ」

「その晩、ホステスのなかでその前後に消えたのはなかったんですか」

「その晩、ホステスで消えたのはひとりもいなかったそうです。それに臼井があんなにかばってるところを見ると、ホステスじゃなく、その晩ナイト・クラブへ遊びにきてたお客さん、どっかの奥さんじゃないでしょうかねえ」

「で、そういう心当たりは……？」

「もしそれだったら探り出すのにそうとう骨でしょうな。ああいうところじゃなかなか口を割りませんからな。もしそれ臼井が口止めでもしてあるとしたらなおさらのこってす。だが、まあ、やってみるつもりではいますが……」

「箱根のほうはどうですか」

「ああ、箱根へはけさわたしがいってきました」

　と、末席のほうから口を出したのはまだ若い堀川という刑事である。

「湯本の銭屋旅館というのへいってみたんですが、二十一日の朝、臼井はたしかに女とふたりづれで自動車を乗りつけてるんです。時間は三時半ごろだったそうで、万事洋風になってる別館のほうへ女とふたりで通って、バスを使うとすぐ寝てしまったらしいというんです。そして、翌朝十時ごろ女のほうは朝飯も食わずにハイヤーを呼んでかえっていったが、そのとき、男はまだベッドのなかだったといってます」

「万事臼井のいったとおりですね」

「ええ、そうです、そうです。銭屋旅館に関するかぎり、臼井は真実を申し立ててるようです。ただ困ったことには臼井がいってたとおり、女の顔はだれもハッキリ見ていないんです。ネッカチーフやサングラスを使って、たくみに顔をかくしてたそうです。でも、年齢は臼井よりうえだったらしいっていってます」

「宿帳にはなんと書いてあるんです」

「臼井は本名を使ってました。まえにも二、三度臼井はその家へいったことがあって、なじみになってるんですね。女のほうは山口美代子、二十六歳、無職で東京の住所は五反田の清風荘アパートとあるんですが、むろん該当番地にそんなアパートはありませんでした」

「宿帳は臼井が書いたんでしょうね」

「はあ、だからこれは証拠にゃならんと思います」

臼井がマダムXの仮想の住所を書きつけるとき、場所を五反田のアパートにえらんだのは、夏目加代子のことを連想したからであろう。してみれば臼井もまんざら加代子のことを、忘れてしまったわけではないらしい。

「ところで、マダムXを送っていった自動車は……?」

「はあ、それもわかりました。しかし、女は品川で自動車を降りてるんですね。おおかたそこからまたタクシーでも拾ったんでしょうから、そこからさきはちょっと……」

「かくてマダムX都会の渦の中に消え去りぬですか。でも、服装や口のききかたでだいたいのこと、見当がつきそうなもんじゃありませんか」

「そうとうぜいたくな服装はしてたそうです。ミンクのオーバーかなんか着て、……でも、宿でも、自動車のなかでもひとことも口をきかなかったそうですから、ちょっと見当がつきかねるというんですね、宿のものも運転手も。……でも、すらりと姿のよい女だったとはみんないってます」

「ひと晩の火遊びをするには、それだけの用心が必要だというわけですね。手を焼かないためには……」

「と、いうことはそれだけ身分のある女ということに、なるんじゃないでしょうかねえ」

と、等々力警部がつぶやいた。

「そうかもしれません。ときにサンチャゴの岡雪江という女は……？　この女はべつに事件に関係ないと思いますが……」

「ああ、その女ならわたしが会ってきました」

と、新井刑事。

「浜松町のアパートにいるんですが、だいぶん迷惑そうでしたね。こんなこと新聞種にならないようにって泣きそうな顔してましたよ。万事臼井の語ったとおりで、二十一日の午後二時ごろアパートのほうへ箱根から電話がかかってきて、すぐ遊びにこないかてんで出かけてったんですね。夕方向こうへ着いてひと晩泊まって、二十二日の正午ごろ起き出して、朝昼兼帯の食事をとっているとき、臼井が新聞でタマキの記事を発見したんだそうです。そのときの臼井さんの驚きようからして、それまで臼井さんはぜんぜんそのことをしらなかったように思うと雪江はいってます」

金田一耕助は悩ましげな目をして、しばらくストーブの火を眺めていたが、やがてボンヤリと顔をあげると、

「ところで、臼井のキャデラックは調べてごらんになりましたか。どっかに血痕が付着してるとかいないとか……」

「ああ、そうそう、そのキャデラックですが、臼井はゆうべここからかえると、いちおう茅場町のジムへかえり、車をきれいに洗って持主のところへかえしてるんです。持主は旅行からまだかえってないんですが、こんなことになったので、なんとなく気になったんでしょうね。きょうそのガレージへいってトランクのなかやなんかを仔細に調べましたが、べつに異常はありませんでした」

「ああ、そう」

金田一耕助はうなずいて、

「それじゃ、警部さん、こんどはあなたから話を聞かせてください。さっきの電話ではトロカデロのコック長、広田幸吉という男について、妙な新事実があがったとか」

「ああ、そのこと……そのことなら、保井君、君から話してあげてくれたまえ」

と、等々力警部は渋面をつくって、語り手の役を保井警部補に譲った。

「はあ、承知しました」

と、保井警部補も、苦笑《にがわら》いをしながら、

「じつはけさここへ広田幸吉に、任意出頭の形式できてもらったんですね。そして、二十日の夜から二十一日の早朝へかけての外出先をきびしく追及したんです。そしたら、やっこさんとうとう泥を吐きましたよ」

「どこへいってたんですか」

「新橋駅のちかくにアポロってゲイ・バーがあるんです。そこへいってるんですよ」

「あっ！」

と、金田一耕助は口のうちで叫んで、

「男色家なんですか、あの男……？」

「そうです、そうです。しかも、このことトロカデロの連中、みんなしってるんです。カミさんとわかれたというのもそれが原因だそうです。で、二十日の晩も〝アポロ〟へいって、緒方啓三、通称おケイちゃんでとおってる子を引っ張りだして、築地のホテルへいってるんです。これはそのあと古川君に裏付けをしてもらいましたからまちがいはありません」

そのあとで古川刑事が裏付け捜査の経過を話したが、それは万事広田の供述に一致していたという。

「なるほど、世はまさに百鬼夜行時代ですね」

そうなのだ。金田一耕助のいうとおりなのだ。

二十日の晩、金門剛は危険をおかして、トロカデロのマダム藤本美也子と忍びあっている。臼井銀哉は臼井銀哉で、マダムXなる正体不明の女性と箱根へドライブとしゃれこんで、危険な火遊びをやっている。いっぽう広田幸吉は広田幸吉で、おケイちゃんなる性欲倒錯者をホテルへつれこんで、ゆがんだ性の満足を買っているのだ。

金田一耕助のいうとおり、世はまさに百鬼夜行時代である。

「ところで、広田が築地へ買い出しにいったというトラック、もちろん調べてごらんになったでしょうねえ」

「ええ、調べてみました。しかし、こりゃ毎日河岸《かし》からかえると洗うんだそうで、そこからなんの痕跡も探し出すのは不可能ですね」

「ところで、警部さん」

と、金田一耕助は等々力警部のほうへ向きなおって、

「あのトロカデロの非常口の内側に落ちていたピンですがね。あれについてなにか……

……？」

「金田一先生、このピンがこんどの事件に、なにか関係があるとお思いですか」

と、等々力警部がデスクのうえへ例のピンを取り出した。

「ピンで行なわれた殺人現場のすぐそばに、おなじようなピンが落ちていたというんだから、これはやはり気になりますすね」

「いや、このピンについちゃ婦人帽の専門店やデパートで、調査させているんですが、いまどきの若い女、みんなこういうピンを頭にさしてますからな」

と、調査の難航を思わせるような口ぶりだ。

「それにしても、金田一先生、ピンが落ちていて帽子が落ちてないというのはどういうんでしょう。ピンが抜ければ帽子も落ちるはずなんだが……」

金田一耕助はそれには答えなかった。

これを要するに、金田一耕助がきょうの捜査会議でしりえた新事実といえば、トロカデロのコック長広田幸吉というのが男色家であるということだけで、その他これといって捜査の進展は認められなかった。

金田一耕助はここでもまた、情報の提供者について刑事たちからしつこく追及されたが、どうやらのらりくらりと切り抜けた。夏目加代子はいちど取り調べられただけで、いまのところ完全に捜査の指のあいだからこぼれ落ちているらしいと、そのとき金田一耕助はタカをくくっていたのだが。……

八時ごろ金田一耕助は等々力警部といっしょに捜査本部を出た。自動車で銀座へ出ると、クリスマス・イヴをあすにひかえて銀座はごったがえすような人出であった。

等々力警部は金田一耕助を喫茶店へつれこんで、熱いコーヒーをおごった。きのうに変わるきょうの身のうえで、こんやの金田一耕助は等々力警部よりよっぽどお大尽《だいじん》なのだが、しらばっくれて彼はありがたくコーヒーのごちそうになった。

「ところでね、金田一先生」

と、等々力警部はあたりを見まわすと声をひそめて、

「さっきは話が出ませんでしたが、夏目加代子ですがね」

「夏目加代子とおっしゃると……？」

と、金田一耕助はあくまでしらばっくれるつもりなのである。

「ほら、臼井銀哉の愛人だった女……臼井をタマキにとられてお京からモンパルナスという店へ住みかえたという女ですよ」

「ああ、そうそう、そういう女がいましたね。その女がどうかしましたか」

「いや、さいしょ死体の発見されたのが築地だったでしょう。その女、五反田のアパートからモンパルナスへ通ってるんですが、築地といえば通勤ルートからはずれてる。しかも、二十日の晩は一時ちょっとまえ……と、いえばいつも加代子がかえってくる時刻ですが、そのふだんの時刻にアパートへかえっていて、つぎの日からもかわりなくモンパルナスへ出ているんです」

「なるほど」

と、金田一耕助はコーヒーをすすりながら、注意ぶかく相槌をうっている。コーヒーの湯気で警部には金田一耕助の顔色は見えなかった。

「まあ、そういうわけで夏目加代子は、いままで捜査の範囲外におかれていたんですね。ところが現場があそことすると話がすこしちがってくる。モンパルナスは西銀座でも京

橋にちかいところにあって、そこから有楽町の駅へいくには、ちょうどあの現場の路地の入口のまえを通ることになるんです。だから……」

と、等々力警部は探るように金田一耕助の顔を見守りながら、

「金田一先生」

と、声をひそめて、

「ひょっとすると先生のところへ、現場の情報をもたらしたのは、夏目加代子だったんじゃありませんか」

金田一耕助はそれにたいして否定も肯定もせず、

「その後だれか夏目加代子という娘にお会いになりましたか」

「いや、まだ……。じつは古川君、地図を見てるうちにそれに気がついたんですね。それでけさから加代子のいどころを探してるんですが、正午ごろ五反田の松濤館というアパートを出たきり、まだつかまらないんですが……」

金田一耕助は心のなかでおやと思った。きょうの午後二時半ごろ、加代子が電話をかけてきたとき、たしか五反田の駅のちかくの公衆電話からだといっていたようだが。……

「だけど、警部さん、それをなぜさっきみなさんはおっしゃらなかったんですか、わたしに」

「いや、それはね、金田一先生があくまでかくしていらっしゃるのが面憎いから、ひとつこちらも鼻をあかしてあげようというわけで……」

「あっはっは、それをわたしに打ち明けてくださる、あなたの信頼度にはいたく感謝いたします。しかし、警部さん、わたしの依頼人がその加代子という娘であったにしろなかったにしろ、わたしはそれを申し上げるわけにはいきませんよ、職業上の徳義は尊重しなければなりませんからな」

　等々力警部はその顔をじっとみて、

「どうです、金田一先生、これからひとつそのモンパルナスというのへいってみようじゃありませんか。古川君がいってると思うがこっちはこっちで……」

「警部さん、こんやは堪忍してください」

「どうして？」

「いや、逃げるわけじゃありませんが、このうえ風邪をひきそえるとやっかいですからな。こんやはまっすぐうちへかえって、もういちど汗をとらなきゃ……」

「ああ、そう、お風邪でしたな」

　と、等々力警部は素直にうなずいて、

「ときに、金田一先生、失礼ないいぶんですがね、嚢中はいかがです。欠乏をつげていらっしゃるんじゃないんですか。管理人の細君に恩借してきたとさっきおっしゃったが……」

　金田一耕助はしばらく黙っていたのちに、

「あっはっは、じつはね、警部さん、山崎さんの奥さんに借りたのは伊藤さんが三枚なんです。暮れに迫ってこんなのすぐなくなっちまいますね」

「ああ、そう、それじゃ……」

と、等々力警部はあたりを見まわすと、ポケットからかなりふくらんだ封筒を取り出して、すばやく金田一耕助のふところへねじこんだ。

「なんです、警部さん、これは……？」

「いやね、家内が心配してぜひこれをご用立てしてほしいと、けさがたことづかってきたんです。どうぞご遠慮なく使ってやってください」

「警部さん」

と、いったきり、金田一耕助はあとがつづかなかった。あいての親切も親切だったが、たんまりふくらんでいるじぶんのふところがうしろめたくて、

「感謝します。それでは遠慮なく……」

と、ペコリとひとつ頭をさげただけだった。

それから一時間のち緑ケ丘荘へかえってきた金田一耕助は、さっそく赤坂のナイト・クラブK・K・Kへ電話をした。じつは都心から電話をしたかったのだが、なんにもしらぬ等々力警部に、むりやりにタクシーのなかへ押しこまれたので、途中で降りるのもおっくうになり、そのまま緑ケ丘町までかえってきたのである。

K・K・Kへは多門修から二度連絡があったそうである。しかし、話が少し複雑だから会ったうえでとのことだったという伝言だった。金田一耕助は失望よりかえって安心をおぼえた。話が複雑だというのは、それだけなにかをつかんだ証拠である。二度目に

連絡があったときには、明朝そちらへお伺いするということづけだったそうである。

金田一耕助が受話器をおいて、メモを整理しているところへ電話のベルが鳴りだした。電話のぬしはさっき別れた等々力警部で、どういうわけか警部の声はいかにも愉快そうにはずんでいる。

「金田一先生、さきほどはどうも……あっはっは！」

はじけるような爆笑が電話の向こうで爆発したので、金田一耕助はギョッとして、

「け、警部さん、ど、どうかしましたか」

「どうもこうもありませんよ、金田一先生、見つけたり金田一先生の尻尾《しっぽ》かなですぜ」

「あれ、警部さん、ぼくの尻尾たあなんです」

「いや、もう、先生、よくもあなたしらばっくれていらっしゃいましたね。あたしゃさっきあなたのワトソン君に会いましたよ」

金田一耕助はまたハッとするのをおさえて、

「ぼくのワトソンたあだれです」

「しらばっくれちゃいけません、多門修君ですよ、あの凶状持ちのね」

「凶状持ちは堪忍してやってください。いまじゃ足を洗ってるんですからな。だけど、修ちゃんとどこでお会いになったんです」

「あっはっは、まだ連絡がないとみえますね。もっとも修ちゃんはわたしに気がつかなかったようだが……金田一先生、どこで会ったと思います」

「どこです」

「モンパルナス」

「あっ!」

と、叫びたいのを金田一耕助はいそいで口のなかで噛み殺した。

「しかもね、金田一先生、修ちゃんはあきらかに夏目加代子をめざしてきてたんですからな。金田一先生、あしたは必ずこのことに関する説明をきかせていただきますから、どうぞそのおつもりで、あっはっは! じゃ、おやすみ」

等々力警部はこちらの返事もきかずに、ガチャンと受話器をかけてしまった。

受話器のうえに手をおいたまま、金田一耕助はしばらく唖然としていた。

多門修がなにかいきすぎた行動をとっているのではないかという懸念が、ふっと彼の心を暗くした。

だが、それもほんの一瞬のかげりであった。金田一耕助はすぐ頭のなかで、この新事態に即応する作戦計画をねりはじめると、その唇はしだいに微笑にほころびはじめた。

多門修

「修ちゃん、君、あんまり出過ぎたまねするんじゃないよ」

タオルのねまきのうえに綿入れのチャンチャンコという、世にも珍妙なスタイルで、朝の食卓に向かっていた金田一耕助は、颯爽《さっそう》としてとびこんできた多門修に、プスッとした一瞥《いちべつ》をくれると、まるでつめたい水でもぶっかけるような調子である。

「えっ？」

と、多門修が毒気を抜かれたようにドアのところで立ちすくんでいると、

「おいおい、ドアをはやくしめておくれよ。暖かい空気が逃げちまうじゃないか。それともおまえさんおれに風邪ひかせる気か」

「すみません、先生」

と、多門はあわててドアをしめると、

「先生、なにかぼく出過ぎたまねをしたんでしょうか」

と、一メートル七十は越えているであろうと思われる大の男が、まるで先生にしかられた生徒のようにシャチコ張っている。

金田一耕助はあいかわらずプスッとした顔色のまま、ムシャムシャとトーストをほおばりながら、

「まあ、まあ、いいからこっちへおいでよ。そこへかけたまえ」

「はあ」

「君、なにか食べる？　食べるたってこんなもんしかないけどな」

「いいえ、ぼくたくさんです。さっき食べてきました」

「そう、それじゃ紅茶でもいれようか」

「いいえ、もう結構です。それより、先生」

と、多門は不安の色をおもてにみなぎらせて、

「なにかぼくのやったことで、先生にご迷惑のかかるようなことでも……？」

と、椅子のなかでちょっとからだをかたくしている。

十二月二十四日の午前十時ちょっと過ぎ、緑ケ丘町の緑ケ丘荘へとびこんできた多門修は、金田一耕助によろこんでもらえるつもりで意気込んでいたところを、いきなりピシャリと鼻っ柱をひっぱたかれて、いささか度をうしなったかたちである。

それにしても金田一耕助と多門修、およそこれほど対照的なふたりもあるまい。多門修の一メートル七十という堂々たる上背に対して、金田一耕助は六十あるかなしという小男である。金田一耕助のもじゃもじゃ頭でタオルのねまきにチャンチャンコという珍妙なスタイルに反して、多門修はパリッとした鹿皮かなんかのジャケットを着て、男ぶりも上々である。年齢は金田一耕助より十以上も若くて、三十前後というところだろう。

等々力警部もゆうべこの男のことを、冗談にしろ凶状持ちと呼んだが、事実二、三年まえまでの多門修は、グレン隊のいっぽうの旗頭で、ブタ箱の飯を食ったことも二度や三度ではない。それが金田一耕助のまえへ出ると、その一顰一笑《いっぴんいっしょう》にハラハラしているのだから、人間の相性というものはわからないものである。

金田一耕助はあいかわらず不機嫌《ふきげん》な顔色でジロリとあいての顔を見すえながら、

「修ちゃん、おまえ夏目加代子という娘をしってるのかい」

多門修はハッとしたように顔色を動かせて、

「先生はそれをどうして……？」

「だって、君、ゆうべモンパルナスへいったてえじゃないか」

「先生！」

と、多門修は憂色をおもてにみなぎらせたまま、さっと気色ばむと、

「先生はまさかぼくに尾行をつけてるんじゃ……？」

「あっはっは！」

ここにおいて金田一耕助は思わず笑いを爆発させると、食い散らかした皿を向こうへ押しやって、

「ごめん、ごめん、修ちゃん、おれ憤ってんじゃないんだ。ちょっと君を教育してやろうと思ってな」

「はあ、大いに教育してください」

と、多門はいくらか安心した顔色で、

「だけど、ぼくがモンパルナスへいったってこと、どうしてご存じなんですか」

「いやね、修ちゃん」

と、金田一耕助はテーブルのうえからあごをつきだして、

「君がぼくの指令から逸脱したってかまわないんだよ。そこは君の機転なんだからね。ただそういう場合、絶えず周囲に目をひらいてなきゃあね」

「ぼく、大いに目をひらいてたつもりなんですが……」

「じゃ、モンパルナスに等々力警部がきてたのをしってるか」

「あっ！」

と、多門は口のなかで小さく叫ぶと、

「じゃ、警部さんがきてたんですか」

「そうら見ろ、向こうのほうが役者が一枚うわてだったらしい。そりゃまあ当然だがね。君のすがたを見ていちはやくかくれたんだね。そりゃいいが、じつは夏目加代子のことは警察にかくしてあった……と、いうよりはあの娘の姿をできるだけ、警察の注意からそらすように努めていたんだ。ところがゆうべ君がモンパルナスへ姿を見せた。君の背後にゃおれがいるってこと、警部さんはよくご存じだ。だから、ゆうべおそくここへ電話がかかってきてさ、どういうわけで夏目加代子に目をつけてるんだ。あしたはきっと泥を吐かせてくれるって、おれさんざん電話で油をしぼられたじゃないか。そのとばっちりがいま君にいったというわけだ。あっはっは」

金田一耕助はノンキらしく笑ったが、それでも多門はまだ顔色をかたくして、

「すみません、先生、それで先生のお仕事拙《まず》くなったんですか」

「いいよ、いいよ、そんなこと、心配しなくてもいいんだよ。ここらで作戦を変更してもいいし、むしろ警察の力を利用しようかとも考えてるんだ。だけど、修ちゃん、君がなぜゆうべモンパルナスへ現われたか当ててみようか」

「夏目加代子が新宿の伝言板のまえへ現われたんじゃないのか」

「どうぞ」

「そうなんです、先生」

と、多門もようやく生色を取り戻し、

「しかも、二度も……」

「ああ、そう、君はまえからあの娘をしってたのかい」

「先生、それはこうなんです。いや、そのまえにこの質問、いけなかったら取りさげますが、先生の調査、ハット・ピン殺人事件じゃないんですか」

「いや、その質問取りさげる必要はないよ。まさにそのとおりだ」

「きのうのお電話でボクサーの臼井の名前が出たから、ぼくもすぐピーンときたんです。ところがあの女いちど臼井といっしょにうちへきたことがあるんです」

「いつごろ？」

「臼井がミドル級の世界選手権を獲得した直後でした。パトロンが五、六人の取り巻きといっしょに臼井をつれて、うちへなだれこんできたことがあるんです。そのなかにあの女がいたんです。そのときあの女がぼくの印象にのこったてえのは、いかにも姉さん女房といったかっこうでいろいろ臼井の面倒を見るのを、あいてがうるさがってたことですね。それでひとに聞いたら銀座のバーに出てる女だって、ただそれだけきゃ憶えてなかったんです。名前もきいたんでしょうがゆうべまで忘れていました」

「なるほど、その女が伝言板のまえへ現われたのでおやと思ったんだね。よし、それじゃ山形病院のほうはあとまわしにして、そのほうから話をきこうじゃないか」

「承知しました」

と、多門修はジャケットのポケットから手帳を取りだすと、だいぶくつろぎを取りもどして、

「だけど、驚いたなあ、さっきは。先生たらすっかり脅かすんだからね」

「ちょっとヤキを入れてやったのさ」

「まったく。おれ、先生の仕事からあぶれちまったら、世んなかが味気なくなっちまうもんな」

「ブツブツいわずにはやく報告しな」

「ちょっと待ってください」

多門はバラバラ手帳をくると、

「ぼくが新宿駅へいったのは五時三十五分のことでした。金門氏のくるのを張っていようと思ったんです。そしたら金門氏のくる十分くらいまえにあの女がきたんです。そのときゃまだ気がつきませんでした、臼井の女だってこと。だから、あの女がそのままいっちまったら、ぼくなにも気がつかずにすんだんです。ところがやっこさん……じゃなかった、あの女、いやに伝言板に気があるふうなんですね。はじめはなんとなく遠巻きにしてましたが、だんだん伝言板のそばへよってったんで、おやと思って顔を見なおし

たんです。そしたら、どこかで見たようなとまでは思い出せても、それからさきは思い出せなかったんです、そんときは。だって、それ、金門氏がくるまえでしょ。だから、それほど気にならなかったんですね。だから、女が立ち去ってもうしろ姿を見送ろうともしなかったくらいです。それから十分ほどして金門氏がやってきて、伝言板に暗号みたいなことを書きつけていきました。その文句、先生はご存じなんじゃありませんか」

「まあ、いいからいってくれたまえ」

「B、――O・K――Ⓚってえんです。先生もきのう電話でおっしゃったように、よくよくそばへよらなきゃ、わからないくらいの薄さで書いてありました。それからぼく八時まで張り込みをつづけました。そのあいだに伝言板へきた男や女のことを申し上げましょうか」

「いや、それはあとで聞こう。いちおうリストは作っておいてくれたまえ」

「承知しました」

と、多門修はうなずいて、

「さて、あの女がやってきたのは八時五分ごろのことでした。正直いってあの女がうそうそと伝言板のまえへやってきたとき、おれ、ギョッとしたな。とっさにこの女じゃねえか、金田一先生の求めていらっしゃるなあ……と、そう考えたとたん、臼井の女だ！ってえことが頭にひらめいたんです」

「なるほど」

「ところが臼井の女だってことはわかっていても、銀座のどういう店だか、また名前はなんてったかってこと、全然忘れておりましょう。そりゃそこまでわかりゃあとは先生におまかせすればいいようなもんの、正直いって、先生」

と、多門修は頭をかきながら、

「ああいう張り込みゃぼくにはむきませんや。退屈で、退屈で……」

「あっはっは、そんなことだろうと思った。でもまあ二時間以上もよくネバったな」

「いえ、あの女が現われなきゃぼくももっとネバったかもしれません。だけどてっきりこいつだときめちまったもんですから、あとつける気になったんです」

「伝言板を読んだときの加代子の顔色はどうだった？」

「それなんですよ、先生、それもぼくがあの女をつける気になった原因なんですが、六時まえにきたときにゃ、なんとなく失望したような顔色だった……と、これはあとになって気がついたんですけどね。ところが二度目ンときゃ、伝言板のまえをはなれたとき、なんかこう顔色がかわってたような気がしたんです」

「しめた！　と、いうような顔色だった？」

「いや、そうでもねえんで。なにかこうびっくりしたとか、意外だとか、なにかこう考えこむような目つきでしたが、急にソワソワあたりを見回し、いそいで駅から出てタクシーを拾ったんです」

「なにかこうびっくりしたとか、意外だとか……そんな顔色だったというのかい」

「ええ、たしかにそんなふうでしたよ。それだと先生のソロバンに乗らないんですか」

「いや、まあ、いい、つづけたまえ」

「はあ、ところがねえ、先生、ぼくがこの女だ！　と、目星をつけたなあわけがあるんです。と、いうのは六時まえにきたときにゃ、伝言板からはなんの反応も示さなかったでしょう。いまいったようにむしろ失望したような顔色でした。ところがこんどはあきらかにひとつの反応を示している。しかも、第一回目にきたとき以後、その伝言板に新しく書き加えられた伝言というのは、金門さんのあれだけなんです」

「なるほど」

と、金田一耕助は唇をほころばせて、

「そこで推理力をはたらかせたってわけか」

「やだなあ、先生、こんなの推理力のうちにゃ入りませんよ。一目瞭然じゃありませんか」

「ふむ、ふむ、それで加代子はタクシーでまっすぐにモンパルナスへいったの」

「はあ、まっすぐでした。ぼくとしちゃせめて名前ぐらいはつきとめて、大いに先生にほめていただくつもりだったんです」

「それをいきなり毒づかれちゃわりにあわないやね」

「だけど、こちとらも気ィつけなきゃいけねえな。警部さんがいらしたとはねえ」

「それ、あんまり広いうちじゃないんだろう。女の子が五、六人いるていどらしいから」

「ええ、ですけど、先生、すごく流行《はや》るうちらしいんです。あんまり高級とはいえませんけどお客さんギッチリでしたね」

「それで、君、どんなことをそこで聞いてきたんだい」

「それがねえ、先生、ごく自然なかたちで聞けたんです。と、いうのはきのうの朝刊で臼井のことが記事になったでしょう。お加代という女、臼井にパイされちゃったんですってね。それでお京からモンパルナスへ住みかえったって……それ、ご存じなんでしょう」

「ああ、しってる」

「それで、しぜんお加代のことがお店の話題になってたんですね」

「お加代のまえでかい？」

「ああ、そうそう、お加代はお店へかえってきても、すぐ奥へひっこんじまったらしいんです。マダムかなんかに呼ばれたらしいんですね。ぼく、九時ごろ向こうへ着いて十時ちかくまでネバってたんですが、とうとうお加代は奥から出てきませんでした」

おそらく奥で古川刑事の取り調べでも受けていたのであろう。等々力警部は刑事とはべつだったはずなんだが。……

「それで、結局ぼくのしりえたのは、その女が夏目加代子という名前であること、かつては臼井の女だったが、最近こんど殺された江崎タマキに乗りかえられたこと。タマキの殺されたのが曳舟稲荷だとすると、お加代の通りみちに当たっていること、二十一日の晩にも刑事がお加代を調べにきたこと。……だいたい以上のようなことです。ぼく、もういちどお加代の顔を見てやろうかと思ったんですが、ここまでわかりゃあとどうにでも調べようがあると思ったのと、風車のほうが気になったもんですから、そこを出たのが十時に十分くらいまえでした。だけど、金田一先生」

と、多門修はそこで急に心配そうな顔になり、

「おれ、ひょっとすると警部さんにつけられたかもしれねえな」

「そりゃおおいにありうることだな」

「いけなかったなあ、おれ、ヘマやっちゃった」

「いや、そりゃ、修ちゃん、かまわないよ」

「かまいませんか」

「おれが赤い風車へ調査の手をのばすであろうことは、警部さんもご存じだからね。それで、そっちのほうの収穫は……？」

「すんません、先生、今後気ィつけます」

と、多門はボサボサの頭をさげて、

「風車に山田伝蔵という男がいるんです。こちとらとおんなじようなしょうばいしてる男で、ふつう山伝でとおってます。その男に会ってきいたんですがサツでもさかんにききにきてるようですね。なんでも問題の女てえのは、ミンクのオーバーにサングラスをかけてたとか……？」

「ああ、そんな話だ」

「ところが、風車ではいっこうそんな女に心当たりがないらしいんです。山伝のいうのにあの晩の臼井ならよくおぼえてる。豪勢なキャデラックをころがしてきて、女の子たちに自慢してたが、テーブルへついてからはいっこう意気があがらなかった。げんに山伝なんかも銀ちゃん、こんやはいやにシケてるじゃないかなんて声をかけたくらいだそうです。そしたら半時間もたたぬうちにプイと立ってかえっていった。かえるときも山伝が見てたそうですが、銀ちゃんひとりだったといってますし、それかといって風車にいるあいだに、女と打ち合わせができたってふうもなかったといってるんです」

「それじゃ、銀ちゃん、もう一軒どこかへよったのかな」

「そうです、そうです。山伝もそういってます。だけどぼくが思うのに……」

「修ちゃんが思うのに……？」

「やだなあ、先生、からかっちゃいけません」

「ひがんじゃいけない、修ちゃん、なにもからかってなんかいないよ。ああいう世界のことにかけちゃ、われわれよりよっぽど君のほうが詳しいんだから、君の意見をきかせてもらいたいと思っているのさ。それで……？」

「はあ、あのへんにゃナイト・クラブやキャバレー、ほかにもたくさんございましょう。銀ちゃん風車がつまらなくなったので、どこかほかへいくつもりだった。だけどほんとにいったんなら、いくらかかくしてたってすぐしれちまいます。あいつそうとう顔が売れてますからね。だから、どっかへいくつもりで車をころがしてるあいだに、道でその女を拾ったんじゃありませんかねえ。以前からの顔なじみかなんかで……」

「なるほど」

「ところで、その女の身もとについちゃどういう見込みなんです。山伝の話じゃどっかの奥さんかなんかで、それで銀ちゃんがかばってるって、サツの見込みらしいって」

「ああ、だいたいそういうことになってる」

多門はちょっと考えて、

「だけど、先生、その女と銀ちゃんとはあらかじめ打ち合わせしてたってわけじゃないんでしょう」

「ああ、そりゃ偶然風車で落ち合ったようなことをいってたな」

「だって、それじゃ、先生、おかしいじゃありませんか」

「おかしいというと？」

「その女がおあつらえむきにサングラスもってたってえんでしょう。夏場ならともかくこの寒空にふつうの人妻がねえ。もっとも偶然会った銀ちゃんと浮気しようてえ女だから、そりゃいちがいにはいえませんがね」

「と、いうと、修ちゃんの見込みはどうなんだい？」

「ショーに出てる芸人じゃありませんか」

あっ、なあるほどと金田一耕助は感心した。やはり餅は餅屋だけのことはある。しかも、あいてが芸人だとすると人気の失墜することをおそれて、ひたかくしにかくしたがるのもむりはない。

「修ちゃん、心当たりがあるのかね」

「いやね、先生、それさっきここへくるみちみち気がついたんです。だけどもしそうだとしたら探すの、たいしてぞうさありませんぜ。いかにあのへんにナイト・クラブやキャバレーがたくさんあるったってしれたもんです。一時半ごろにからだのあく女性タレントで、ミンクのオーバー持ってるのを探しゃいいんでしょう」

「よし、それじゃそいつやってもらおう。だけど、念のためにいっとくが、その女が容疑者ってわけじゃないんだから、くれぐれも迷惑のかからぬように気をつけてくれたまえ。新聞種になんかならんようにな」

「承知しました」

「それじゃ、いよいよ山形病院のほうを聞かせてもらおうか」

だが、ちょうどそのときブザーが鳴ったので、金田一耕助が玄関へ出てみると、郵便配達夫が速達の現金書留をとどけてきたのであった。

その上書きが女の筆跡らしいのを見ると、金田一耕助はくすぐったそうに苦笑して、封も切らずにデスクの引出しへ放りこんだ。差出人の名前もあるが、どうせデタラメにきまっている。いうまでもなくマダムX。

不良少女

　金田一耕助は立ったついでにココアを入れながら、

「修ちゃん、あっちのほうそうとう複雑なんだって？」

「ええ、先生、まずさいしょに申し上げときますけど、あの娘、死にましたよ」

「えっ？」

　と、金田一耕助はココアをいれていた手をやすめて、思わず多門のほうをふり返った。

「死んだって？　いつ……？」

「二十一日の午前一時ごろ山形病院へかつぎこまれてきたんですね。真夜中のこってすから、応急手当てがうまくいきとどかなかったらしい。それにそんな時刻に娘ひとりがほっつき歩いてたんですからね、病院ではズベ公かなんかとまちがえたらしい」

「ひとりだったのかい、その娘……？」

「ええ、ひとりだったそうですよ。跳ねられる直前、その娘がふらふら歩いてるのを目撃したもんもあるそうです。それにそうとうひどいヒロポン中毒だったらしいっていってます」

「ヒロポン中毒……？」

　と、金田一耕助の瞳のなかをなにやら妖《あや》しい光がキラリと揺曳《ようえい》した。

「ええ、そうです、そうです。それでいてその娘、れっきとした良家の娘なんです。おやじは弁護士で、そうとうにやってるらしいって看護婦がいってましたがね」

金田一耕助は思わず微笑がこぼれそうになるのを、一歩手前でかみころした。こういう場合、この男の美貌とものなれた態度がものをいうのである。多門修——かつてはそうとうのドン・ファンだった。おそらくいまもそうであろう。

金田一耕助はココアをふたついれて、多門修にもすすめながら、

「なかなかおもしろそうな話じゃないか。ひとつゆっくり話してもらおう。君が看護婦を籠絡《ろうらく》してかちとった戦果をね」

「やだなあ、先生」

と、多門修はボサボサの髪の毛をひっかきながら、それでも満更でもなさそうだった。

「あれ見習い看護婦なんですね。まだ若いちょっとかわいい娘でしたよ。こっちゃ新聞記者というふれこみで、さいわい新聞社にいる友人の名刺があったもんですからね。そいつを流用して、こんど映画の切符持ってきてあげると約束したら、わりにすらすら話してくれましたよ」

「あっはっは、君はいつもその手でいくのかね、女の子を口説くときにゃ……」

「まあそのときそのときですね。きょうの娘、ちょっと帝映のスター古賀みち子に似てるといってやったら、みなさんそうおっしゃるって……」

「あっはっは、いやや、まあ、君の女性操縦術はいずれまたゆっくりうかがうとして、と

りあえず擬似古賀みち子嬢から聞いた話を聞かせてもらうとしようじゃないか」

「いや、どうも失礼しました」

と、多門修は手帳のページをパラパラと繰ると、

「自動車に跳ねとばされて、瀕死《ひんし》の重傷を負うているその娘……すなわち沢田珠実って娘が山形病院へかつぎこまれたのは、二十日の夜……と、いうより二十一日の朝一時ごろのことなんですが、奇禍にあった現場は銀座四丁目の教会のすぐそばなんです。ほら、ここに見取り図をつくってきましたが……」

と、多門修が手帳にはさんだ紙をひらくのを見て、

「どれどれ、それじゃ中央区の地図と比較してみよう」

と、金田一耕助が東京都区分地図のなかから、中央区の部分をえらび出してデスクのうえにひろげると、

「ええ……と、そうそう、ここです。ここ片側が教会になっており、片側がいまビル建設中なんで、あのへんとしちゃ淋しい暗い場所なんですね、その時刻になると……この事件、目撃者がひとりあるんです。目撃者というのはビルを建設してる高柳組というのがここに小屋を建てて、事務員がひとり、作業者がふたり宿直してるんですね。ところがその労務者のひとりの日比野三郎という男……ぼくその男に直接会って聞いてきたんですが、その晩、和光の裏のおでん屋でいっぱいやって、ちょうどその時刻にふらふらと小屋へかえってきていたんだそうです。そしたら、こっちの道から……」

と、多門は地図のうえに指をはわせていたが、そこに書き入れてある赤インキの×点に気がつくと、

「あれ、金田一先生、この×点は……？」

と、あいての顔を見なおしていたが、急に気がついたように大きく呼吸をはずませて、

「先生、ひょっとするとここが曳舟稲荷では……？」

「ああ、そうだよ。君はいままでそれに気がつかなかったのかい？」

「じゃ、先生、この事件……ぼくがいま調査している轢き逃げ事件もやっぱりハット・ピン殺人事件と関係があると……？」

「いいや、修ちゃん」

と、金田一耕助はちょっときびしい顔になり、

「それがまだよくわからないんだ。そうとハッキリわかっていたら、おれ、警部さんにアドバイスするよ。こっちの捜査にも身を入れなさいと。だけど、そういいきるだけの自信はまだないんだ。と、いっていちおう調査するだけの価値はあると思ったので、こうして君をわずらわしているわけだ。とにかく君の調査の結果をきこう」

多門修は胸を張って大きく深呼吸をした。そして、しばらく金田一耕助の顔を見つめていたが、急に白い歯を出してニッコリ笑うと、

「そうれ、ごらんなさい。やっぱりぼくの申し上げたとおりじゃありませんか」

「なんのこったい、それ……？」

「だって、きのう電話で申し上げたでしょう。先生のははじめはつまらねえような仕事にみえてても、さいごへいくとあっとひとのドギモを抜くって……」

「ああ、そのこと。……だけど、そのことならぼくもあのときいっといたはずだぜ。あんまり買いかぶっちゃいけないって。まだ海のものとも山のものともわからないんだ。さあ、とにかく君の話というのを聞こう」

「承知しました」

と、多門修はぐっと生唾をのみこむと、地図のうえに指をはわせながら、

「その日比野という男がふらふらとこのへんまできたところ、こっちの道……すなわち曳舟稲荷のほうの道からその娘、沢田珠実って娘がとび出してきて、向こうのほうへ走ってったんですね。そんとき彼我《ひが》の距離二十メートル、日比野にもハッキリあいての姿は見えず、ただ女だとだけしかわからなかったそうです。だから、酔っぱらいにでもからかわれて女の子が逃げていくんだって、まあ、そのくらいの気持で日比野はたいして気にもとめてなかったんですね。ところが、その娘のうしろから自動車が一台とび出してきて、それが女の子のいったほうへ曲がっていった。その自動車が角を曲がったとき、日比野との距離は十メートルくらい、だからすぐあとであんなことが起こるとしったら、もっとよく気をつけてあの自動車、観察しとくんだったたって、日比野はくやしがってるんです」

「じゃ、その直後に事故が起こったわけだね」

「そうです、そうです。そんなこととは神ならぬ身のしるよしもなく、日比野はあいか

わらずふらふらと、千鳥足で歩いてたんだそうです。そしたら、とつぜん向こうのほうで女の悲鳴が聞こえたので、ハッとして顔をあげると、自動車が向こうの角を右へ曲がるところ、野郎、女の子をひっかけやあがったな、……そう思って駆けつけてみると建設中のビルと教会のあいだの薄暗い道ばたに、女の子が跳ねとばされて倒れている。いそいでこの角まで走ってきたが、それらしい自動車はもう見えなかったというんです」

多門修は地図のうえに指をやすめて、金田一耕助の顔を見なおした。

「すると、また銀座のほうへひっかえしたんだな」

「そうだろうと日比野もいってます。だからそのときすぐに日比野が交番へでもとどけて、警視庁から非常手配でもすればその自動車、とっつかまったかもしれないんですが、現実にゃなかなかそうはいかねえんですな」

「そう敏速にいったら轢き逃げ自動車、みんなとっつかまってしまう。それで……？」

「はあ、それからもとの場所へかえってくると、その娘がもう虫の息で倒れてる。それで、日比野があわてて宿直の事務員やもうひとりの相棒を叩き起こし、相棒のひとりが数寄屋橋の交番へ走ったってわけです。それから山形病院へ娘をかつぎこんだのが一時ごろ、娘が息を引きとったのは二十一日の夜のことだそうですが、さいごまでとうとう意識は取り戻さなかったそうです」

金田一耕助は暗い顔をして、

「それじゃ娘の口からなにひとこと聞けなかったわけだな」

「そうです、そうです。ぜんぜん」

「それで正確にいって娘が轢かれたのは何時ごろ……？」

「十二時半ごろじゃないかといってるんです」

曳舟稲荷の事件と相前後して起こった事故だということが、金田一耕助の注目をひいたのである。

「それで、日比野という男自動車について記憶がないんだね」

「はあ、白ナンバーだったかタクシーだったか、それすら記憶がないんです。なんしろ事故が起こったときにゃそうとう距離がありましたからね。ただ小型車じゃないということ、これだけはたしかですが、車の種類もなにもぜんぜんわかってないんです」

「それで、そのときの娘の服装は……？」

「そうそう、その娘不良らしいんですね。だから高校三年とはいえ、服装はもうすっかりおとななんです。ツー・ピースを着て靴なんかもハイ・ヒール、オーバーなんかもかなりぜいたくなもんだったそうです」

「帽子は……？」

「そうそう、これは日比野に聞いたんですが、自動車に跳ねとばされたとき、ハンドバッグは二、三メートルさきへとんでたそうですが、帽子はしっかり握りしめてたそうですよ」

「帽子って、どういう帽子……？」

金田一耕助の言葉がちょっと鋭かったので、多門はハッとしたように、あいての顔を見なおしたが、急にその顔から血の気がひいていった。

「先生、すみません」

と、多門はテーブルのうえに両手をかけて頭をさげると、

「ぼく、そこまでは聞きませんでした。しかし、帽子は頭にかぶるもの、それを手ににぎっていたというのはおかしい。それじゃ江崎タマキがかぶっていたとおなじような、ちかごろ流行のハット・ピンでとめる帽子……」

「修ちゃん、そこんところもういちど念をいれて、古賀みち子に似てるという看護婦君にたしかめてみてくれないか」

「承知しました。先生、これじゃぼく、まるで子供の使いだ。先生に服装も調べるようにと念を押されながら……」

「いや、しかし、君はこれがハット・ピン殺人事件と関連した調査だとは気がつかなかったんだからね。ところで身もとはどうしてわかったの？」

「国電の定期と学生証をもってたんです。S高校というのは中野にあるんですね。ところが当人の住所は市ケ谷薬王寺なんです。だから飯田橋から中野の定期と学生証が出てきたんです。それで念のために電話帳を調べたら電話があったというわけです。おやじの名は沢田喜代治といって、そうとうさかんにやってる弁護士らしいって、ユリ子がいってました」

「ユリ子ってのはだれだい？」

金田一耕助がわざと底意地の悪い声を出すと、

「それが、その、古賀みち子に似てるって看護婦なんでさ、前島ユリ子、あっはっは」

修ちゃんはバカみたいな声を出してわらった。このぶんだともうデートの約束くらいしてきたのかもしれない。

しかし、金田一耕助は、それ以上その問題について追及しようとはせず、

「それで家族が駆けつけてきたんだね」

「はあ、電話がなかなか通じなかったとかで、夜が明けてからやっとおふくろが自家用車で駆けつけてきたそうです。そのじぶん、おやじは仕事で関西のほうへ出張してたんですね。それからおふくろが電話をして親戚の男が駆けつけてきたそうです。ところがユリ子がいうのに……」

「ふむ、ふむ、ユリちゃんがいうのに……？」

「あっはっは、先生、そう目玉をくりくりさせちゃいけませんや。まじめに聞いてくださいよ」

「こっちゃはいつもまじめさ。それで……？」

「はあ、ユリ子がいうのにひとり娘……そうそう、その珠実というのはひとり娘なんですね。ひとり娘が生きるか死ぬかという大怪我をしてるっていうのに、それにしちゃおふくろさん、少し冷淡すぎやあしないか、朝駆けつけてきたときも、ちゃんとおめかししてたそうだし、第一、夜中だからって電話が通じなかったってのはおかしい。ふつう

娘が外出したきりかえって来なかったら、母親たるもの、心配でねられないのがほんとうじゃないか……と、ユリ子がいってるんですがね」

「なかなかユリ子嬢、観察が鋭いじゃないか」

「いや、それというのがユリ子め、ぼくをブン屋だと思いこんでるんですね。だからこの一件洗ってみろ、きっとなにか出てくるにちがいないってけしかけるんでさあ、ぼくをね」

「君に手柄をたてさせようというわけか。それでその晩息をひきとったんだね」

「はあ、ひとこともしゃべらずに。……それが二十一日の晩のことで、翌朝おやじが東京駅から駆けつけてきたそうです。そして、その晩亡骸《なきがら》を自宅のほうへ引き取ったっていいますから、おおかたいまごろは葬式もすんでるんでしょうねえ」

「ヒロポン中毒というのを発見したのは……？」

「それは山形病院の医者なんです。だから、このことサツのほうへも届けて出てあるはずですぜ。なんでも学校の先生や同級生なども見舞いにきたそうですが、その連中の話をきいてると、珠実って娘ほとんど学校へも出ず、深夜喫茶みたいなとこを、ほっつきまわってたんじゃないかって、ユリ子がいってるんですがね」

　金田一耕助は言葉もなく、しばらく歯をくいしばるようにして考えこんでいたが、やがて悩ましげな目を多門のほうへ向けて、

「修ちゃん、すまないが君、当分本職のほうは開店休業にしてくれたまえ」

「ええ、よござんすとも、先生、それじゃ沢田のうちを洗ってみますか」

「いや」

と、金田一耕助は鋭くあいてをさえぎって、

「とりあえず君はもういちど山形病院へいって、ユリ子の君に帽子のことを聞いてきてくれたまえ。ピンを必要とする帽子かどうか、もしピンを必要とする帽子だったら、そのピンはどうなったか、病院へかつぎこまれたとき、珠実の身辺にあったかどうか。……そして、その結果によっては……」

と、金田一耕助はちょっと考えてから、

「ぼくは昼過ぎには築地署へ出向いている。だからそこへ電話をかけてくれたまえ」

「だって、先生」

と、多門は抗議するような身ぶりで、

「それじゃこのこと、警部さんにもわかっちまうじゃありませんか」

「いや、もしこの一件がぼくの考えてるように、ハット・ピン殺人事件と関係があるとすれば、いちおう注意を喚起しとかなきゃいけない」

多門はいよいよ不服の表情を露骨に浮かべて、

「それじゃ、ぼくはどうなるんです。ぼくの出る幕がなくなるじゃありませんか」

「いや、君にはたくさん役があるよ。まずマダムXを探してもらう」

「マダムXたあだれのことです」

「ああ、そうそう、臼井銀哉のかくれたアミーのことさ。われわれは彼女をマダムXと呼んでいる。それからもうひとつ重大な仕事がある」

「重大な仕事というと？」

「夏目加代子は君をしってるのかね」

「そりゃしらないでしょう。いちどうちへきただけですから」

「ああ、そりゃちょうどいい。君はあすからでいいが、あの娘を監視してもらおう。ただし、あいてに悟られないようにだよ。監視というより保護だな。他から危害を加えられないように。これ非常に重大な仕事なんだからそのつもりで」

多門はしばらくまじまじと金田一耕助の顔を見守っていた。耕助におひゃらかされているのではないかということをおそれたのだろう。しかし、そこに浮かんでいるきびしい色を読みとると、かるく頭をさげて、

「承知しました。だけどただ監視してるだけでいいんですか」

「そうねえ。できたらちょくちょく彼女の動静について、ぼくに報告をくれたまえ」

それから情報交換の場所として、K・K・Kを使うことにふたりの意見が一致した。

メロドラマの女主人公

多門修がかえったのは十一時ごろだった。

金田一耕助はいちおう彼の残していった、伝言板のまえへきた人物のリストに目をとおしたが、それはほんのお義理だけで、そのことにはもうなんの興味もなさそうだった。

金田一耕助は思い出して、デスクの引出しから現金書留を取り出して鋏《はさみ》で封を切った。なかにはなんの書類も入っておらず、現金で五万円封入してあった。差出人は加納悦郎となっており、住所も下谷で下谷の局から発送しているが、と、いうことはこの差出人がぜんぜんそれとちがった方角に、住んでいることを意味しているのであろう。

金田一耕助がそれを封筒ごと寝室のタンスのなかに放りこんで、鍵をかけているところへ電話のベルが鳴りだした。電話のぬしは金田一耕助が心待ちにしていた加代子である。

「ああ、加代子君？　君いまどこから電話してるの」

「きのうとおんなじところからです」

「ああ、そう、五反田の駅のまえだね」

「はあ、じつは先生、ゆうべお店のほうへまた古川という刑事さんがやってきて、あたしずいぶんきびしく追及されましたの」

「ああ、そう、あの現場が君の通勤ルートに当たってることに、警察でも気がついたようだね」

「ええ、そうなんです。あたしほんとに困ってしまいまして……」

「で、なんと返事をしたの」

「仕方がございませんから、そこを通ったことは認めました。だれかあたしがその道をいくところを、見てたひとがあったら困ると思ったもんですから」

「ああ、そりゃ賢明だったね。それから……？」

「しかし、事件のことはぜんぜんしらぬ、新聞を見てすっかりびっくりしてるって、あくまでシラを切ってとおしたんですけれど、先生、大丈夫でしょうか」

「まあ、そりゃ仕方がないよ。かえってそのほうが賢明だったかもしれない」

「いざとなったら先生が救ってくださいますわね」

「ああ、そりゃ大丈夫」

「ただ、あたし心配なのはそのことが新聞に出やあしないかと思って……そしたら犯人にあたしだったってことがわかるわけでしょう、先生、それがあたし怖いんですの」

「まさか、そのていどのことで新聞に出やあしないだろう。それは安心していたまえ」

「そうでしょうか。それなら安心ですけれど……あたし当分お店休もうかと思うんですけれど、そうもならないもんですから……」

「そうねえ。新聞に君の名前が出るようなことがあれば警戒しなきゃいけないが、それまではまあ大丈夫だろう。もちろん用心にしくはないが……」

「はあ、それはもちろん気をつけます。ところが、先生、きのうお店からかえってきて、はじめてしったことがあるんですけれど、あの晩のことで……」

「それ、どういうこと？」

「臼井さんからあたしへ電話がかかってきたんですって。十二時半ごろ……」

「あっ！」

と、金田一耕助は心のなかで叫んだ。

十二時半といえば臼井が怪自動車を見かけて、曳舟稲荷から逃げ出して、赤坂の〝赤い風車〟へ現われるまでのあいだの時間である。臼井はおそらく加代子がいたら、彼女を箱根へつれだすつもりだったのだろう。それがうまくいかなかったので、〝赤い風車〟へ現われたとき、もうひとつ気勢があがらなかったのではないか。

「それ、ゆうべまで、君、しらなかったの」

「はあ、アパートのおばさんがあたしにいうの忘れてたんですって。ところがきのうの朝刊に臼井さんの名前が出たでしょう。それでおばさんが思い出したんですの。なんでも十二時半ごろだったそうです」

「じゃ、君のかえるまえなんだね」

「はあ、臼井さん、そのこと警察で申しませんでした？」

「ああ、そういう話は出なかったね。おそらくこんな事件のなかへ君をまきこみたくなかったんじゃないか」

加代子はちょっと絶句したように黙っていたのちに、

「先生、ほんとのこと聞かせてください。臼井さんは大丈夫なんでしょうねえ。あの晩いったいどうしてたんですの」

「加代子君、それはきのうもいったとおり、電話ではちょっといえないことなんだ。だけど、心配することはないよ。事件は思いがけない方向へ転換しそうな気配があるんだ」

「思いがけない方向へとおっしゃいますと……？」

「いや、それもまだいえない。どうも依頼人の君にたいしてないないづくしで失敬だけど、電話じゃあまり混みいったこといえないよ」

「ごもっともでございます、先生、そのうちにぜひお目にかかって、ゆっくりお話をうかがいたいんですけれど……」

「ああ、そのうちにぜひそういう機会をつくろう。それまでは君、毎日この時間に電話をかけてくれたまえ。だいたいの捜査の進展状態は報告するから……」

「はあ、ありがとうございます。それではご迷惑でもそうさせていただきます」

「それで、加代子君、なにかほかにいうことはない？」

　加代子はちょっと考えていたらしいが、

「いいえ、べつに……」

「ああ、そう、それじゃあすまた電話をかけてくれたまえ」

　受話器をおいた金田一耕助のおもてには、不思議な微笑が揺曳している。その目つきはなにか深淵の底をのぞいて、そこにあるなにものかを突きとめようとするかのごとく、思慮にたけたものが潜在していた。

　それからまもなく金田一耕助がハイヤーを呼んで、玄関を出ようとすると受付けの窓から管理人の山崎さんが顔を出した。

「金田一先生、ちょっと……」

「ああ、山崎さん、きのうは奥さんに……」

「いえいえ、そんなことはどうでもいいんですが、ちょっと先生のお耳に入れておきたいことがあるんですが、お急ぎですか」

「いや、べつに一刻を争うというほどではないんですが、なにか……？」

「じゃ、ちょっとこちらへお入りになりませんか。わたしゃなにやら気になるもんですから……」

山崎さんの顔色をみて、

「ああ、そう、それじゃ……」

管理人の部屋には煉炭火鉢のうえに大きなやかんがかけてあって、湯がシュンシュンわいていた。その火鉢をあいだにはさんで腰をおろすと、

「山崎さん、わたしの耳に入れておきたいとおっしゃるのは……？」

「いや、じつはね、先生、先生のところへいらっしゃるお客さんのことについてとやかく申し上げるのは恐縮なんですが……」

と、山崎さんはほんとに恐縮らしく首を垂れて、

「一昨日先生のところへ、若いご婦人のお客さんがいらしたでしょう。二十五、六のきれいなかたが……」

山崎さんのいうのは夏目加代子のことである。

「はあ、あのひとがなにか……？」

「あのかたきのうもここへいらっしゃいましたか？」

「いいえ、きのうはここへきませんでしたが……」

「はあ、それがおかしいんです。じつはきのうの昼過ぎわたしちょっと銀行へいく用事があったんです。ついこのさきのM銀行ご存じでしょう」

「はあ、それで……？」

「ところがその銀行の表でバッタリと、あのご婦人にお目にかかったんです。ご婦人、バスから降りるところでした。バスから降りてこちらのほうへいらっしゃるんで、ああ、金田一先生のところへいらっしゃるんだな……と、そう思ってべつに気にもとめずに銀行へ入っちまったんです。むろん、ご婦人のほうではわたしに気がおつきにならないようでした」

「はあ、はあ、なるほど……」

　金田一耕助はポーカー・フェースをくずさなかったが、管理人の話は彼にとって、そうとう興味があったのである。

「ところが、銀行で、そうですねえ、十五分もかかったでしょうか、用をたして表へ出ると、またそのご婦人にバッタリ出会ったんです。ご婦人はこのうちのほうからいらっしゃいました。だから、わたし、おやもう金田一先生とのご用、おすみになったのかなと、そう思いながら見ておりますと、ご婦人は銀行のまえに、ほら、ベラミーって喫茶店がございますでしょう。そこへお入りになったんです。わたしそのままこっちへかえってきました」

「はあ、はあ、なるほど」

「ところが、こっちへかえってきてよし江に聞いてみると、金田一先生のところへたったいま、立派な紳士のかたが自動車でいらしたが、ご婦人のお客さんはいらっしゃらないと申すんです」

「山崎さん、それ、きのうの昼過ぎとおっしゃったが、何時ごろのことですか」

「一時ごろのことでした。わたしがいったとき銀行はまだ昼休みでしたから」

「ああ、なるほど、それで……？」

「いえ、わたしの申し上げたいのはそれだけなんです。そのときわたしの考えたのは、あのご婦人、先生のところへいらっしゃるつもりだったのが、先生のところへ先客があるのをしって、喫茶店で待っていらっしゃるんだ。だからまもなくいらっしゃるんだろうと、心待ちにするってほどじゃありませんが、そう思ってたところ、とうとうお見えにならなかったので、わたしちょっと変に思ったんです」

「変に思ったとおっしゃると……？」

「いえ、自動車でいらしたかたですね、そのかたがここへお入りになるのを見て、あのご婦人が先生ンとこのお客様だとおわかりになったとしたら、あのご婦人そのかたをご存じなんじゃないか。でないとここには先生のほかにも、大勢お住まいになっていらっしゃるんですからね。と、まあ、そんなふうに思ったもんですから、これはやはりいちおう先生のお耳に入れといたほうがいいんじゃないかと思って……」

さすがは金田一耕助が宿泊しているアパートの管理人である。推理力をもっているらしい。金田一耕助は椅子から立ちあがると、

「いや、山崎さん、たいへんいいことを聞かせてくださいました。おかげでちょっと疑問に感じてた節が解けました」

「なにかお役に立ちましたか」

「はあ、おおいに参考になりましたよ。いや、ありがとうございました」

ハイヤーに乗ると金田一耕助は、しばらく考えたのち、

「茅場町へやってくれたまえ」

と、命じた。

さいしょ築地へ直行するつもりでいたのが、いまの山崎さんの話を聞いているうちに、急に気がかわって、臼井に会ってみる気になったのである。

クリスマス前後からまたトレーニングに入らなければならぬと臼井はいっていたが、彼はその言葉を実行していた。金田一耕助が茅場町にあるX・Y拳のジムへ到着したとき、彼はサンド・バッグを叩いて汗を流しているところだった。

「あっ、金田一先生」

と、臼井は驚きの目を見張ると同時に、ちょっと照れたような笑いを浮かべて、

「あんたひとりですか」

「ああ、ひとりだ。ちょっと君に聞きたいことがあってね」

臼井はあきらかに当惑そうだったが、さりとて断わりきれない弱身も彼は持っている。

「ぼくいまトレーニングをはじめたばかりなんだけど、時間がかかりますか」

「いや、半時間くらいでいい。どっか静かなところでふたりきりで話したいんだが……」

「ああ、そう」

それがトレーナーなのだろうか、臼井はそばにいる年上の男になにかひそひそ話をしていた。その男はあきらかにいま臼井が練習を中絶するのが反対らしく、抗議のゼスチュアを示していたが、臼井はそれもうわの空で、

「先生、いまちょうど一時だが……」

と、ジムの正面にかかっている電気時計に目をやって、

「一時半……おそくも二時までにはここへかえれるようにしてくれますね」

「ああ、二時まではかかりゃしないだろう。ほんのちょっと聞きたいことがあるだけなんだから」

「OK、じゃ、ちょっと待っててください。すぐ着替えてきますから」

臼井が出ていったあとトレーナーは、いまいましそうに金田一耕助を見ていたが、ムッツリとしたきりでべつに口をきこうとはしなかった。ほかにも二、三人ボクサーかボ

クサーの卵が、シャドー・ボクシングをやったり、サンド・バッグをたたいたり、それぞれトレーニングによねんがなかったが、みんないっときその運動を停止して、ジロジロとふしぎそうに金田一耕助の風采を見ている。

派手なチェックの背広に着替えた臼井が出てきた。

「じゃ、先生、出かけましょう」

X・Y拳のジムから五分と歩かないところにレストランがあった。あんまり上等のレストランとはいいにくいが、株屋さんなどが出入りをするところなのだろう。

臼井はそこの二階のスペシャル・ルームに金田一耕助を案内すると、

「先生、お食事は……？」

金田一耕助は十時ごろ朝食をとったのだから、まだそれほど空腹はおぼえていなかった。しかし、これから出向いていく築地署の殺風景な会議室で、丼ものを食うのも気がきかないと思ったので、

「そうだなあ、それじゃここで腹ごしらえをしていこうか」

「じゃ、そうなさい。ここ見てくれはあんまりよくねえが、食わせるものはちょっといけますぜ。どうせ株屋なんてものはわりと口がおごってるらしいんでね」

金田一耕助はボーイの持ってきたメニューを見て、テンダーロインとフランスパン、コーヒーに果物を注文すると、

「銀ちゃん、君はなににする」

「おれ、そんなに食っちゃたいへんだ。林檎《りんご》をひとつ、それから水だ。ああ、それから正ちゃん」

と、なじみとみえて臼井はなれなれしくボーイを呼ぶと、

「おれ、この先生とちょっと話があるんだ。だから、だれもここへこさせねえように」

「承知しました」

ボーイが引きさがると、臼井はていねいにドアをしめなおして、

「先生、それでご用というのは……?」

「いや、そのまえに銀ちゃん、礼をいっとく。ありがとう、けさ現金書留がとどいたよ。君のマダムXってのは、なかなか金回りのいいご婦人らしいね」

臼井はわざとムッとしたような顔をして、

「先生、からかわねえでくださいな。そんな皮肉いうために、わざわざここまできたわけでもねえんでしょう」

「皮肉じゃないよ。受け取りを差し上げたいんだが、郵送しても受取人居所不明の付箋つきで舞いもどってきそうな気がしたので、君に礼をいっとくのさ。ここで領収書差し上げとこうか」

「そんなのいらねえよ」

「ああ、そう、じゃこんどマダムXに会うなり、電話をするなりすることがあったら、一金五万円たしかに受け取った。できるだけご希望にそうよう努力すると、そういっと

いてくれたまえ」

「先生、サツのほうじゃマダムXの正体を……？」

「いや、まだのようだ。第一このぼくにまだわからないくらいだからな」

臼井はニヤリと不敵な微笑を浮かべて、

「先生は自信家なんだなあ」

「ああ、そう、君だってそうだろう。やってけるという自信があったからこそ、プロに転向したんじゃないの」

「恐れいりました、先生」

と、臼井はペコリと頭をさげると、

「で、おれに聞きてえことってのは……？」

「じつは時間の問題なんだがね」

「時間の問題てえと……？」

「いや、おとついの君の話では曳舟稲荷のところから逃げだしたのは十二時十五分か二十分ごろのことだったということだったね」

「ええ、それが……」

「君はそれから赤坂へ直行したんだろう」

「もちろん、そうですよ」

「ところが、君が赤坂の〝赤い風車〟へ到着したのは、一時ほんのちょっとまえだったと、向こうのほうでいってるんだ。そうすると西銀座から赤坂へキャデラックをとばすのに、四十分ないし四十五分かかってることになる。昼間ならともかくあの時刻に、ましてや君みたいにまだ年若い、血気さかんなひとにゃ少し時間がかかりすぎやあしないかと思ってね。それとも君はその若さで安全運転主義者なのかい。マダムXと箱根へとばすときにゃ、ずいぶんスピードを出したらしいのに……」

臼井はさぐるように金田一耕助の顔を見ていたが、すぐその視線をあらぬかたにそらすと、

「先生、とちゅうでちょっと車に故障が……」

「と、いうようなデタラメは聞きたくないね」

と、金田一耕助はヤンワリとあいてを抑えると、

「君もこれ以上マダムXに迷惑かけたくないんなら、なにもかも正直にいったらどうか。ああ、そうそう、そのまえにいまこの場におけるわたしの立場について説明しとこう。いまここにいる金田一耕助は、警察の協力者としての金田一耕助じゃなく、君や君のマダムXから絶大な信頼をいただいている私立探偵の金田一耕助なんだ。だからここで君になにを聞いたところで、それをいちいち警察に報告しなければならぬ義務はない。そこをわかってもらいたいんだが……」

「先生、すんません」

と、臼井はすなおに頭をさげると、

「じつはあんまりひとに迷惑かけたくないと思ってかくしてたんですが、あの晩、ぼく赤坂へいくとちゅう電話をかけたんです」

「どこへ……？」

「銀座西二丁目のモンパルナスというバー」

「夏目加代子君に電話したんだね」

「先生！」

臼井の目がさっととがって、恐怖の色が眉間を走った。

「先生はお加代を……いや、夏目加代子をご存じですか」

しっている……と、答えようとしたとき、ドアにノックの音が聞こえて、ボーイが皿をもってきたので、ふたりの会話は一時途切れた。臼井のまえにおかれたたったひとつの林檎の皿をみて、

「君たちみたいな職業のひと、ずいぶん食生活に制約をうけるんだろうね」

「それがいちばん苦痛ですね。なんしろこちとら食いざかりですからね。あっはっは」

臼井はわざと元気に笑ってみせたが、その笑い声は乾いていた。

ボーイが立ち去るのを待って、臼井はまたじぶんでドアをしめると、

「先生、どうぞ。食べながらお話をしましょう。先生はお加代をしってらっしゃるんですね」

と、その目は危惧《きく》と不安にふるえている。金田一耕助はナイフとフォークを手にとって、

「じゃ、遠慮なくパクつくよ」

と、平然として、

「夏目加代子君のことだがね、それはぼくより警察のほうで目をつけはじめたようだよ」

「先生！」

「それもむりはないやね。君とタマキと夏目加代子という娘の三角関係は、みんなしってることだろう。そこへもってきて悪いことにゃ、あの現場の曳舟稲荷というのが、有楽町とモンパルナスをつなぐルートの中間にあり、しかも、タマキがあそこで殺されたとちょうどおなじ時刻に、あの道を通ったってこと、夏目君じしんが認めたそうだ」

「先生！」

臼井の声はいちじるしくふるえて、

「まさか、お加代が……」

「そりゃわからないね。だけど、ぼくのカンじゃお加代さんじゃないような気がする。しかし、それにゃ君の話をきかなきゃならない。君、モンパルナスへ電話をかけたとき、臼井とハッキリ名前を名乗った？」

「いや、それは名乗りませんでした。バツが悪かったもんだから……お加代が出てきたら名乗るつもりだったんです」

「そしたら、お加代さんがもう出たあとだったんだね」

「ええ、そうなんです。それでこんどは五反田のアパートへ電話かけたんです。お加代、五反田の松濤館ってアパートにいるんです」

「そしたらこんどはまだかえっていなかったんだな」

「はあ、そいだもんだから、おれ、すっかりムシャクシャして、赤坂へつっ走ったんです」

「もしお加代さんに電話が通じたら、君はどうするつもりだったんだ」

「どっかへ呼び出してひと晩ゆっくり話しあうつもりだったんです。おれ、タマキが金門さんに監視されてるらしいってきいたとき、すっかりいやンなっちまって。……こんなのにいつまでもひっかかってちゃロクなこたあねえと思ったんです。金門てえのがとっても凄《すご》い、えげつない男だってこたあ、タマキからちょくちょく聞いてましたからね」

「それじゃ、お加代さんがいたらもういちど、撚《よ》りをもどすつもりだったのかい」

臼井はさすがに耳まで赤くなって、

「こんなことをいうと軽薄みたいだけど、おれ、お加代にとっても悪いことしてたんです。先生はいまタマキを殺したなあお加代でねえようにおっしゃったが、そうだとおれ、どんなにうれしいかしれないよ。だけど、万が一にも……万が一にでもですよ。お加代がタマキを殺したんだとしたら、それ、みんなおれの責任なんです。おれがお加代にそんなことさせたとおんなじなんだ」

「と、いうのは君がお加代さんからタマキに乗りかえたってこと……?」

「それもあります。それもありますがそれ以上に重大なことがあるんです」

「それ以上に重大なことというと……?」

臼井はちょっと躊躇《ちゅうちょ》したのちに、

「お加代はただのからだじゃねえんで。妊娠してるんです！」

金田一耕助はとつぜん脇腹に匕首《あいくち》でもつきつけられたようにひやッとした。フォークに刺した肉片を口へもっていきかけたまま、あいての顔を強く凝視した。

臼井はもえるような目を金田一耕助に向けて、

「おれ、お加代からそれを打ち明けられたとき、とってもいやンなっちまったんです。搔爬《そうは》しちまえっていったんだ。だって、先生、しょうがねえじゃありませんか。お加代は年齢のこと気にしてるんだが、おれそんなことはどうでもいいんだ。おたがいに好きだったら年齢のことなんか問題じゃねえ。だけどさ、ボクサーの将来なんて不安なもんでさあ。いつ片輪になるか、頭をやられてバカみてえになってリングを去らなきゃならなくなるか……よしんば泰平無事にいったところで、ボクサーの生命なんて短いもんです。子供をつくるんならそれからだっておそかあねえじゃねえかって、口を酸《す》っぱくしていったんだけど、お加代のやつきかねえんです。まるでメロドラマのヒロインみたいなことというんです」

「メロドラマのヒロインというと……？」

臼井はまたちょっと赤くなって、

「こんなことというのまるで色男みてえで気がさすんだが、お加代はこういうんだ。せっかく天から授かったものを水にするなんて、そんな惨酷なことぜったいいやだ、そのためにあんたが気を悪くして、たとえじぶんを捨てようとも、じぶんは子供を産みたい、そして、あんたとの恋のかたみとして、その子と生涯生きていくなんて、それじゃまるでお涙ちょうだいの映画みてえじゃありませんか。あっはっは。ねえ、先生」

臼井はのどのおくで笑ったが、その声は乾いていてみじめだった。

「それで、君は腹を立てたんだね」

「ええ、もう、すっかり腹が立っちまって、そんなら勝手にしろ、おまえなんかと二度とつきあわねえからってんで、お加代にたいする面当てに、タマキの誘惑に乗っちまったんです。そしたらお加代め、少しでもヤキモチやくようなことというかと思ったら、それっきりなんにもいわずに身をひいて、モンパルナスへ移っちまったんです。おれいっそう腹が立って、それっきりあの晩までうっちゃらかしといたんですが……」

「金門氏のことからタマキに嫌気《いやけ》がさしてきた。タマキに嫌気がさしてくると、こんどはお加代さんが恋しくなってきた……と、いうわけかね」

「ええ、まあ、そうなんです」

と、臼井はまた赤くなって、照れたような薄笑いを浮かべると、

「だから、お加代のかえってる時分を見計らって、もういちどどっかから電話するつもりだったんだが、あのひと……マダムXに誘いをかけると、手もなくあいてが乗ってきたもんだから、……こっちゃは冗談のつもりだったんだが……」

臼井はわれながらあきれたもんだというふうに苦笑しながら、大きく肩をゆすってゼ

スチュアを示した。

金田一耕助があらかた食事をすませたところへ、ボーイがコーヒーと果物を運んできた。そのときはじめて臼井は林檎に手のついてなかったことに気がついて、あわてて皮ごとバリバリかじりはじめた。野獣のように健康そうなよい歯をもっている。

「ときに、臼井君、もうひとつ聞きたいんだが……」

と、金田一耕助はボーイの立ち去るのを待って、

「君が電話のことをかくしていたのは、お加代ちゃんに飛ばっちりがいくことをおそれたんだね」

「ええ、そうです、そうです。お腹が大きくなってるもんを、あんまりサツの連中にいじめられちゃかわいそうだと思ったもんだから」

「どこから電話かけたの」

「公衆電話です」

「どこの……?」

「あれ、どこだったかな。おれ曳舟稲荷から逃げだして、数寄屋橋のほうへ車走らせてたんです。そしたら公衆電話のボックスが目についたんで、急にお加代に電話かける気ンなったんです」

「ああ、そう、ぼくはこんどの事件でわりにあのへんの地理に明るくなったんだが、ここへ地図を書くから、どのへんだか教えてくれたまえ」

金田一耕助が手帳を出して地図を書くと、臼井はしばらく迷っていたが、

「たぶんこの四つ角だったと思いますよ、ぼく銀座から丸の内のほうへ向かって走ってたんです。そしたらここに公衆電話があるのに気がついたんで、少しいき過ぎてから自動車をとめたんです」

臼井の指さした地点は沢田珠実が逃げてきた、その道筋にあたっている。金田一耕助は緊張した。

「それ、何時ごろ？　十二時二十分前後ということになるんじゃない？」

「ボックスへとびこんだのはその時分です。出るとき時計を見たら三十五分でしたから」

「そんなに長くボックスにいたのかい」

「だって、モンパルナスのほうがお話中、お話中でなかなかかからなかったんです。そいつがやっとかかって五反田へかけると、こいつがまたお話中なんで……」

「君、それじゃ君がボックスのなかにいるあいだに、なにか変なことがありゃしなかったかい。女の子がそのまえを走って逃げたはずなんだが……」

「ああ、そうそう、そりゃモンパルナスのほうへやっと通じたのはいいがお加代はいない。そいで五反田へかけたらまたお話中なんで、しばらく待ってたんです。そしたらバタバタと足音がきこえたんで、ひょいと外を見たら女の子が髪振り乱して通り過ぎたんです。背恰好《せかっこう》が似ていたのでぼくタマキじゃねえかと思ってギョッとしたんです。しかし、顔を見るとちがってました。あの女の子がなにか……？」

「君、それじゃその娘のすぐうしろから自動車が一台、追いかけるように走っていったはずなんだが……」

「あっ、あの自動車！」

と、臼井がギョッとしたように、金田一耕助の顔を見直したので、

「なにか思いあたるところある」

「ええ、おれあのときちょっと変に思ったんだ。その自動車が女の子のあとを追っかけるように走り過ぎたとき、やっと五反田への電話が通じたんです。ところがお加代はあいにくまだかえっていない。がっかりして表へ出て自動車に乗ろうとしたら、たったいまボックスのまえを走り過ぎた自動車が、こんどは丸の内の方角からまっすぐにやってきて、おれのそばを走り過ぎ、そのまんま銀座のほうへいっちまった。たしかにさっきの自動車らしいが、なにをまごまごしてやがんだろうと思いながら、数寄屋橋のほうへ走らせてると、そうそう、この横町です」

と、金田一耕助が書いた教会のある横町を指で示すと、

「この横町の暗いところでひとが騒いでるのが見えました。だから、さっきの自動車轢き逃げじゃねえかと思いながら、そのまんま赤坂のほうへ飛ばしたんです」

臼井はまだ沢田珠実の奇禍についての記事は読んでいないらしい。

「君、その自動車の型はおぼえてないかね」

「マーキュリーでした」

言下に臼井はハッキリ答えた。

「ああ、そう、自信がありそうだね」

「だって、先生、おれ二度見たんですぜ。ことに二度目んときはおれちょっとギョッとしたんだ。さっき曳舟稲荷の角にとまっていたあの自動車で、ひょっとするとおれを尾《つ》けてるんじゃねえかと思ったくらいですから、よく見ておいたんです」

「おなじ自動車じゃなかったのかね」

「さあ、それはよくわかりません。曳舟稲荷の角にとまってたときは、ほんとに暗がりのなかで型やなんかわからなかったし、それにその後二度すれちがってるんだが、二度とも運転台の灯が消えたもんだから、運転手の顔は見えなかったんです」

「ナンバーは？」

「番号までおぼえておりません。だけど白ナンバーだったことだけはたしかです」

「ああ、そう、ありがとう」

コーヒーをおわった金田一耕助はしずかに蜜柑《みかん》をむきながらなにか考えこんでいる。

臼井はその手もとへ目をやって、

「金田一先生、あの自動車がなにかこんどの事件に……？」

「いや、それはまだハッキリわからないが、しかし、いま君に聞いたことはこの事件解決のうえに、非常に参考になるんじゃないかと思うんだ。それはそれとして、君はお加代さんをどうする気なんだい」

「先生！」

　と、いったきり臼井はしばらく絶句していたが、やがてしょんぼりと肩を落として、

「こんなことというと身勝手なやつだと思うでしょう。そう思われたってしかたがねえけど……だけどおれここんところ心細くてしょうがねえんだ。そして、そんなときいちばん頼りになるのは、やっぱりお加代なんですよ」

「姉さん女房なんだね」

「先生はよくご存知ですね」

　と、臼井は苦笑いをして、

「そいつがいささか鼻についてたんです。こっちの威勢がいいときゃあね。だけどこんなことンなってきちゃ、お加代だけが頼りです。あいつああいうしょうばいしてる女にしちゃ、おとなしやかで、そいでいてシンがしっかりしてるんです。思慮分別にも富んでますしね」

「じゃ、撚りを戻す気なんだね」

「お加代さえ許してくれりゃね」

「腹の子はどうするつもりだ」

「しかたありませんや、おれおやじンなるのはまだはやいようには思うけど、お加代が産みたきゃ産ませます。あれなら子供のひとりやふたり、なんとかして育てるでしょうよ。おやじが若くてダラしなくてもね」

「結婚するっていうのかい」

「そりゃ周囲は反対するでしょう。だけどこんないやな思いをするのはまっぴらでさあ。おれつくづく世の中がいやンなってるんだ」

「なにか君の周囲にあるのかい？」

「先生、正直にいってください」

臼井はとつぜん怒りにもえるような目を金田一耕助に向けて、

「先生はおれにカマかけてるようには思えねえけど、それでもさっきからそれとなくおれの左手見てるでしょう。そうなんだ、おれは左利《き》きなんだ。しかも、タマキ殺しの犯人も左利きらしいって新聞に出てたもんだから、みんな変な目でおれを見るんだ。これおれの気のせいじゃなく、げんにうちのおやじの木下さん、X・Y拳のボスですね。木下さんなんかもおまえがやったんならいさぎよく自首して出ろ、おれがいっしょにいってやるなんて……おれがしらねえ、存じませんといい張っても、まだほんとにしてくれねえんだ。こんなンじゃおれ、真剣にトレーニングに打ち込めねえよ。来春早々タイトル防衛戦があるというのに」

臼井がだんだん興奮してくるのを、金田一耕助はだまって聞いていたが、やがてその言葉の切れるのを待って、しずかに、しかし、しっかり語尾をつよめていった。

「じゃ、木下さんというひとにいっときたまえ」

「えっ？」

「金田一耕助というドン・キホーテの推理によると、臼井銀哉君は左利きであるがゆえに犯人にあらずという見通しだって」

「先生！」

「それからもうひとこと、これは君にいっとこう。おなじような理由……それはまだここではいえないが、おなじような理由から、夏目加代子君は女性であるがゆえに犯人でありえない……と、いうのが金田一耕助先生の推理なんだ。あっはっは」

「せ、先生！」

「臼井君、すまないがベルを押してボーイ君を呼んでくれないか。君も君だがぼくも忙しいからだなんでね」

臼井は茫然《ぼうぜん》たる目で金田一耕助を見ていたが、やがてふるえる手でベルを押すとき、その顔には無言の感動で石のようにこわばったものがあった。

レストランを出て臼井とわかれると、金田一耕助は赤電話を見つけて五反田の松濤館へかけてみた。

さいわい加代子がいあわせたので、臼井に会った旨をつたえて、きょうはいちにちどこへも出ないようにと要請した。あとでまた電話をかけるであろうが、それまで待っているようにと電話でつたえると、加代子はそれを承知した。

金田一耕助はそれから築地署へ出向いていったが、そこでは思いがけない方向に事件が進展していたのである。

青い扉

築地署へ一歩足を踏みいれたせつな、金田一耕助はそこにピーンと張りつめた、一本の鉄線のような緊張をおぼえて、思わずおやとあたりを見回した。

「なにかあったの？」

顔見知りの新聞記者をつかまえてたずねると、

「おや、先生はまだご存じなかったんですか」

「どんなこと……？」

「トロカデロのコック長、広田という男が連行されてきてるんです。重大な容疑者らしいんですよ」

あいては金田一耕助の表情を読もうとするかのごとく、瞳をすえて顔を見ていたが、金田一耕助はなんの反応も示さず、

「ああ、そう」

と、かるくうなずいて捜査本部のなかへ消えてしまった。等々力警部がその姿を見て、

「ああ、金田一先生、あなたどこに……？　さっきからあちこち電話で探していたんですよ」

「ああ、ちょっと寄り道をしてたもんですからね」

と、金田一耕助が二重回しをぬぎながら、部屋のなかを見回すと、等々力警部のまえに広田幸吉が蒼くなってひかえていた。あのビヤ樽のように大きなからだが、まるで空気をぬいた風船みたいに小さく見えるのは、人間の気魄《きはく》のありかたの問題であろう。

等々力警部にとっちめられて恐れいったとたん、広田幸吉をささえていた精神的な支柱が、いっぺんにポキリと折れて、広田は見てくれの愛想のよさと尊大さを失ってしまったのにちがいない。

部屋のなかには保井警部補をはじめとして、刑事たちが緊張のおももちで、ぐるりと広田を取りまいていた。

「警部さん、広田君がなにか……?」

「金田一先生、これ」

等々力警部が指さしたのはデスクのうえにある布地のきれはしである。むりやりに引き裂かれたものらしく、べっとり泥でよごれている。

「これ、なに……?」

「タマキのスカートの切れはしなんです。タマキのスカートが裂けていて、その切片が失われてるってことは、わざと新聞にも発表してなかったんです。それを古川君がトロカデロのトラックの車輪の軸から発見したんですね。いまその説明を広田君から聞こうとしているところなんですがね」

「ええ、ですからそれ……」

と、広田は追いつめられた野獣のように、恐怖におののく哀れな目で、一同の顔を見回しながら、

「わたしがその死体を築地へ運んだことは運んだんです。ですけれどわたしが犯人だなんてとんでもない。第一あの死体いちども会ったことのない女ですし、わたしが外からかえってきたときにゃ、いま申し上げたとおり、死体となってあそこに倒れていたんです。これ、ほんとうです。信じてください。ほんとうのことなんです」

広田の二重あごがガクガクふるえ、赤ん坊のようにみずみずしいいつもの頬っぺたが、すっかり土色になっていて、これまたピクピクと痙攣《けいれん》している。

「だから、それじゃなぜそんなよけいなまねをしたんだと聞いてるんだ。犯人でもないものが死体をほかへ運んで捨てたり、あとの血痕をカシワでごま化したり、なぜそんなトリックを弄《ろう》しなければならなかったんだ。それは非常に危険な仕事だとは思わないかい」

「はあ、あの、そりゃ……」

と、広田ののどぼとけがせつなそうにぐりぐり回転した。

「危険としってそれを冒したからにゃ、それだけの理由がなけりゃならんね。もし、君が犯人でないならば……」

「わたしゃ犯人じゃありません。それだけは信じてください。わたしゃ絶対に犯人じゃない！」

「それじゃ、なぜ死体をほかへ運んで捨てたんだ。君が死体をほかへ移すまえに、それ

を見た人物があって注意してくれたからよかったようなものの、もしそうでなかったら、われわれはあそこが殺人の現場ともしらずにすんだかもしれないのだ。犯人でもないものがなぜ警察の目をごま化すようなことをやったんだ。その理由をいいたまえ」

「だから……だから……」

と、広田はまるで酸素の欠乏した金魚のように、口をパクパクさせながら、

「さっきも申し上げたとおり、あんなもんが……人間の死体があんなとこにころがってちゃ、お店の信用にかかわると思ったもんだから……」

「非常口の外に死体がころがってちゃ、店の信用にかかわるのかい？」

「そりゃ、いろいろいわれましょう。痛くない腹もさぐられましょう。それじゃせっかく繁昌してるお店にキズがつくと思ったもんだから……」

「あっはっは、とんだ忠義立てをやらかしたもんだな。広田君、それとも君は犯人をしってるんじゃないのか。犯人をしっててそれをかばおうとしたんじゃないのか」

「と、とんでもございません。第一わたしゃあの死体をどこのだれともしらなかったんで。新聞で読むまではあの女のパトロンが金門さんだなんてこと、ゆめにもしらなかったんです」

「それじゃ、なぜ……？」

「だから、お店のためを思ったんです。お店の信用を思ったんです。信じてください。これ以上のことは、ほんと、わたしゃなんにもしらないんです」

　これじゃどこまでいっても堂々めぐりだ。金田一耕助は隅っこのほうで黙ってこの一問一答を傍聴していたが、やおら椅子から身を乗りだすと、

「警部さん、たいへん出すぎたようですが、ぼくにちょっと広田君と話をさせてくださいませんか」

「さあ、どうぞ、どうぞ」

　等々力警部が保井警部補に目くばせをすると、さっと部屋のなかが緊張する。一同の視線はある種の驚異と期待をこめて、金田一耕助のもじゃもじゃ頭に集中した。

「それじゃ、広田君、ぼくの質問に答えてくれたまえ」

「はあ、あの、どういう……？」

　広田はとまどいしたような目で、金田一耕助の風采を頭のさきから足の爪先まで、見上げ見下ろししているが、その全身はかたい警戒のよろいで武装されているようだ。

「君、そのことを……お店の信用が失墜するのをおそれて、死体をほかへ運んだってこと、マダムに話した？」

「そんなこといいませんよ。マダムはなんにもしらないことです」

「ねえ、君、広田君」

　と、唇のはしにうすら笑いを浮かべている金田一耕助は、広田のみならず、そこにい合わせた一同にとって、妙に薄気味悪い存在に見えた。

「それ、ひょっとすると、お店を守るためというよりも、君自身を守るためじゃなかっ

たのかね」

「わたし自身を守るためとはどういうことです」

「いやね、広田君、君ホモなんだってね」

「ホモたあなんです」

「ホモセクシュアリスト、同性愛病患者、もっとひらたくいえば男色家」

広田の顔色がちょっと蒼ざめたが、すぐ虚勢を張るように肩をいからせて、

「そのことが、こんどの事件に、どんな関係が、あるというんです」

と、嚙《か》みつきそうな調子だったが、あきらかに広田が痛いところをつかれたらしいということは、だれの目にもあきらかで、一同は思わず唾をのみこんだ。

金田一耕助は悩ましげな微笑を浮かべて、

「いえね、広田君、去年ぼくは十八になる少年から告白をきいたことがあるんだ。その少年は女の子にはぜんぜん興味がなく、年上の男性……つまり君みたいな趣味をもった男のおもちゃになることにのみ、人生の生きがいを感じているという少年なんだ。しかも……」

と、そこで金田一耕助はわざとあいてをじらすように間《ま》をおいて、

「しかも、その少年は猛烈なヒロポン中毒患者だった！」

ヒロポンという名詞が金田一耕助の唇から出たせつな、広田を武装していた警戒のよろいが大きくくずれた。あきらかにそれが広田の急所をついたらしいと見てとって、一

同の緊張は倍加する。広田の額からねっとりと脂汗がにじんできた。

「ぼくはそのかわいそうな少年の告白を聞いたことがあるんだ。ある男が……君みたいな男色愛好癖のあるおとなが、その少年を誘惑するにあたって、まずヒロポンの味を少年に教えたんだね。少年はたちまちにしてヒロポン中毒患者に仕立てあげられた。そして、ヒロポン欲しさにその男の自由になっているうちに、こんどはまんまと性欲倒錯者になってしまったというんだが……」

広田の額から吹き出す汗は淋漓《りんり》として頬をつたった。滝となり、玉となり滴々《てきてき》として床のうえへしたたり落ちた。

「ぼくはなにもその罪なおとなを君だというんじゃない。それはぜんぜんべつの男でいま刑務所につながれている。しかし、広田君、君もおなじ手をつかって少年を誘惑していたんじゃないのか。叩けよ、さらば開かれん……あの青い扉を叩いて、君に誘惑された哀れな少年がやってくる。それを君専用の部屋へひっぱりこんで、ヒロポンを餌《えさ》にゆがんだセックスの満足をかっていたのじゃないのか。そのうち少年から噂をきいて、不良性をおびた少女も、青い扉を叩きにやってくる。そういう少年や少女があまりたびたびあの路地へ出入りをすると、しぜん世間の疑惑を招く。そこで君はあそこをあいびき小路だの、ランデブー横町だのと宣伝して、世間の目を瞞着《まんちゃく》しようとしていたのではないのか」

金田一耕助の舌端はしだいに鋭くなってくる。金田一耕助の舌端が鋭くなるにしたがって、広田の額から吹き出す汗はますます猛烈になってくる。広田はそれをぬぐいとる気力もないのか、まるで頭から水でもぶっかけられたような顔で、茫然として金田一耕助を見つめている。

「なあ、広田君」

金田一耕助はいくらか顔色をやわらげて、

「こういう予備知識のもとに君の身辺を捜査すればすぐわかることだ。君がヒロポンを餌に少年を誘惑してたってことはね。ぼくにとっちゃ君のやりくちは、殺人以上に憎むべきことだと思う。しかし、幸か不幸かげんざいの法律では殺人罪よりかるくなっている。いいかげんに泥を吐いたらどうかね」

広田はちょっと黙っていたのちに、

「先生！　お、恐れいりました！」

と、がっくりとデスクのうえに突っ伏した。まるまると肥った肩が波のように大きくゆれている。全身から汗がひいて、その汗が冷えて肌をさすのか、広田はデスクに突っ伏したまま、しきりにガタガタふるえていた。……

きびしい、針金のように張りつめた緊張が、部屋の空気をピーンと一本に絞りあげている。だれも口をきくものはなく、保井警部補がなにかいおうとするのを、等々力警部があわてて制《と》めたのは、もうしばらく金田一耕助に対決させたほうがよいと思ったからであろう。

いきおい金田一耕助が口をきかざるをえなかった。

「広田君、いまぼくのいったことに間違いがあったら訂正してくれたまえ」

広田はデスクのうえに突っ伏したまま、子供のように首を左右にふった。大きなからだがいよいよしぼんでみえるのは、こんどこそほんとうに恐れ入った証拠であろう。

「それで、君は青い扉に目をつけられることをおそれて、死体をほかへ移したんだね」

広田はまた子供のようにコックリうなずいてみせた。

「いつごろ……？　外からかえってきてすぐに……？」

「いいえ」

と、広田はやっとデスクからくしゃくしゃにゆがんだ顔をあげると、

「あの時刻にトラックを動かしちゃあやしまれます。死体はいちおうズックにくるんでトラックのうえへかくしておきました。さいわい大きなビニールのシーツがあったので、それで傷口から血がはみ出さないよう、上半身をつつんでおいたんです」

「それで河岸へ買い出しにいくときに、途中で死体を遺棄《いき》したんだね」

「はい、こないだ六時に出発したように申し上げましたが、じっさいはもっと早く五時まえに出たんです。なにしろ、怖くて、不安でひと晩眠れませんでした。死体を捨てる場所ももっと遠くにしたかったんですが、とてもそこまではもてなくて、あのへんで処分してしまったんです」

広田はションボリしているが、どこか肩の荷をおろしたような気安い放心がそこに見られた。「それじゃ、もうひとつ広田君に聞くが、君、沢田珠実って女の子しらない。

まだ高校生なんだが……高校三年生」

「いいえ、しりませんねえ。名前を聞いたこともありません」

「君、ほんと?」

「ほんとうです。こうなったら嘘ついたってはじまりません。それ、どういう娘さんですか」

金田一耕助はきびしい目をして、あいてを見つめていたが、これはしらないのがほんとうかもしれないと思って顔色をやわらげると、

「それじゃ、だれかギンという字のつく名前をもった人物をしらないか。ギン吉とかギン太郎とか、……それも君がヒロポンを扱っていることをしってる人物で……」

「臼井銀哉じゃないんですね」

「臼井銀哉は君のヒロポンのことをしってたかね」

「そりゃ、しってるはずはないと思います」

「それじゃ、臼井銀哉以外にだ」

広田は思い出そうと努めるようだったが、これはまたしらぬという返事であり、金田一耕助もしらないほうが当然かもしれないと思いなおした。

「ああ、そう、それじゃこれくらいで。……警部さん、どうも失礼しました」

金田一耕助が椅子のなかに身をしずめると、とつぜん部屋のなかの緊張がほぐれ、蜂の巣をつついたような騒ぎがそれにつづいた。

運命の十字路

「金田一先生、ご説明いただけるでしょうね」

改めて警部や警部補から尋問をうけたのち、広田が留置場へひかれていくと、またさっきの痛いような緊張が部屋のなかによみがえってきた。金田一耕助を見つめるだれの視線にも物問いたげな色が露骨に脈うっている。

金田一耕助はものうげにぐったりと椅子のなかで足をのばすと、ノロノロとした口調で、

「はあ、でもそのまえに、警部さん、ぼくのワトソンから電話がかかりませんでしたか」

「ああ、そうそう、二度かかりましたよ。さいしょはあなたがまだいらしていないというと、そのまま電話を切りましたが、二度目にはそれじゃ金田一先生がいらしたらことづけをしてほしいって……」

と、警部はメモを取り出すと、金田一耕助の顔色をうかがいながら、

「日比谷のほう、金田一先生が指摘なすったとおりだったと……それから肝腎《かんじん》のもの現場までいって問い合わせてみたが、どこからも発見された模様はないと……」

「ああ、そう」

と、かるくうなずく金田一耕助はいよいよ物憂そうである。

しかし、金田一耕助がこういう倦怠感を示すとき、彼の頭脳のなかでは、あらかた事件が解決されているときである、と、いうことをしっている等々力警部はかえっていっそう緊張を感じた。

金田一耕助は事件が解決し、彼の脳細胞の回転をもう必要としないと見極めがついたとき、彼はその事件に興味を失うと同時に、いつも耐えがたいような倦怠感を示し、救いようのない孤独におちいっていくのである。

「いえね、警部さん、みなさんも聞いてください」

「はあ、はあ」

「ぼくにこの事件を報告し、叩けよ、さらば開かれんの紙片をとどけてくれた依頼人は……その依頼人がある理由からタマキをしってたってことはまえにも申し上げましたね」

「はあ、それは伺いました」

「その依頼人はタマキについてこんなことを教えてくれたんです。タマキというのはお高くとまっていて、タマちゃんなどとかるがるしく呼ばれることをとても嫌ったというんです。しかも、あのギン生が臼井銀哉君の筆跡でないことは、筆跡鑑定からもだいたい判明しましたね。おまけに広田は広田でもう一本のハット・ピンを拾っている。だから、ここにもうひとり若い女性がいるんじゃないか。そして、それがタマちゃんじゃないか。すなわちあの手紙の断片は臼井銀哉君から江崎タマキにあてたものじゃなく、もうひとりのタマちゃんに、もうひとりのギン生が書いたものじゃないかと……そんなことを考えながら新聞をひっくりかえしていたら、こんな記事が見つかったんです」

　金田一耕助がふところから紙挟みを取り出し、その紙挟みのなかから拾い出したのは、いうまでもなく沢田珠実遭難の記事である。それを回覧した一同がぶちのめされたような驚きを味わったことはいうまでもない。

「金田一先生、それじゃあの怪しげな手紙であそこへ呼び出されたのは、この沢田珠実という娘だと……？」

「警部さん」

　と、金田一耕助はいよいよ物憂げな調子で、

「これあまり取りとめのない話だし、暗合としてもあまり暗合がすぎると思ったので、きまりが悪くてあなたがたにはいえなかったんです。だから、もう少し根拠のあるものにしてからと思ったものですから、ぼくのワトソンを使って病院のほうを調査させました。かわいそうに珠実って娘、二十一日の晩病院で息をひきとったそうですが、そうとうひどいヒロポン中毒に冒されていたそうですよ」

「金田一先生！」

　金田一耕助のノロノロとした話しぶりに、たまりかねて言葉をはさんだのは保井警部補である。

「いったいこれはどういう話なんですか。わたしみたいに頭脳の悪いもんには、なんとも判断がつきかねるんですが、もういちどはじめから詳しく話してくださいませんか」

「どうも失礼しました」

金田一耕助はもじゃもじゃ頭をペコンとさげると、

「それじゃひとつぼくの臆測《おくそく》をきいてください。ここでおおいに空想をたくましゅうしますから、ぼくの話にいくらかでも真実性があるとお思いになったら、その線に沿って改めて捜査の手をすすめてください」

「承知しました」

と、保井警部補はひとつ大きく深呼吸した。警視庁の新井刑事も、築地署の古川、川端両刑事もいたいほどの緊張で、それぞれからだをシャチコ張らせている。

「まず、ここに沢田珠実なる少女を亡きものにしようと決意していた人物があると仮定します。その人物……ぼくの空想によるとその人物は男なんですが、その男は珠実がヒロポン中毒に冒されていることをしっていた。しかもいっぽうあの青い扉を通じてヒロポンが、ひそかに鬻《ひさ》がれていることもしっていた。そこでヒロポンをほしがっている珠実にあの手紙を書いた。おそらくあの手紙には、青い扉のありかを示す地図でも書いてあったのでしょう。つまりそこで殺害すればヒロポンの密売者か、あるいは珠実の不良仲間に疑いがかかると思ったのではないでしょうか。珠実がそうとう不良性をおびた少女であるらしいことは、ぼくのワトソンの調査に出てます」

「なるほど」

「そうして珠実をそこへ呼び出しておいて、じぶんはひそかに彼女のくるのを見張っていた。ところがどういうわけか珠実はそいつの監視の目をのがれて、路地のなかへ入ってしまった。珠実はおそらく青い扉を叩いたのでしょう。しかしいっこう反応がないので扉を押した。扉を押したらそれが開いたのでなかへ入りこんだ。と、ちょうどそこへ江崎タマキが路地のなかへ入ってきた。……」

「ふむふむ、それから……？」

「ところが監視していたギン生にはそれが珠実のように見えた。珠実とタマキ、背恰好がよく似ているそうです」

「それもワトソン君の調査によるんですか」

「いや、それはそうじゃなく、さっき臼井君に聞いてきたんです」

「臼井銀哉が……？」

「はあ、しかし、その話はあとにしてください。ここで話してるとこんがらがりますから……」

「ああ、そう、それではどうぞ」

「そこで男はタマキのあとを追って路地へ入った。ところがみなさんもご承知のとおり、そのときあの路地のなかはまっ暗でした。そのなかを男がタマちゃんとかタマミちゃんとかいいながらちかづいていく。タマキはそれをじぶんのことだと思い、しかもあいてを臼井君だと感ちがいして、銀ちゃんとかあなたとかいいながら抱きついていった。男はタマキを腕に抱きよせると、あいての頭をさぐってハット・ピンを抜きとり、ぐさりとひと突き……その傷口がタマキの左の首にあり、しかもその傷口が左から右へ向かっているとすると、犯人は当然右利きであり、しかも、それは女性ではない……」

古川刑事の頰に血がのぼった。金田一耕助の説明のほうがはるかに合理的であると気がついたからである。なるほど、うしろから頸動脈をねらうのはむつかしいが、まえから抱きよせて刺すのなら、はるかにことが正確に行なわれるだろう。

「金田一先生、それじゃこれ人違い殺人だとおっしゃるんですか」

「わたしの臆測、あるいは空想によるとそういうことになります。少しバカバカしいですか」

「いえいえ、そんな意味で申し上げたわけじゃありません」

保井警部補はあわてて前言を訂正すると、

「さあ、さあ、どんどん話をつづけてください」

「はあ……さて、殺してしまったあとになって犯人は、人違いであることに気がついた。犯人はどうしたでしょうか。大いにあわてたにちがいありませんね。そこでピンをそこへ取り落としたまま路地をとび出し、自動車でいったんその場から逃走した……」

辻褄《つじつま》はあっている。そこへ加代子を登場させるまでもない。

「ふむ、ふむ、それから……?」

「いっぽう扉のなかの珠実は、このいちぶしじゅうを見ていたにちがいない。あるいは犯人がだれであるかをしったかもしれない。そして、じぶんを殺す計画であったことを悟ったかもしれませんね」

「犯人がじぶんのしってる男だとしたら、なおさら悟ったでしょうねえ、犯人の計画を」

　等々力警部がおもわず唸った。

「しかも、それがギン生だったとしたらねえ」

と、保井警部補もデスクのうえの切り抜きに目をやって、くやしそうに唇をかんだ。事件の真相の一端がおなじ夕刊に活字になって掲載されていたのだ。それを見落としていたということは、捜査主任としてはいかにも残念だったのだ。

「そうそう、そのギン生で思い出したが、珠実はあの手紙がじぶんをここへおびきよせる、罠だったことに気がついたのにちがいない。そこで怒りのあまりその手紙をズタズタに引き裂いた……」

「その一片がタマキのそばにこぼれ落ちたというわけですね」

「そうです、そうです。しかし、そのまえに扉のなかでピンが抜け落ち、帽子とともにそこへ落ちた。帽子のほうは見つかったが、あわてているのでピンのほうは見つからなかった。それを探しだすひまもなく珠実はそこを飛び出したが、おそらくそのとき哀れな少女は、気も狂乱のていではなかったでしょうか」

「それはそうでしょうな。目のまえで殺人が行なわれるのを目撃したんですからな」

　新井刑事が嘆息した。ふたりの刑事も手に汗にぎっている模様である。

「ふむ、ふむ、それから……？」

保井警部補がもどかしそうにあとを促す。

「はあ」

と、金田一耕助はひと息いれて、

「ところがいっぽうギン生は、いったん自動車で逃走したものの珠実のことが気にかかった。ひょっとすると珠実もあのへんにいたのではないか……そこでもういちどあの付近へまいもどってきたとき、気違いのように走っていく珠実の姿が目について、そのままあとを追っかけた。ところで、さっきお尋ねのあった臼井銀哉君ですが……」

と、そこでさっきの臼井の話を取りつぐと、部屋のなかはまた改めて緊張した。いや、いや、異様な興奮と戦慄に、部屋のなかの空気が震撼《しんかん》したといっても、かならずしもいいすぎではないであろう。

殺人の現場を目撃して狂気のごとく逃げていく少女、その少女を轢き殺そうとあとを追う自動車……それはスリラー映画ではない、現実に起こった事実なのだ。

「それじゃ珠実の事件は偶然の事故じゃなく、計画的な謀殺なんですね」

と、等々力警部がまたうなった。

「そして、その自動車はマーキュリーだとおっしゃるんですね」

と、新井刑事が意気込んだ。

「臼井君はそういってます。あの連中自動車のことやなんか詳しいんでしょうから、信用してもいいんじゃないでしょうか。ただ残念なのはその自動車がさぬき屋の角で待機していた自動車とおなじであるかどうかは、臼井君にもいえないんです。でも、臼井君は二度目にその自動車を見たとき、じぶんのあとを追ってるんじゃないかと、ギョッとしたといいますから、おなじ自動車でなかったとはいえないんですね」

「マーキュリーとハット・ピン！」

と、保井警部補はデスクの引出しからハット・ピンを取り出すと、

「このハット・ピンが珠実のものだということがわかると、ふたつの事件は完全に結びついてくるわけですね」

「そうです、そうです。珠実は自動車に跳ねとばされたとき、帽子を手に握っていたそうですが、肝腎のピンは病院でも、轢かれた現場でも発見された形跡がないというのが、さっきのぼくのワトソン君の電話なんです」

「しかし、先生」

と、古川刑事が慨嘆するように、

「こりゃ世にもふしぎな事件ですね。そうするとわれわれはお門違いの方角ばかりをウソウソと、ほっつき歩いていたというわけですか」

「そうでもないでしょう。広田が男色家であるということ……このことと珠実がヒロポン中毒患者であるということが、ぼくにひとつのヒントをあたえたんですからね。それに死体を運搬遺棄したのが、広田だということを突きとめたのは、事件の解決を大いにはやめたんじゃないですか。ときに、警部さん」

「はあ」

恍惚《こうこつ》として金田一耕助の話をきいていた等々力警部は、だしぬけに声をかけられて、ゆめから覚めたように居ずまいをなおした。

「いま古川さんのおっしゃったように、これは世にもふしぎな事件でした。思えばあの袋小路はタマキと珠実にとって運命の十字路でした。ふたりはそこでクロスして、しかもふたりとも死んでしまった。しかし、ねえ、警部さん」

金田一耕助の声はいよいよ物憂さを加えてくる。

「ぼくの役割りはどうやらこれで終わったようです。ぼくはここらで手を引きます。ぼくのワトソン君にも沢田家には手を出さないようにいってあります。珠実の事件も警視庁へとどけられ、捜査班が編成されていると思います。ひとつひそかに合流なすって、この憎むべき犯人をとっつかまえてください。では、これで……」

金田一耕助はすりきれた二重回しをひっかけると、報道陣のごったがえしている捜査本部から、飄々《ひょうひょう》として出ていった。

隠された証拠

だが、金田一耕助の役割りはこれですっかり終わったわけではなかった。

その夜、金田一耕助のいきつけの、渋谷の料亭のおくまった座敷で、夏目加代子と向かい合った耕助の顔色には、なにかしらしみじみとしたものが見受けられた。

「お加代さん」

と、金田一耕助は加代子の酌で盃に酒をみたしながら、ひとなつっこい調子で呼びかけると、

「あえてお加代さんと呼ばせてもらおう。いいだろう、お加代さん」

「はあ、あの、どうぞ……」

加代子はあいての真意をはかりかねて、とまどいしたように目をパチクリさせている。からだの線から固さがほぐれないのは、腹の底に大きな屈託があるからなのだ。

「お加代さんは銀ちゃんをどう思ってるの。アイソもコソもつきはてたってえんじゃないんだろう。ああしてしきりに銀ちゃんをかばってたところをみると……」

「はあ、あの……でも、銀ちゃん、いえ、あの、臼井さんはどういってるんですの。あたしのことを……？」

「結婚したいといってたよ」

「まあ」

「やっこさん、こんどのことでよくせき懲りたらしいんだね。世間から変な目でジロジロ見られるような気がして、心細くてたまらないといってたよ。さて、そうなると思い出すのはお加代さん、君のことだ。こんな場合頼りになるのはお加代ひとりだといってたぜ。それでいてなぜ君に連絡しなかったかというと、君をこんな事件にまきこみたく

ないという配慮と、ひょっとしたら君がタマキをやったんじゃないかって、懸念ももっていたらしい。……」

「じゃ、銀ちゃんは潔白なんですのね」

「あっはっは、お互いに疑い、お互いにかばいあっていたわけか。銀ちゃんは大丈夫。むこうがその気になってるんだから結婚しておやり」

「はあ、あの、でも……」

「ああ、お腹の子のことが心配なんだね」

「あのひと、そのことをどういってました？」

「おやじになるのはまだはやいような気もするけど、お加代なら子供のひとりやふたり、じょうずに育ててくれるだろう。たとえ亭主が若くてダラシがなくとも……って、あっはっは、すっかりおノロケ聞かされちゃった」

加代子はガックリ肩を落とした。これでひとつ腹の底のシコリが解けたようなものの、しかし、まだもうひとつ打ち解けないのは、お加代の腹の底にはもっと大きなシコリがあるからなのだ。

しかし、金田一耕助はいそがなかった。

「お加代さん、お酌してくれないのかい？」

「あら、まあ、すみません」

お加代の酌を盃にうけながら、

「とにかく鉄は熱いうちに打てということがある。むこうがその気になってるんだから、さっさと結婚しておしまい。ぼくはあの世界のこと、よくはしらないんだけど、結婚して規律ある生活してるほうがかえっていいんじゃない？　そりゃ厳重な節制は必要だろうけど、君ならそのへんの呼吸よくわきまえてるんだろう。ぼくは銀ちゃんに二度会ったきりだけど、なかなかいい気っぷのようにお見受けした。ただ、まだ若いからだろうけど、やっこさん、ちょっと極楽トンボみたいなところがあるね」

「はい」

「だからさ、ちゃんと糸をつけて君がそのはしっこをしっかり握っていなきゃ……どこへ飛んでってしまうかしれやしない。ご当人もそれをしってるからこそ、君を頼りにしてるんじゃないか」

「先生、ありがとうございます」

「ああ、そう、ありがとうというのは、ぼくの忠告をきいてくれるという意味なんだね」

「はい……」

「ああ、そう、いやにお説教めいたことをいったが、それじゃこれで君たちふたりのトラブルは片がついたということにして、じゃ、こんどはおれのことだ。お加代さん、おれをいったいどうしてくれるんだ」

「先生をどうするとおっしゃいますと……？」

「だって、お加代さん、おまえさん、いったぜ。金田一耕助先生というかたは座るとピタリという凄いかた、けっして嘘いつわりは申しませんと。……ところが、なるほど嘘いつわりはいわなかったが、いちばんだいじなことをかくしてたじゃないか」

「先生、すみません」

そこにおいて加代子ははじめて泣き伏した。泣いて、泣いて、泣きむせんでいるうちに、加代子はしかし、ふしぎに腹の底のシコリが解けていくのを感じていた。

「おまえさん、犯人にぶつかったひょうしに、あいての洋服かオーバーのボタンをもぎとったんだね」

「先生」

と、加代子は涙にぐっしょり濡れた顔をあげると、

「故意にもぎとったわけじゃございません。ころげそうになって、なにかにつかまろうとしたひょうしに、あたしの手のなかに残ったんです。先生、これ……」

加代子はふところから厳封したハトロン紙の封筒を取り出すと、封を切ってなかから大きなボタンを取り出して金田一耕助に渡した。あきらかにオーバーのボタンで、しかも、ちょっと特徴のあるデザインだから、犯人にとっては致命的な遺留品であろう。

「お加代さんはこれで犯人を恐喝《きょうかつ》するつもりだったのかい」

「はい」

と、加代子は座りなおすと、真正面から金田一耕助の顔を見すえて、悪びれもせずキッパリ答えた。覚悟をきめたもののさわやかさがそこにあった。

「それで、まず金門氏に当たってみたんだね。お加代さんはその男を金門氏だと思ったの」

「いいえ、そうではないように感じました。金門さんの自動車はリンカーンです。あの晩あたしがちらと見た自動車はリンカーンではなかったような気がしたんです。でもほかに心当たりがなかったものですから……」

「それで、おれに心当たりをさがさせて、また改めて恐喝するつもりだったのかい」

「先生、すみません」

加代子はさすがに満面に朱を走らせた。

「あたしは悪い女です」

「そうさ、すんでのことで悪い女になりかけたんだ。しかし、ねえ、お加代さん」

「はい」

「それは悪いことであるのみならず、君にとってひじょうに危険な仕事だったとは思わないか」

「存じております」

「それじゃ、悪くいくと犯人に殺されるかもしれないということも……？」

「覚悟はしておりました」

加代子はしんみりいってから、急にあふれ出た涙をハンケチでおさえると、

「先生、けっしていいわけがましいことは申しません。でも、そのときのデスペレート

に追いつめられた、あたしの気持だけは聞いてください」

「ああ、聞かせてもらおう」

「あたしのお腹もうソロソロ目立ってまいりましょう。そうなったらお店へ出るわけにはいきませんわね。お店へ出なければいちにちだって食べてはいけません。ですから身ふたつになるまで食べていけるお金をつかむか、親子もろとも殺されるか、二つに一つしかないと、あたしは思いつめたんです。お金が手に入ればそれにこしたことはないし、殺されたってかまわない。自殺をする勇気のないものには、先生、それよりほかによい方法は思いつかなかったんです」

「あっはっは！」

とつぜん金田一耕助が吹き出し、しかもその笑いかたが少しも不自然でなかったので、加代子はびっくりしたようにあいての顔を見直した。

「お加代さん、もうそれくらいでよしておおき。おまえさんのその気持、追いつめられて一か八かという気持、おれにもよくわかるよ。だけどさ、それだからってこの金田一耕助を利用しようたあひどいじゃないか」

「先生、すみません！」

「まあいい、まあいい。このボタンはおれが預かろう。なんとかうまく口実をもうけてこの事件の係りのひとに渡しておく。君は当分かくれていたまえ」

「先生！」

と、加代子はちょっと瞳をうわずらせて、

「あたしの名前が出ると危険でしょうか」

「その懸念がなきにしもあらずだね」

犯人が自動車でひきかえしてきたのは珠実も珠実だけれど、途中で失われたボタンに気がつき、それを取り戻しにかえってきたのかもしれない。もしそうだったらあの場合、珠実のかわりに加代子がいきあっていたとしたら、彼女も珠実とおなじような運命におちいっていたかもしれないのだ。そう考えると金田一耕助は慄然《りつぜん》たらざるをえなかった。

「とにかく君の名前が新聞に出るようなことのないように取り計らうが、君も身辺を警戒していたまえ」

多門修を護衛につけてあるとまでは、金田一耕助も語らなかった。それではあまりあいてを怖がらせ、ひいては胎児に悪い影響をおよぼすのではないかということを、金田一耕助はおそれるのである。

「先生、ありがとうございます。もうあたしの口から申し上げるまでもないことでございますけれど、あたしがあくまで事件の表面へ出たくないのを、犯人が怖いからだと申し上げましたけれど、あれは嘘でございました。あたしはぎゃくに事件の表面からかくれていて、犯人を恐喝するつもりでございました」

「いや、わかってるよ、それも。君はなかなか抜目がないひとなんだから」

「はい、でも、先生、こうなったらあたし命が惜しくなりました。犯人が怖くなってまいりました。現金なことを申し上げるようでございますけれど……」

「ああ、いや、それでいいんだ。それがほんとうなのだ。それで君の心理状態は正常に復したんだ。ここに老婆心までにいっとくけど、君のやけっぱちな気持だね、犯人を恐喝しようとした……それ、銀ちゃんにいわないほうがいいんじゃない。銀ちゃん、わかってくれるかもしれないが、ひょっとすると、わかってくれないかもしれないからね」

「はい」

「あなたに捨てられそうになったので、なんど死のうと思ったかしれないわって、ひとつおどかしといてやりなさい。おや」

金田一耕助がなにげなく障子をあけると、外はいつか音もなく雪になっていた。

「ああ、お加代さん、ちょっとごらん。雪だ。雪のクリスマス・イヴだ。こりゃひとつ銀ちゃんとおまえさんのために、乾杯しなきゃいけないね」

「先生!」

加代子はとうとう畳のうえに泣きくずれた。

蛇足

この物語は人生にまま起こるふしぎな運命の十字路を語るのが目的だったし、金田一耕助はそこで手を引いたのだから、その意味ではここで終わってもよいのだけれど、真犯人を挙げてしまわなければ承服できない、穿鑿《せんさく》好きの読者のために、ここに蛇足をつけておくのもむだではあるまい。

捜査が正規の軌道に乗ったうえに、ギン生の手紙やハット・ピン、マーキュリーの目撃者から、さいごには犯人のオーバーのボタンまでとび出したのだから、あとはトントン拍子であった。

ハット・ピンが珠実のものであることは、沢田家の女中の証言によって容易にたしかめられた。マーキュリーは珠実の父沢田喜代治氏の自家用車であった。しかし、あの当時沢田氏が関西方面へ旅行中だったので、甥の佐伯三平という男が、マーキュリーを乗りまわしていた。

この佐伯三平というのは道楽者で、表面は自動車のブローカーということになっているが、そのほうではたいした手腕もなく、伯父にせびることによって生計を立てていたらしい。Q大学を出ているが、学生時代は文学青年で、銀月という古風なペン・ネームをもっており、変テコな詩みたいなものを書いていた。

むろんこの銀月君が犯人であった。動機は沢田夫人の綾子、すなわち珠実の母との密通を、珠実にしられたからであった。

だいたい沢田家はひどく紊《みだ》れていて、珠実のごときも戦時中、沢田氏が女中に手をつけて産ませた娘だといわれている。その後も沢田氏に女出入りがたえず、夫婦仲もつめたかった。夫人が良人《おっと》の甥《おい》の誘惑にのり、不倫な関係におちいる下地は、沢田氏自身がつくったようなものである。

珠実のヒロポン愛好癖なども、いとこの佐伯三平の影響だったらしい。佐伯三平自身がヒロポンの愛用者で、しかも、彼もまたホモセクシュアリストの一面をもっていた。しぜん彼の戯れたゲイ・ボーイから、広田幸吉の青い扉のことを聞いていたのである。

だいたい、珠実の轢き逃げ事件の捜査班でも、沢田家のあまりの乱状ぶりに、これをたんなる事故死と見てよいかどうかという疑問が、すでに持ちあがっていたのである。しかし、これという決め手のないままに、捜査に乗り出すことに躊躇《ちゅうちょ》していたやさき、ハット・ピン殺人事件の捜査班が合流してきて、いっきょに事件は解決したのだ。

銀月こと佐伯三平もギン生の手紙と、オーバーのボタンを突きつけられては恐れ入らざるをえなかった。

すべてが金田一耕助の臆測のとおりであったが、ただひとつちがっていたのは、佐伯三平が危険を冒してひきかえしてきたのは、珠実のことよりもやっぱりオーバーのボタンのせいだった。だからその三平に見つかったのは、よくよく珠実に運がなかったといわねばなるまい。

三平はなにもこれほどの大犯罪をやらかすことはなかったのだ。沢田喜代治氏は抜目のない弁護士である。甥と妻との関係もはやくからしっていたのだ。しっていて見て見ぬふりをしていたのは、妻にたいする罪業感からだったらしい。

なにもかも狂っていたというよりほかはないだろう。

佐伯三平が逮捕され、二重殺人を自供したという記事が、大きく新聞に報道されたのは、クリスマスの翌日の夕刊だったが、なかいちにちおいた二十八日に金田一耕助は二通の書留を受け取った。一通のほうには二十万円の小切手が封入してあり、もう一通は現金書留で五万円同封してあった。

浪費家の金田一耕助はひさしぶりにふところが温かくなったので落ち着かなかった。等々力警部に電話をかけると、警部のほうでも意外にはやく事件がかたづいたので、よろこんでお付合いをするという返事であった。

「金田一先生、あなたはふしぎなかたですね」

青山のしずかな中華飯店の一室で顔をあわせたとき、等々力警部がいきなり浴びせかけた言葉というのがそれであった。

「はあ、どういうことですか」

「ついこないだまでタバコ銭にも窮する惨状を呈《てい》していらしたかと思うと、こんやはこんな豪勢な料亭へわたしをご招待下さる。いったいどこから金がころがりこんだんです」

「そんなやぼなこと、お聞きになるもんじゃありませんや。こんやのわたしはお大尽なんだから、しこたまお腹につめこんだうえ、ドッサリ奥さんにお土産をもってかえっていただこうと思ってるんです」

「それはいいが、金田一先生、あなたそれで税金をおさめていらっしゃるんですか」

「あっはっは！」

金田一耕助が思わず吹き出しながら、とちゅうで買ってきた夕刊をひらいてみると、その芸能欄にうつくしい女性の写真が大きく出ていた。

赤坂のナイト・クラブ〝スウィート・ハート〟に出ていた若き新進の女性シンガー海野弥生嬢が、アメリカのCBS放送のスカウトに発見され、莫大な契約金で契約をむすび、来春早々渡米するというニュースがデカデカと出ており、うつくしき写真のぬしは話題の海野弥生嬢であった。

「金田一先生、なにをニヤニヤわらってらっしゃるんです」

「あっはっは、警部さん、ちょっとこれをごらんください」

等々力警部はその記事に目を通して、

「金田一先生、これが……？」

「ぼくのスポンサーですよ。こんやのごちそうの一部分は、この幸運な女性のふところから出てると思ってください。ひとつこの女性のためにふたりで乾杯しようじゃありませんか」

「金田一先生、それ、どういう意味？」

「まだおわかりじゃありませんか。金田一耕助先生のおかげで、あやうくスキャンダルからまぬがれたマダムX……銀ちゃんのアレじゃありませんか。あっはっは！」

鏡が浦の殺人

太陽の季節

「先生、もうおよしなさいましよ。年がいもないと笑われますわよ」

「あっはっは、まあ、いいさ、いいさ。これも目の保養になる」

「いやあな先生、ほんとにもうおよしなさいまし。教え子たちに見つかったらどうなさいますの」

「いいじゃないか。教壇に立ってじぶんでもわけのわからんことをしゃべってるより、教え子たちの青春謳歌《おうか》ぶりをのぞかせてもらったほうが、おれの専門の立場からもよっぽどためになるぜ」

「しらない、先生ったら！」

「あっはっは、加藤君は案外気取り屋なんだね。ほらほら、だきついた、だきついた、ボートの中だ」

「もうおよしなさいましったら！　ほんとうに」

　金田一耕助はさっきから、すぐとなりのテーブルに席をしめている、ふたりの男女の以上のような小競り合いを、ほほえましげに聞きながら、オレンジジュースのストローを吸っている。

そこは、戦後急速に発展してきた東京近郊の海水浴場、鏡《かがみ》が浦《うら》の海岸にたっている望《ぼう》海楼《かいろう》ホテルの屋上テラスなのである。

時刻はかれこれ五時ちかく。

きらめく夏の太陽も、すでに西にかたむきはじめて、鏡が浦の背後にそびえる鷲《わし》の巣《す》峠《とうげ》のかげが、しだいに長くはみだしてくる。望海楼の屋上テラスも、いまや、すずしげなその影のなかにくるまれていた。

望海楼の屋上テラスには、テーブルが二十くらい配置してある。そして、そのテーブルのひとつひとつに、大きなビーチパラソルが立てかけてあるので、すぐとなりのテーブルだけれど、会話のぬしのすがたは見えない。

しかし、金田一耕助はしっているのである。さっきそのテーブルのそばをとおるとき、ちらと瞥見《べっけん》したふたりを。

男は六十前後の上品な紳士で、この暑いのに白麻《しろあさ》の背広をきちんと一着におよび、涼しげな色の蝶《ちょう》ネクタイをしめていた。テーブルのうえに白いヘルメットがぬいであったが、そのヘルメットをぬいだ頭髪が、雪のようにきれいな純白で、その純白の頭髪を、ふさふさとうしろになでつけているのが印象的だった。

女のほうは三十前後で、いくらか褐色《かっしょく》をおびた頭髪をむぞうさにうしろへなでつけて、ひろい額をほこらしげに見せていた。大きな角ぶちの眼鏡と、出張ったあごが目にのこっている。女としてはがっちりとした、怒り肩のいかついからだをくるんでいるのは、小ざっぱりとした、趣味のよいワンピース。

さて、さっきからパラソルごしに聞こえてくるふたりの会話の内容から察するに、男のほうは大学の先生かなんからしい。女のほうは弟子だろう。

ところで、金田一耕助がさきほどから、この師弟の対話をほほえましく聞いているというのは、あろうことか、あるまいことか、大学の先生――のちにわかったところによると、このひとはたしかに大学の教授であった――ともあろう人物が、いまや、『伊賀《いが》越道中双六《ごえどうちゅうすごろく》』をきめこんでいるらしいのである。と、いうことは、つまり望海楼の屋上テラスから双眼鏡で、鏡が浦の海面いったいにくりひろげられているであろうところの、青年男女の太陽族的行為を、ひそかに盗み見しようというわけらしい。

「なあんだ、つまらない、離れちまやあがった。キスだけか」

パラソルごしに聞こえてくる老教授のいまいましそうなつぶやきを聞いて、金田一耕助はおもわずくすくすと笑いをかみころした。

とんだご愁傷《しゅうしょう》さまというところである。

「まあ、呆《あき》れた。先生はいったいなにを期待していらっしゃいますの」

「なにを期待してるってわかるじゃないか、加藤君、『太陽の季節』的行為を、どこかで発見でききゃあせんかと、鵜《う》の目、鷹《たか》の目というところさあね」

「およしなさいましよ、先生、お人柄にさわりますわよ」

「なにが人柄にさわるもんかね。これでも、ミス・カガミガウラ・コンクールの選考委員にえらばれて、わざわざ東京から招待されるの光栄に浴してるほどの現代的名士だ。太陽族どもの太陽族的行動に興味をもつのも当然だろうじゃないか」

「困ったかたね。いったい児童心理学とミス・カガミガウラ・コンクールと、どういう因果関係があるんでしょうね」

「馬鹿にしなさんな。これは大いに関係ありさ。現代の若者ときたら児童となんら異なるところはない。さるによってこの江川教授が……」

ああ、なるほど、そうなのかと、パラソルのこちらで金田一耕助はうなずいた。

明日の日曜日には、毎年この海水浴場で呼び物になっているネプチューン祭が行なわれる。ネプチューンというのはいうまでもなく、ギリシャ神話に出てくる海神の名である。その海神のために毎年一回、水陸相呼応して盛大なお祭を挙行するのが、ここの海水浴場の恒例になっているのだが、そのネプチューン祭における最大の行事というのが、ミス・カガミガウラ・コンクールなのである。

ことしはそのコンクールの審査員のひとりに、児童心理学者として有名な、江川市郎教授がえらばれているということを、金田一耕助はきのうしった。

じつは金田一耕助もこの望海楼ホテルのマダムから、ぜひ審査員にと依頼されたのだが、不粋ものの金田一耕助、もとより大いに辟易《へきえき》して、その柄にあらざることを百方陳《ちん》弁《べん》して、やっとマダムの説得を撃退することができたのである。

ああ、それじゃ、これが有名な江川教授だったのか。……

と、金田一耕助は内心いよいよほほえましさを禁ずることができなかった。

「それにしても、先生を美人コンクールの選考委員にえらんで、わざわざ東京から呼びよせるなんて、酔狂なひともあればあったもんですわね」

「こら！　あんまり馬鹿にするな。そのおかげで君なんかも、こうしてふところのいたまないリクリエーションを、エンジョイできるわけじゃないか」

「あら、ま、おありがとうございます。おっほっほ。だけど、先生、もうほんとうにおよしなさいましよ。その双眼鏡のぞきだけは……」

「なに、かまわん、かまわん」

こういう会話が聞こえてくるところをみると、江川教授はまだ双眼鏡のぞきに憂身《うきみ》をやつしているらしい。

望海楼ホテルのある付近こそ、もう山の影になっているけれど、海のうえにはまだ夏の太陽がきらめいて、沖にはヨットがたくさん出ている。赤い帆のヨット、黄色い帆のヨット、白い帆のヨット。……そのおのおのが強烈な夏の太陽を反射するので、しばらく見つめていると目がいたくなるようである。

もうそろそろ、土用波が立ちはじめる季節で、それだけに夏もおわりにちかづいている。その残りすくなくなった太陽の季節を享楽しようというのだろう。きょうのウィーク・エンドには、東京からどっと客が押しよせてきて、砂浜から波打ちぎわへかけてまるで芋を洗うような混雑である。

金田一耕助もそういうウィーク・エンドの客のひとりを、さっきから待ちわびているのである。

「あら、先生、またですの」

しばらくとだえていたとなりの会話が、またパラソルの向こうから聞こえてきた。

「もうほんとうにおよしになって。ドライ時代はもうおわって、いまやエレガント時代だっていいますから、先生がいかにご執心《しゅうしん》でも、太陽の季節みたいな情景は、そうむやみに見られるものじゃございませんでしょう」

「あっはっは、そいつはとんだご愁傷さまというところだが……いやねえ、加藤君、ありようをいうと、おれが双眼鏡でさがしているのは、かならずしも若いもんたちの太陽の季節的エロ行為じゃないんだ。加納《かのう》のやつがいったいどんな顔をして、騎士《ナイト》ぶりを発揮してるか、そいつをこっそり盗み見してやりたいと思ってな」

「加納さんとおっしゃれば、先生をあすの美人コンクールの選考委員に推薦なすったかたですわね」

「ああ、そう」

「さっきのボーイさんのお話では、ここのマダムとヨットで出かけられたとか。……」

「そうそう、ひとを呼びよせておきながら、じぶんは美人のマダムとヨットあそびに出かけるなんてけしからん。……なあんて、ヤキモチやいてるんじゃないんだよ。じつをいうと、加納というやつが恐ろしくガール・シャイなんだ。だから美人と同乗して、いったいどんな面アしてるか、ちょっと見てやりたいんだ」

「だって、加納さんてかた、ながらく外国にいらしたかたなんでしょ？」

「ああ、そう」

「それでいて、ガール・シャイでいらっしゃるんですの？」

「あっはっは、外国生活とガール・シャイという性格とはまた別問題とみえるんだね。いい年齢《とし》をしていながら、女にほれたとなるとコチコチになっちまうんだ。ほれた女のまえへ出るとね。そりゃあ、もういじらしいくらいのもんなんだ。だから、きょうなどもよくマダムを誘い出したもんだと思ってね。もっとも、マダムのほうから水をむけたのかもしれんがね」

「まあ、ほっほっほ、それじゃこのホテルのマダムも独身でいらっしゃいますの」

さすがに他人の私事にわたるので、女の声はひくかったが、江川教授はいっこうおかまいなしに、

「ああ、そう、後家さんなんだ。子爵さん……一柳《いちやなぎ》という子爵の未亡人だそうだ。お定まりの斜陽族というやつだね。戦後、良人からのこされた財産というのが、この別荘だけだったんだね。ここ、もと、一柳子爵家の別荘だったんだそうだ。それをこうしてホテルに改装して、商売をはじめたばかりか、この鏡が浦を一流の避暑地、健康地として、宣伝これ大いにつとめた結果、こうして東京から蟻《あり》の甘きにつどうがごとく客を吸いよせるようになったのは、主としてここのマダムの手腕だそうだ。なかなかやり手なんだね」

「おきれいなかた？」

「もちろん。だから、たまたまここへ杖《つえ》をひいた加納のやつ、すっかりこのホテルに根が生えちまったというわけだ」

「おいくつぐらいのかた、そのマダムというひと……？」

「四十前後というところかな。女の年齢は見当がつかんが、四十を出てるとしても二つ三つだろう。あるいは四十まえかもしれん」

「お子さんは……？」

「女の子がひとりある。二十四、五かな」

「まあ、それじゃマダム、まだ四十まえかもしれんとおっしゃいましたが、ずいぶんお若いころご結婚なすったとみえますわね」

「いや、ところがそれが継《まま》っ子なんだ。ここのマダムは一柳子爵の後妻だったんだね。で、先妻にひとり娘があったというわけだ」

「加納さんというかたは、外国でずうっと独身でとおしていらしたかたなんでしょう？ご結婚は……？」

「いや、学校を出たころ、いちど内地で結婚したことがあるんだ。ところが不幸にしてその結婚にやぶれてね。いやな細君だったよ、その嬶《かか》アという女がね。悪いといやあその女のほうが悪かったんだ。それにもかかわらず加納のほうがすっかり悪者にされちゃってね、まるで石もて追われるごとく日本を去ってアメリカへ渡ったんだ。一昨年かえってきたのが三十何年ぶりかだそうだ」

「なにをなさるかたですの。一高時代の先生の同窓だとうかがいましたが……」

「エンジニヤなんだ。電気のほうのね。まあ、一種の天才というやつだろう、いろいろパテントもとっているし、したがって財産は相当もってるんだろうが、かわいそうに、最初の結婚にやぶれて以来、すっかりボヘミヤンになってしまって、どうにも腰が落ち着かないようだ。ここらで、ひとつ、気に入った細君でもできて、腰を落ち着けてくれるといいと思ってるんだが……」

江川老教授の口調には、しみじみとした愛情がかよっており、それが、心ならずもひとの会話を盗み聞きする結果になっている、金田一耕助の心をいくらかでもあたためてくれるのである。

この八月のはじめから、ここ望海楼ホテルに逗留《とうりゅう》している金田一耕助も、いま話題にのぼっている加納辰哉《たつや》なる人物をしっていた。食堂やロビイでちょっとした会話をかわしたこともある。茶目っ気もあるが、だいたいが落ち着いて、物静かな紳士であった。外国生活をながくしてきた人物であることも聞いており、マダムの一柳悦子《えつこ》女史に気があるらしいことも、金田一耕助にうかがわれた。

しかし、いま聞いたような詳しい素姓《すじよう》をしるのははじめてであった。どうかすると打ち沈んで、物悲しげにみえるのを、いつもふしぎに思っていたが、それもいまの江川教授の話で謎《なぞ》がとけた。不幸な最初の結婚の記憶が、いまもなお古疵《きず》となって尾をひいて、心を苦しめているのかもしれない。

「それで、そのかた……加納さんてかた、身寄りのひとは……？」

パラソルの向こうからまた加藤女史の声が聞こえてくる。

「甥《おい》がひとりある。妹のわすれがたみだが、日本へかえってくると同時にじぶんの手もとに引きとって、とてもかわいがっているんだが……おや？」

と、江川教授の言葉がとつぜんとちゅうでとぎれると、

「あら、先生、どうかなさいまして……？　加納さんのヨットがお見つかりになりまして？」

「いや、ちょ、ちょっと待って、しばらく黙っていてくれたまえ」

なにやらあわただしく、紙をめくるような音がしたかと思うと、それからしばらく、押しころしたような沈黙が、しいんとパラソルの向こうを支配していたが、とつぜん、加藤女史のなじるような強い調子の金切り声が炸裂《さくれつ》した。

「あら、先生、いけませんわ。いけませんわ。むやみにひとさまの会話を盗み読みなんかなすっちゃ……」

黄色い帆のヨット

ひとさまの会話を盗み読む……？

金田一耕助はげんざいのじぶんの立場にひきくらべて、一瞬ギクッとしたが、加藤女史のなじっているのはじぶんのことではなく、江川教授のことらしい。

それにしても、江川教授はいったいだれの会話を盗んでいるのか。

金田一耕助はあわててあたりを見まわしたが、いまこの屋上テラスにいる客といえば、江川教授の一組と金田一耕助、それからずっと離れたところに夫婦ものらしい外人の一組がいるだけである。だいいち、気のきいた客ならば、みんな夕食まえのひと浴びに出かけている時刻なのである。

それにもかかわらずパラソルの向こうでは、

「先生、先生、ほんとにおよしになって、そんな罪なこと。ひとさまの会話を盗むなんてよくないことですわ」

金田一耕助はまた痛いところをつかれたように、ちょっとほおをあからめたが、しかし、良心の苛責《かしやく》よりも好奇心のほうが大きかった。ふところからハンカチを取りだすと、それをほどよいところへばさりと落とした。そしてあたりを見まわしたが、だれも見ているものもないのを幸いに、椅子から身をかがめてハンカチを拾いあげながら、すばやい視線をパラソルのなかへ走らせた。

と、そのとたん、思わずギクッと呼吸をのんで、しばらく身をかがめた姿勢のまま、パラソルのなかを見つづけていた。

江川教授は双眼鏡を左手にもって、沖のほうを見つづけながら、右手にもったペンシルで、紙のうえになにかを書きつけている。その顔に浮かんでいる固い、いかつい表情から老教授がいまや容易ならぬものを見ているらしいことがわかるのである。

さっきまであんなに老教授を制止していた加藤女史も、いまや、教授の気魄に圧倒されたのか、おびえたような視線を海のうえへ走らせている。

「先生……」

と、加藤女史は押しへしゃがれたような声で、

「どの船ですの」

「向こうに見える黄色い帆のヨットだ。しかし、君にはわかるまい。畜生ッ、だれも聞くものがないと思って、とんでもない相談をしてやがる……」

吐きすてるような江川教授の言葉を聞いたとき、金田一耕助はやっと姿勢をもとにもどしていた。

金田一耕助の胸はいまはげしい動悸《どうき》をうっている。全身からねっとりとつめたい汗が吹き出してきた。

いまの教授の態度や言葉からして、金田一耕助は世にもふしぎなことに気がついたのである。

ひょっとすると江川教授は、リップ・リーディング、すなわち、読唇術ができるのではないか。そして、たまたま双眼鏡の焦点にとらえた人物のくちびるのうごきによって、その男……あるいは女かもしれないが……のしゃべっているところを読みとっているの

ではないか。

読唇術というのは、いまさら説明するまでもあるまいが、話をしている相手のくちびるの形や舌の動きから、その言葉を目で読みとる術である。生まれつきか、あるいは言葉をおぼえるまえに、聴覚をうしない聾者《ろうしゃ》となったがために、発声器官は完全でいながら言葉をしらず、唖《おし》として育った不幸な子供たちも、これを習得することによって、相手の話す言葉もわかるばかりか、じぶんもそのくちびるの動きをまねることによって、話もできるようになるのである。

「向こうに見える黄色い帆のヨットだ。畜生ッ、だれも聞くものがないと思って、とんでもない相談をしてやあがる！」

いまの教授の言葉から察すると海上のヨット……黄色い帆のヨットのうえで、だれかがよからぬ相談をしているのを、教授がちくいち読みとっているのである。江川教授のようなひとが、あのような真剣な顔色で、凝視しつづけているところからみると、それはよほど、重大な問題にちがいない。

金田一耕助も海上へ目を走らせたが、そこには少なくとも数十艘《そう》のヨットが浮かんでおり、そのなかには黄色い帆のヨットも少なくなかった。だから、教授の双眼鏡の焦点に、拡大されているヨットがいったいどれなのか、見当をつけるのは困難だった。

「先生」

しばらくしてパラソルの向こうから、また押し殺したような加藤女史の声が聞こえた。

「ど、どうなさいまして」

「ヨットの向きがかわってしまった。しかし、相談のほうはどうやらおわったらしい」

「どんなひとたちですの」

「男と女だ」

「若いひと？」

「いや、それがよくわからん。ふたりとも大きな水中眼鏡をかけているうえに、ケープをからだにまきつけているので……」

さすがに江川教授の声も押しへしゃがれたように低かった。

「うん、どうやらヨットは海岸のほうへかえってくるようだ。加藤君、ひとつどんなやつらだか、見にいってやろうじゃないか」

「先生……」

「怖いの？」

と、そう聞き返す江川教授の声のひびきには、なにかしらひとをゾーッとさせるような物すごいものがあり、となりで聞いている金田一耕助でさえ、思わず背筋にひやりとしたものを感じずにいられなかった。

パラソルの向こうでふたりの立ちあがる気配がしたとき、向こうから五十がっこうの意気な和服の婦人が、銀盆をささげてやってきた。銀盆のうえにはすずしげなコップがふたつならんでいる。

「あら、先生」

女はかるくしなをつくりながら、

「どこかへお出かけでございますの。せっかく冷たいお飲み物をもってまいりましたのに……」

金田一耕助もその婦人をしっていた。

それはこの望海楼ホテルのマダム、一柳悦子にとっては義理の妹にあたっている。つまり一柳悦子の亡夫、一柳子爵の妹で一柳民子という。いちど嫁いでいたこともあるそうだが、かえされたのか、じぶんでかえってきたのか、兄のところでやっかいになっているうちに終戦をむかえて没落してしまった。そしていまでは働きものの義理の姉、一柳悦子のやっかい者になっているのである。

年齢はさっきもいったとおり五十前後で、やせて、狐《きつね》のような感じのする女である。こういう妹をもっていたところをみると、悦子の良人の一柳子爵というひとは、悦子とは相当年齢がちがっていたにちがいない。

江川教授はちょっと当惑そうな声で、

「ああ、奥さん。……ああ、そうそう、紹介しておきましょう。こちら加藤達子君といってわたしの助手。加藤君、こちらさっきも話した一柳元子爵の妹さんで一柳民子さん。したがってここのマダムの義妹におなりになるかただ」

そこに女同士らしいあいさつが取りかわされたのち、

「先生、せっかくこうして持ってまいったものですから、ほんのちょっと口でもおつけになって……」

「いやあ、それが奥さん、そうはしておれんので……」

と、江川教授は舌打ちでもするようないらいらとした調子で、

「ちょっと急ぎの用を思い出したもんですから。……なに、すぐかえってはきますがね」

「お急ぎのご用っておっしゃいますと……？」

「なあに、浜まで黄色いヨットを探しにいくんです」

「あら、まあ、黄色いヨットですって？　加納さんと悦子さんの乗っていったヨットなら、赤い帆のヨットでございましたけれど……」

「ああ、いいです、いいです。加藤君、いこう」

「あら、先生、それじゃせっかくのお飲み物が……」

と、しつこく江川教授のあとを追おうとする民子を、金田一耕助がこちらのパラソルから呼びとめた。

「ああ、奥さん、その飲み物ならぼくがちょうだいしましょう。ちょうどぼくのお客さんが向こうからやってきましたから」

金田一耕助の声を聞いて江川教授と加藤女史はギクッとしたように立ちどまった。ふたりともそこにひとがいることに気がつかなかったらしいのである。

江川教授の瞳には一瞬さっと怒りの色が浮かんだ。しばらくかれはにらみすえるよう

な目で、金田一耕助のもじゃもじゃ頭を見すえていたが、やがて加藤女史をうながして、いそぎ足に屋上テラスからおりていった。

それと入れちがいににこにこしながら、金田一耕助のほうへちかよってきたのは、警視庁の等々力警部である。

朝の食堂にて

その翌日は理想的なネプチューン祭日和《びより》であった。

ゆうべ遅くまで等々力警部と話しこんだ金田一耕助が、九時ごろ、警部とともに食堂へ出ていくと、ちょうどそこにはマダムの悦子をとりかこむ一群が、にぎやかに朝食をとっているところであった。そのなかには加納辰哉や江川教授、それから加藤女史の姿もまじっている。

金田一耕助がそちらのほうへ目礼を送って、空いたテーブルをさがしていると、悦子のほうから声をかけた。

「金田一先生、こちらへいらっしゃいません？　お客様もごいっしょに……」

金田一耕助はちょっとためらったのち、等々力警部をうながして、悦子のテーブルのほうへちかよっていった。

「金田一先生、ご紹介いたしましょう。こちら児童心理学の江川先生、そちらは先生の助手の加藤達子さん。江川先生、そのかたは有名な私立探偵の金田一耕助先生でいらっしゃいます」

金田一耕助と聞いたとき、江川教授は思わず大きく目をみはった。加藤女史も怪訝《けげん》そうに眼鏡のおくの目をしわしわさせながら、もじゃもじゃ頭で、白ガスリに夏袴《なつばかま》をはいた、小柄で貧相なこの探偵さんをまじまじと見ている。

金田一耕助は照れたような微笑を浮かべて、

「それじゃ、わたしのほうもご紹介いたしましょう。こちら警視庁捜査一課の等々力警部、ウィーク・エンドの休養に、ぼくのところへ遊びにいらしたんです」

警部と聞いて一同の目におもわず警戒の色がはしるのを、金田一耕助は委細かまわず、

「警部さん、こちらがこの望海楼ホテルのマダムの一柳悦子さん、そのおとなりがマダムのお嬢さんで芙紗子《ふさこ》さん」

悦子のとなりに座っている娘を、悦子の娘と聞いて等々力警部はおもわずちょっと眉をひそめた。

夏の太陽のようにぱっと晴れやかにうつくしい悦子にくらべると、娘の芙紗子はやせて、ひねこびれて、狐のような感じが、とうてい娘という年ごろにみえない。せいぜい妹というところである。

「それから芙紗子さんのおとなりが、お亡くなりになった一柳子爵の妹さん、すなわち、マダムの義理の妹におあたりになる民子さん、そうそう、民子奥さんにはきのうの夕方、

屋上テラスでお会いになりましたね」

警部はだまってうなずくと、となりに並んで座っている芙紗子の顔と見くらべた。やせこけて、ひねこびれて、狐のような感じのするところが、なるほど似ている。これはあきらかに叔母と姪《めい》である。

「それから、マダムの左に座っていらっしゃるのが、ぼくとおなじくこのホテルの逗留客で、加納辰哉さんというかたです」

加納辰哉は江川教授と一高時代の同窓だというが、赧《あか》ら顔のふっくらとした感じの男で、少しはげあがってはいるものの、髪も黒く、胸幅も厚く、赧ら顔の頰っぺたなども子供のようにつやつやとして、年齢よりはるかに精力的な印象をひとにあたえる。

金田一耕助に紹介されると、にこにこしながら頭をさげたが、ながく外国にいたというだけあって、鷹揚《おうよう》なその態度にもどこか洗練されたところがあった。それにけさはどういうわけか、満面笑みくずれてひどくごきげんがよろしいのである。

ところで、そこにもうひとり、金田一耕助の紹介しのこした人物があった。それは芙紗子のまえに席をしめている三十前後の青年だが、金田一耕助にもその青年は初対面だった。

「ああ、そうそう、金田一先生は豊彦さんをご存じなかったんですわね。そちら岡田豊彦さん、亡くなった主人の遠縁にあたるひとで、芙紗子さんのお友達」

岡田豊彦というのは色の白い、骨の細い、いかにも華奢《きやしや》で、脆弱《ぜいじやく》な感じの男で、口のききかたなども女のように甘く柔らかであった。美青年といえば美青年だが、ちょっと猫みたいな感じのする男である。

さて、金田一耕助と等々力警部がテーブルへついて、ボーイに食事を注文すると、耕助のまえに席をしめている江川教授が、さっそく話を切りだした。

「金田一先生にはきのうの夕方、屋上テラスでお目にかかりましたね」

と、探るような目の色である。

「はあ。どうも失礼申し上げました。江川先生とは存じあげなかったものですから……」

「いや、失礼はこちらこそ。……しかし、先生はいつごろからこちらにご逗留で？」

「はあ、もうかれこれ二十日になるんですよ。この月のはじめからですから」

「しかし、このまえわたしがこちらへきたときにはお目にかからなかったようだが……」

「ああ、そうそう、江川先生」

と、そばから悦子が言葉を添えた。

「先生がこのまえここへいらしたとき、金田一先生はちょうど東京へかえっていらしたんですの」

「ああ、それで……、先生のような高名なかたがこちらにご逗留だとはゆめにも知りませんでした。加納、君は知ってたのかい、金田一先生を……」

「ああ、いや、それはもちろん」

と、加納辰哉はいくらかどぎまぎして、

「お話もしたことがあるが、そんなに高名なかたとはしらなかったもんだから。……いや、これは失礼」

ペコリと頭を下げるしぐさにも、どこか子供っぽいあどけなさがあり、それが、日ごろのどこか打ち沈んだこの男の印象とすっかりちがっている。金田一耕助は内心ほほえまずにはいられなかった。

ひょっとするとそのことが、きのうのヨット行と関係があるのかもしれないと思ったからである。

「ときに、金田一先生」

と、江川教授はふたたび探るような目の色になり、

「先生はどうしてここに……？　たんなる静養なんですか。それともなにか事件のようなものでも――？」

と、等々力警部のほうに目を走らせる。

「おいおい、よせよ、江川、失敬じゃないか。いかに高名な探偵さんでもたまには休養をおとりになるさ。金田一先生はこの月のはじめごろから、ここでのらりくらり……いや、これは失礼」

と、加納辰哉はいくらか猪首《いくび》の首をすくめて、

「しかし、金田一先生はあんまり海へもお入りになりませんね」

「はあ、ぼくは金槌《かなづち》だもんですから」

と、金田一耕助がけろりといってはなつと、となりで半熟卵をスプーンでしゃくっていた等々力警部がおもわずプッと吹き出した。

「あっはっは、それはいまどきお珍しい」

と、加納辰哉がこれまたけろりといってのけたので、マダムの悦子と加藤女史はおもわず下を向いて笑いをかみころし、江川教授もつりこまれてにやにや笑った。

岡田豊彦もパンをむしりながらクスクス笑いかけたが、真向かいにいる芙紗子の顔を見ると、すぐに笑いをのみくだして下を向いてしまった。

快い微笑がテーブルをおおうているときでも、芙紗子だけは笑わなかった。なにがおかしいといわぬばかりに正面きって、神経質そうな指先でパンをむしっている。

マダムの悦子もそれに気がつくと、急に笑いが顔から消えていって、ほっとかるいため息がくちびるからもれた。

「ときに、金田一先生」

と、江川教授はそんなことには気がつかず、

「先生もきょうのミス・カガミガウラ・コンクールに立ち会われるんでしょうな」

「いやあ、あの、それが……」

「江川先生」

と、悦子はまた持ちまえの晴れやかな笑顔にもどって、

「金田一先生は卑怯《ひきょう》でいらっしゃるんですよ。どんなにお願いしてもきき入れてくださ

いませんの。そんな柄じゃないとおっしゃって……」

「たかが、ミス・カガミガウラ……なんていうとマダムにしかられるかもしれんが、美人コンクールの選考委員になるくらい、柄もへちまもないでしょう。わたしみたいな老骨でもやるくらいですからな。どうです、等々力警部さん、ひとつ話のタネに、金田一先生とごいっしょに、仲間にお入りなさいませんか」

「いやあ、どうも、われわれが選ぶと、六等身美人をえらんじまうかもしれませんよ。あっはっは」

「いや、冗談じゃなく、ほんとうに。金田一先生、そんなに照れるもんじゃございませんよ。ここにいる加納だってやるくらいなんだから」

「おい、おい、江川、失敬じゃないか。ここにいる加納だってやるくらいたあなんだ。これでも美人の鑑賞眼にかけちゃ、人後におちぬおれだってことをしらないのか。あっはっは」

「ああ、いや、冗談はさておいて……」

と、江川教授はこの浮かれきっている旧友を相手とせずという顔色で、にこにことした温顔を金田一耕助にむけると、

「金田一先生、ほんとにどうです。仲間に入ってくだすっちゃ……なにかまたおもしろいことが見られるかもしれませんよ」

なにかまたおもしろいことが見られるかもしれませんよ。……

と、そういう語気のなかに金田一耕助は、なにかしら謎めいたひびきがこめられているのに気がついて、思わずはっと相手の顔を見直した。

江川教授はただ温顔に、にこにこと微笑をたたえているだけだったが、そのかたわらからまじろぎもせずじぶんを見ている加藤女史の、角ぶち眼鏡のしたの目が、一瞬、あやしく光ったのに気がついて、金田一耕助はまたはっと胸をとどろかせた。

江川教授のこの執拗な勧誘のうらには、きのうのリップ・リーディングが関係しているのではあるまいか。……

「承知しました。それじゃ、警部さん、われわれもお仲間に入れていただこうじゃありませんか」

金田一耕助はそういうと、だれにともなく、ペコリともじゃもじゃ頭をひとつ下げた。

美人コンクール

ネプチューン祭は大成功だった。

天候にもめぐまれ、人出も多く、これがその夏の最後のにぎわいとなった。海も陸もおびただしい人出でごった返すようであった。

さて、ミス・カガミガウラ・コンクールは正午過ぎから行なわれた。

海岸に張られた大テントのなかに、審査員の席がコの字形に設けられている。そして、その正面の委員長の席についているのがすなわち江川教授である。

江川教授もさすがに美人コンクールの審査員ははじめてだそうだが、学生をテストすることにはなれているから、委員長の席についた姿も、なかなかどうして板についたものである。

その委員長をなかにはさんで、十名ばかりの審査員が、ずらりと左右にいならんでいる。望海楼ホテルのマダム、一柳悦子も審査員のひとりであり、そのとなりに加納辰哉が、いかにもうれしそうなえびす顔で座っているのがほほえましかった。

金田一耕助も大照れに照れながら、等々力警部とならんで、しかつめらしい顔をしていた。ほかの数名はこの土地の名士や、おりから滞在中の女流文士や詩人などがまじっていたが、それらのひとびとは、べつにこの物語に関係がないから、いちいち紹介するのはひかえることにしよう。

さて、この美人コンクールについては、かくべついうことはない。

胸にナンバーをつけた水着すがたの美人、不美人が、つぎからつぎへと、しゃなり、しゃなりと登場した。ちかごろはファッション・ショーが普及しているので、ミス・カガミガウラの候補者たちも、お行儀を心得ていて、なかなか鮮やかなものである。

ときおり、江川教授が諧謔《かいぎゃく》をまじえた質問を発して、満場にこころよい哄笑《こうしょう》の渦をまきおこしたりした。金田一耕助も責任上、鉛筆のさきをなめなめ採点しながら、よせばよいのに間の抜けた質問を発して、これは満場の失笑を買うばかりであった。

それにしても、金田一耕助が辟易《へきえき》したのは、うだるようなその暑さである。それもそのはずで、焼けただれた砂から立ちのぼる地熱のうえに、テントの内外を埋めつくした野次馬の発する人いきれと、ときおりあがる耳も聾《ろう》するばかりの歓声に、どうかすると目もくらみそうである。ひとつには、もうひとつ目を楽しませてくれるような美人が登場しなかったせいかもしれない。

「金田一さん、こりゃいったいなんの洒落《しゃれ》です。わたしゃこれでも週末の静養にやってきたんですぜ。これじゃ静養どころか……」

金田一耕助のとなりに陣取った等々力警部も、お義理に鉛筆をなめながら、おりおりブーブー不平を鳴らした。

「まあ、まあ、警部さん、そうおっしゃらずに。……これも付き合いというもんでさあ」

金田一耕助は警部をなだめながら、ときおり江川審査委員長のほうへ目をはしらせる。

江川教授は表面のんきそうに構えているが、そのじつ、相当緊張しているらしいことは、ときおり場内へ走らせる目付きの鋭さからでもうかがわれるのである。

江川教授の背後には加藤達子が立っていて、角ぶちの眼鏡の下で光る目が、まるで見えざる敵から教授を守ろうとでもするかのようなたくましさを見せている。

江川教授も加藤達子も滝のような汗だった。もっとも、これはこのふたりに限ったことではなかったけれど。……

それにしてもこのふたりは、いったい、なにを期待しているのだろう。この美人コンクールの席で、なにが起こると思っているのだろう。そしてまた、なにゆえにじぶんたちを、このようなお祭り騒ぎのなかにまきこんで、等々力警部にブーブー不平をいわせるような羽目に追いこんだのだろう。

金田一耕助は期待と緊張とに心身ともに汗を流したが、案外なことには、結局、なにも起こらなかったのである。

一時間ほどかかって予選がおわると、予選をパスした五人の美人のなかから、また改めてひとりのミス・カガミガウラと、ふたりの準ミス・カガミガウラが選出された。

そして、江川教授の手からそれぞれの栄冠や賞状が授けられたのは午後二時ごろのことで、そのころにはさすがに江川教授もかなり疲労の色が濃いようだった。

「江川先生」

と、それでもぶじにこの年中行事がおわったので、一柳悦子はよろこびを満面に浮かべながら、

「これからミスと準ミスのかたがたの街頭行進が行なわれるんですけれど、先生がたもごいっしょなさいません？」

「いやあ、マダム、それだけはご勘弁願いたいね。この暑さにすっかりうだっちまいましたよ」

「なあんだ、江川、君は案外、意気地がないんだね」

「おや、加納、それじゃ君は街頭行進に加わる気か」

「そうとも、マダムがいっしょにいこうと誘ってくれるんでな」

「勝手にしろ！」

「あっはっは、そりゃ大いに勝手にするさ。金田一先生、あなたはどうです」

「いや、ぼくもこれくらいでご勘弁願いたいですな」

「なあんだ。みんな意気地がないんだな。それじゃのちほど……」

ミス・カガミガウラと準ミス・カガミガウラを乗っけた自動車のあとにつづいて、加納辰哉が一柳悦子たちと、意気揚々と出かけるうしろすがたを見送って、江川教授はしたたりおちる汗をぬぐいながら、ほっと大きくため息をついた。

「やれやれ、やっこさん、まるで子供のようにはしゃいでいるよ。金田一先生、ご苦労さんでした。等々力警部さんも。……いや、美人コンクールの審査員というやつも、案外くたびれるもんですな」

「先生、どうぞこちらへおかけになって。なにか冷たいものでもお召しあがりになりますか」

いつの間にやら悦子の義妹、一柳民子も来合わせていた。

テントのなかには審査員の席のほかに、傍聴にきた町の有力者たちのために、デッキチェアーだの木製の椅子だのが、ところ狭きまでに並んでいる。そこに座っていたひとたちも、ミスと準ミスが街頭行進に出かけていくと、あらかた散ってしまっていたが、それでもまだ、テントのなかはごった返すような混雑だった。

　金田一耕助と等々力警部は、それらの空いた椅子に腰をおろして、流れる汗をぬぐうていた。

「やれやれ、それじゃわたしもここでひと休みしていこうか」

「さあ、さあ、どうぞ」

　江川教授は一柳民子のすすめるデッキチェアーに、どっかと腰をおろしたが、おしりを針にでも刺されたように、

「ひゃ！」

　と、叫んで跳びあがった。

「あら、先生、どうかなさいまして……？」

「なんだ、これ……？」

　江川教授はデッキチェアーのうえから小さなゴムまりを取りあげると、ふしぎそうな顔をしてながめている。

「あら、ごめんなさい、先生、子供が忘れていったんですわ」

　空気の抜けたゴムまりは少しへしゃげてふわふわしている。民子は江川教授の手からそのゴムまりを受け取ると、ことなげに砂のうえに投げだした。

　江川教授はおしりのほうを気にしながら、もういちどデッキチェアーに座り直すと、

「先生、なにか冷たいものでも持ってまいりましょうか」

　と、いそいそしている民子に向かって、

「いや、奥さん、かまわんでください。飲み物ならじぶんで用意してきましたから。……加藤君、あれを……金田一先生や等々力警部さんにもあげたらどうかね」

「はい」

加藤女史が取り出したのは大きな魔法瓶《まほうびん》である。それから紙製のコップを取りだして、江川教授と金田一耕助、等々力警部の三人にひとつずつ手渡した。

「おやおや、江川先生にはお飲み物ご持参だったんですか」

「いやあ。こういうところの飲み物は、とかく非衛生になりがちですからな。紅茶を冷やしてもらってきました」

「あら、まあ、先生はずいぶん用心ぶかくていらっしゃいますのね」

あきれているのは民子ばかりではない。金田一耕助も紙製のコップに紅茶をついでもらいながら、おもわず等々力警部と顔見合わせた。

「いやあ、わたしらくらいの年輩になると、土地の水ということを考えねばならんのでな」

江川教授は紙製のコップに口をつけながら、しきりにおしりのほうを気にしている。

「先生、どうかなさいましたか」

金田一耕助が尋ねると、

「いや、なんだか気分が悪うなってきた。暑さのせいか、心臓が妙にくるしくって……」

「あら、先生のひどい汗……」

民子がいそいで袂からハンケチを取りだすと、

「さあ、さあ、これでおふきなさいまし。まあ、まあ、たいへんな汗でございますわ」

「ああ、うむ……ど、どうも気分が悪うて……」

「先生、紅茶でもめしあがりになったら……？」

と、そばから加藤女史も心配そうに注意した。

「ああ……いや、ありがとう……」

あとから思えばそれが江川教授の口から出た最後の言葉だったのである。

老教授はふるえる手で、紙製のコップをくちびるまで持っていきかけたが、とつぜん、その手からコップが滑りおちると、

「あっ、せ、先生！」

加藤女史の悲鳴と同時に、金田一耕助と等々力警部が椅子から跳びあがったとたん、教授のからだはがっくりと、まえのめりにのめって、砂のなかへ顔をつっこんでいた。

「あっ、先生、先生！　どうなさいました」

金田一耕助と等々力警部が左右から抱きおこすと、砂まみれになった教授の顔は、木でこしらえたお面のように固く硬直していて、かっと見開いた瞳からみるみる生気がうしなわれていく。

「あっ、加藤さん、医者を……医者を……」

加藤達子はそのとき、スフィンクスのような顔をして立っていた。彼女はまるでこう

いう事態の持ちあがるのを、予期していたかのようなまなざしで、まだひくひくとけいれんしている、江川教授を見つめていたが、金田一耕助に声をかけられたとたん、

「ひーッ！」

と、のどのおくからこわれた笛のような音を立てると、思わず手にしていた魔法瓶を取りおとした。魔法瓶は砂のうえで、ガチャンとガラスのこわれるような音を立てたかと思うと、なかからザーッと紅茶があふれて、かわいた砂のなかに吸いこまれていった。

この際、加藤女史よりも一柳民子のほうが機転がきいていた。

金田一耕助の叫びを聞いたとたん、彼女はテントより走りだしていた。

「お医者さんはいませんか。どこかそこらにお医者さんはいませんか。急病人ができたんです。お医者さんがいたらきてください」

民子の叫びを聞いて野次馬が五、六名とびこんできた。そして、五分ほどして水着すがたの医者が駆けつけてきたときには、江川教授はもう取りかえしのつかぬからだになっていた。

医者は金田一耕助と等々力警部から、江川教授の臨終のもようを聞くと、

「おそらく狭心症でしょうねえ。この年ごろのご老体にはよくあることです。それに、きょうのこの暑さ……」

金田一耕助もおそらくそうであろうと思って、いたましそうに砂上に横たわる老教授の、むなしい死体を見おろしていたが、そのとき、とつぜん背後から、

「いいえ、それはちがいます！」

と、なにかを引き裂くような鋭い声が聞こえたので、ぎょっとして振り返ると、どういうわけか加藤女史が、からだをわなわなふるわせながら、きっと一同の顔をにらんでいる。そして、怒りにふるえる声ながら、一句一句を正確に、おさえつけるような調子で、つぎのようなおどろくべき発言をしたのである。

「いいえ、先生……江川先生は心臓はいたってご丈夫なほうでした。先生は日ごろからそれをご自慢にしていらしたのです。したがって、これは尋常のご最期ではございません。先生は殺害されたのです。だれかの手によって巧妙に毒殺されたのです！」

お通夜

ネプチューン祭は夜になってもつづけられている。

浜辺にはあかあかと電気がついて、フォーク・ダンスが行なわれるはずになっている。だれの胸にも、夏ももう終わりにちかづいている、きょうこそこの夏最後のにぎわいだという郷愁のようなものがあって、それが若いひとびとをして、徹宵《てっしょう》、浜辺で唄い、かつ、踊り狂わせるのである。

こういう浜辺の喧騒《けんそう》を、潮騒《しおさい》のようにはるかに聞きながら、望海楼ホテルの一室では、しめやかなお通夜がつづけられている。

そこはホテルの一室ではなく、一柳悦子の好意によって、とくに提供された母屋《おもや》のほうの日本間で、十畳の座敷に北枕にして、江川教授の遺体はつめたく横たわっていた。その枕頭にはべっているのは旧友加納辰哉と助手の加藤達子、一柳民子に金田一耕助、むろん等々力警部もいっしょである。

一柳悦子はネプチューン祭の肝いり役で、多忙をきわめているらしいが、それでもできるだけ顔を出すようにつとめていた。

加納辰哉は見るも哀れなほど泣きぬれて、昼間の元気はどこへやら、しょんぼりとしぼんだように肩を落とした姿が、故人との友情のふかさを思わせて、見るひとびとの哀れをいっそう誘うのである。

それでも、一柳悦子がそばにいると、いくらか元気が出るらしかったが、彼女が座を外したとなると、いっそうしょげきってしまうのである。

八時ごろになってこの通夜の席に、ふたりの男女が参加した。

金田一耕助と等々力警部はそのふたりを、都築《つづき》正雄と久米《くめ》恭子《きょうこ》と紹介された。きのう金田一耕助が屋上テラスで盗み聞いた江川教授の話では、加納辰哉は妹の子供を手もとにひきとって、かわいがっているという話だったが、それがこの都築正雄だった。

都築はまだK大学の学生だということだが、学校ではラグビーをやっているとかで、筋骨のたくましい、いかにもたのもしげな青年である。浅黒く陽焼けした顔は健康そうで、男振りも悪くなかった。

久米恭子というのは二十歳くらいで、これまたK大学の学生だそうである。おっとりとした、下ぶくれの顔に、あどけないうちにも気品を保っているところをみると、相当、良家のお嬢さんのように思われる。いまどきの娘としてはお行儀も心得ていた。

「恭子さん」

と、あいさつがおわると、加納辰哉は鼻をつまらせて、

「せっかく正雄と遊びにきたのに、とんだところへ来合わせてすまなかったな」

「いいえ、おじさま、おじさまこそお力落としでございましょう。あんなに仲のよかった江川先生でいらっしゃいますから」

と、恭子はハンカチを目に押し当ててむせび泣く。

こういうふたりの会話から察すると、正雄と恭子の仲は伯父の加納辰哉も認めているらしく、また、恭子は個人的にも江川教授をしっているらしかった。

「ああ、恭子さん、ありがとう、しかし、なあ、恭子さん」

と、加納辰哉は鼻をつまらせて、

「わしらの仲はたんに仲がいいというだけじゃなかったんだ。おたがいに不幸な生涯をしょいこんでいた。その不幸を慰めあえるのはおたがいしかなかった。でも、江川のほうはずうっと日本で暮らしてきたのだから、わしのほかにも相談相手はあったろう。それにこの男は強い性格だったから、そう愚痴もこぼさなんだ。ところがこのわしは三十年ぶりで日本へかえってきた、いわば浦島太郎みたいな身の上だ。江川だけがただひと

り頼りだったのに、とつぜん、こんなことになってしもうて……」

　問わず語りにでる愚痴に、加納辰哉がまたベソベソと泣き出したところへ、いったん座を外していた一柳悦子が入ってきた。悦子のうしろには継子《ままこ》の芙紗子と岡田豊彦が、むりやりにひっぱってこられたという格好でひっそりとつきそっている。

「あら、また、そんなにお泣きになって……」

と、一柳悦子は加納辰哉のそばへきて座ると、やさしくあやすようにたしなめる。

「あんまりお泣きになると、かえって仏のさわりになるといいます。もうよいかげんになさいまし」

「マダムはそういうけれどな。江川のいないこの日本をかんがえると、おれはもうさびしゅうて、さびしゅうてな」

「あなたのお気持はよくわかっております。しかし、あなたにそう泣かれますと、なんだかあたしが責められているようでせつのうございます」

「マダムを責める……？」

　加納は涙のいっぱいたまった目を、子供のようにあどけなくみはった。

「それはどうして……？」

「だって、きょうのミス・カガミガウラ・コンクールの審査委員をお願いしたのは、このあたしでございます。それが先生の心臓におさわりになったかと思うと……」

「江川先生のご病気、心臓だったんですか」

と、末席のほうから都築正雄が質問した。

「はあ、立ち会われた先生はおふたかたともそうおっしゃるんですけれど……」

「そうおっしゃるんですけれど……？」

と、都築正雄がふしぎそうに念をおす。

「いえ、あの、ほっほっほ」

と、悦子は世にもこっけいなことのようにかるく笑うと、

「ここにおひとかただけ、ちがった意見をもってらっしゃるかたがいらっしゃいますの」

「ちがった意見というと……？」

「江川先生は心臓でお亡くなりになったんじゃない。江川先生は殺された。……毒殺されなすったんだと主張してらっしゃるかたがいらっしゃいますの」

「まあ！」

と、久米恭子はおびえたように目をみはって、あたりのひとびとをみまわした。

「いったい、だ、だれがそんなことをいうんですか」

と、正雄の声も押しへしゃがれたようにふるえている。

「そこにいらっしゃる加藤達子さん。……正雄さんはご存じですかどうですか、江川先生の助手をながらくつとめてこられたかただそうです」

「しかし、加藤さんがどうして……？」

ひとびとの視線はいっせいに加藤達子に注がれる。

加藤達子は依然として、スフィンクスのような顔をして、恩師の枕頭《ちんとう》にはべっていた。江川教授が倒れた瞬間から、あの謎のような表情は、彼女のおもてから去らなかった。ふしぎなことには角ぶち眼鏡のおくにある目は、少しも泣いたようには見えず、ただ、それは静かな怒りにもえつづけているというふうだった。

一同の注視を浴びると、さすがに加藤女史は鼻白んで、

「いいえ、あたしはただそんな気がすると申し上げているんですの。先生はよく健康診断をなさいました。お孫さんがお小さいものですから、絶えず健康に留意しておられるのです。そして、健康診断の結果、ほかの部分はともかくも、心臓だけは極《きわ》めつきだといつも自慢をしていらっしゃいました」

「しかし、老少不定《ろうしょうふじょう》ということもございますから……」

悦子としてはなるべくならば、江川教授のこの一件を、自然死としておきたいのが人情である。ことに医者も心臓麻痺《まひ》だといっているのだし……。

「いや、しかし、それより江川先生は、どういう方法で毒殺されたというんですか。しぜん、加藤女史にたいする言葉も、多少、皮肉めいて聞こえるのもやむをえなかった。なにか食べもののなかに怪しいものでも……？」

正雄のみならず、毒殺だということになれば、だれでもその点が気にかかるのである。

「いや、ところが江川先生は、あの席ではなにも口に入れなかった……」

と、下座《しもざ》のほうから発言したのは等々力警部である。

「もし、口へ入れたとしたら、加藤さんの持参した魔法瓶の紅茶だが……」

「いや、先生が発作を起こされたのは、紅茶をお飲みになるまえでしたよ。だから、紅茶は全部、砂のうえにこぼしてしまわれたんです」

金田一耕助がそばから付け加えた。

「それでも、加藤君はやっぱり毒殺説を主張するんですか」

等々力警部はいくらか詰問するような調子である。

「はあ、あの……それらの点についてはいずれ明日、古垣《ふるがき》先生がお見えになったら、決定してくださいますでしょう」

「古垣先生という と？………」

「T大の古垣重人《しげと》教授でございます。法医学の最高権威といわれる……」

「古垣先生がここへいらっしゃるんですか」

金田一耕助もおもわず呼吸をはずませた。

古垣教授ならば金田一耕助もたびたびお世話になっており、かれのもっとも尊敬する学者のひとりである。むろん、等々力警部がしっていることはいうまでもない。

「先生がどうしてここへ……？」

「はい、さきほどあたしが電報をうっておいたんです。江川先生のおたくへ打電するついでに……」

一瞬、電撃をうけたようなショックが、一座をゆすぶったのもむりはない。

いったい、加藤女史はなにを考えているのであろうか。

読唇術《リップ・リーディング》

江川教授の遺族と古垣教授が駆けつけてきたのは、その翌日、すなわち、月曜日の午前十一時ごろのことだった。

東京からこの鏡が浦までは、汽車で五時間あまりかかるのである。だから、朝の一番で東京を立っても、鏡が浦へ着くのはその時刻になる。

江川教授の遺族といっても、それはふたりしかいなかった。ゆうべのお通夜の席で加納辰哉が、おたがいに不幸な生涯をしょってるといったのもそのことである。

江川教授はその妻とのあいだに二男一女をもうけた。いちばん上が娘で下ふたりが息子だった。ところがふたりの息子をふたりとも戦争でうしなった。しかも、ふたりともまだ独身だったので孫もなかった。

ただ、長女の晶子《あきこ》というひとが結婚していて、娘をひとりもっていたが、その晶子の良人も、終戦間際に応召して広島で死亡した。しかも教授は教授で戦争中に糟糠《そうこう》の妻をうしなっていた。そこで戦後、晶子が娘をつれて、教授のもとへかえってきているのである。

だから、教授の遺族といえば不幸な長女の晶子と、孫娘のルリ子のふたりしかいなかった。ルリ子はことし十三だけれど、この不幸な一家をさらに不幸におとしいれたのは、教授にとってたったひとりのこの孫娘が、うまれつきの聾唖《ろうあ》だったことである。そして、このことがこんどの事件にある意味では大きな関係をもっているのであった。

さて、教授の遺体とこの不幸なふたりの遺族の対面が、どのように悲痛なものだったか、……それをここに書くのはひかえよう。さすがに金田一耕助もその席にはいたたまらず、眼を真っ赤にして逃げだしたくらいである。

古垣教授は遺体をあらためるまえに、ふたりの医者にあって診察の結果をきいていた。ひとりはこの町の開業医者だったが、あとのひとりは週末を利用して、この地へ遊びにきていた医者である。ふたりとも一応心臓麻痺と診断を下していたが、この高名な法医学の権威が出張してきたのにおどろいて、最初の診断をひるがえしはしなかったけれど、詳しいことは解剖の結果を見なければわからないと逃げを張った。

「さて……」

と、この高名な法医学者は、ゆったりとした口調で、加藤女史をうながした。大学目薬の商標につかわれている肖像のように、広い秀でた古垣教授の額のなかには、犯罪に関するさまざまな知識と経験がつめこまれているのである。

「加藤君、それではどういうわけで君がこのケースを、毒殺だときめてかかったのか、まずそれから聞かせてもらおう。専門家がふたりまで心臓障害による死と断定しているのに……」

そこは望海楼ホテルのしめきった一室である。そこにいるのは古垣教授と加藤達子、それから金田一耕助と等々力警部の四人きりである。達子がそれを希望したのだ。

「はい、それをお話しするまえに、先生……亡くなられた先生の特異な才能と申しますか、技術と申しますか、それからしっていただかねばなりません」

加藤達子はこの重大な発言をするに当たって、いくらかあがりぎみの切り口上になっている。

「金田一先生や等々力警部さんもさっきごらんになりましたとおり、先生のお孫さん、ルリ子さんというかたは、うまれつきの聾唖でいらっしゃいました。このルリ子さんの教育に、先生は非常に骨を折られたのです。まず、ルリ子さんに言葉をお教えしなければなりません。そのためには、先生みずからリップ・リーディング、すなわち読唇術《どくしんじゅつ》をお習いになったのです」

金田一耕助はげんに現場を見ているのでそれほど驚かなかったが、等々力警部はいうに及ばず、江川教授と相当ふかい交際をもっていたはずの古垣教授でさえも思わず眉をつり上げた。

「これは古垣先生もご存じでしょうが、亡くなられた江川先生というかたは、なにかことをおはじめになると、その事に熱中されるかたでした。何事にもあれ、徹底的に究明せずにはおかぬという性質のかたでいらっしゃいました。ましてや、リップ・リーディングについては、お孫さんの運命にかかわることですから、それはそれは痛ましい努力をなすったのです。そして、とうとうどんな聾唖学校の先生でも、及びもつかぬほどの大家になられたのです。しかもそのことをしっているのは、ごく少数のものしかいなかったのです。当のルリ子さんと、お母さまの晶子さま、それからあたしくらいのものでした」

加藤女史はそこでひと呼吸いれると、

「さて、以上の事実……すなわち江川先生がリップ・リーディングという特異な技術を身につけていられたという事実をしっておいていただいて、お話を一昨日、すなわち土曜日の夕刻のことにうつしましょう。あたしどもが鏡が浦へついたのは四時ごろでした。そして、まっすぐにこのホテルへやってきたのですが、あいにく加納さんはここのマダムと、ヨット遊びに出かけられたとやらでお留守でした。そこであたしども屋上テラスで加納さんのおかえりを待っていたのですが、そのあいだに先生は、双眼鏡で海上のヨットを探していられたんです。ところがそのうちに先生は、はからずもリップ・リーディングの才能によって、世にも恐ろしい対話の断片を読みとられたんです」

加藤女史はハンド・バッグを開くと、手帳を出して、手帳のあいだから、折り畳んだ数枚の紙を取り出した。開いてみるとそれはこのホテルの名前の入った便箋《びんせん》だったが、そこに横書きで奇妙な線が書きつけてある。そこは速記符号のようだった。

「金田一先生はあのとき、となりのテーブルにいらっしゃいましたからご存じかと思いますが、このことがある少しまえ、先生は東京への用事を思い出して、手紙を書かれたのです。そのとき取りよせられたホテルの便箋のうえに、恐ろしい会話の断片を書きとめられたのでした」

古垣教授はその便箋を取りあげると、

「これは速記記号のようだが、江川君は速記もできたんだね」

「はい」

「そして、これ、なんと読むのかね」

「下のほうにあたしの翻訳が重ねてございますから」

古垣教授は下から翻訳の紙を引っ張りだして、

「加藤君も速記ができるの？」

「はい、江川先生に教えていただいたんです」

そのとき、はじめて加藤女史の声が涙にうるんだようだった。

古垣教授は翻訳に目をとおすと、大きく眉をつり上げて、

「金田一先生、これは断然、先生のご領分のようですよ」

と、便箋を金田一耕助のほうへ回してきた。金田一耕助は等々力警部と額をよせてそれを読んだが、ふたりとも思わず眉のつり上がるのを禁ずることができなかった。

そこにはつぎのように会話の断片が拾いあつめてある。

……大丈夫、絶対にだれにもわからない毒だ。

……なあに、ここいらの医者じゃ心臓障害と間違えるのが落ちだよ。

……君は案外意気地がないんだな。そんなことでこのセチがらい世の中で、幸運がつかめると思ったら大間違いのコンコンチキさ。ナポレオンを見たまえ、何万人という人

間を殺戮《さつりく》しながら、なおかつ英雄として崇拝《すうはい》されてるぜ。

（金田一耕助はこの台詞《せりふ》を、どこかで聞いたようなと思ったが、あとで思い出したところによると、それは『罪と罰』のなかにある文句らしかった）

……あすの美人コンクールの最中にやるのさ。人がうじゃうじゃするほどいるんだもの、だれがやったかわかるものか。それに……暑さと過労による心臓障害、それで万事ケリというものさ。だれだってこんな海水浴場へきてりゃ、大なり小なり過労におちいってるさ。

以上が江川教授が双眼鏡で拾いあげ、加藤女史が翻訳した恐ろしい会話の断片だった。

恐ろしいゴムまり

扇風機がブンブンまわって、室内の空気をかきたてている。ひとつ開いた窓からは絶え間なく涼しい風が吹きこんでくる。それにもかかわらず金田一耕助は、ねっとりした肌《はだ》に汗ばむのをおぼえずにはいられなかった。

等々力警部もくちびるをへの字なりに曲げてううむとうなると、

「それで……この会話はいっぽうしかありませんが、そうするともうひとりのほうは、くちびるが見えなかったというわけですか」

と、等々力警部はなんとなく半信半疑のおももちである。

「はあ、ふたり向かいあっての対話ですから、一方が見えれば当然もうひとりのほうは見えないわけですわね。……それに、そこまで読みとられたとき、ヨットがまわってどちらのくちびるも見えなくなったとおっしゃいました」

「ああ、そうすると会話のふたりはヨットに乗っていたんだね」

古垣教授もおどろきの声を放った。

「はい、先生、なんでも黄色い帆のヨットだとおっしゃいました。それで、その会話のあと、ヨットが海岸へもどってくるようすなので、先生とふたりで探しにいったんです。そのヨットを……」

「見つかりましたか、そのヨットが……」

と、金田一耕助が身を乗りだした。

「いいえ、ところが屋上テラスから出かけようとするところを、民子さんにとっつかまって、ぐずぐずしてるまに目的のヨットを見うしなってしまって……それに海岸へ出るとまもなく、加納さんとこちらのマダムに出会ったものですから、そのままホテルへ引き返してしまったんですの」

「それで、いったい、どんなふたりだったんですか。ヨットのうえの会話のぬしは……？」

「男と女だとおっしゃいました。しかし、ふたりとも大きな水中眼鏡をかけ、ケープで体をくるんでいるので、若いのか年寄りなのかそれもわからんといってらっしゃいました。しかし……」

「しかし……？」

加藤女史はここでややためらったのち、

「こんな事件の場合、想像をたくましゅうするのはいけないことでしょうけれど、ひょっとすると先生は、その恐ろしい会話のぬしをご存じだったんじゃないかと思うんですの」

「と、いうのは……？」

「はあ、それはあの……くちびるの動きが見えたくらいですから、先生は相当はっきりその男の顔をごらんになったにちがいございませんわね。それに、先生というかたは、リップ・リーディングがおできになるからといって、むやみにひとさまの会話を盗み読みするようなかたではございません。そんな場合、当然、顔をそむけるくらいの礼儀は心得ていらっしゃるかたでございます。ですから、そこにしった顔の人物を発見なすった。それで何を話しているのかと、興味をもって、くちびるの動きを読んでいらっしゃるうちに、そんな恐ろしい会話をお読みになったのではないかと……」

「しった顔といってだれのこと……？」

「さあ、それはあたしにもわかりません。ただそんな気がするだけのことなんですけれど……でも、このことに対して、つまり、ここに読みとられたことに対して、とてもご熱心でした。金田一先生や等々力警部さんを、むりやりにあのコンクールへお誘いになったのも、そのせいじゃないかと思うんですけれど……」

金田一耕助にも等々力警部にもそれは率直にうなずけた。江川教授のきのうの朝の勧誘には、たしかに意味があったようである。

「しかし、加藤さん、犯人が最初から江川先生をねらっていたのか、あるいは最初はほかのものをねらっていたのに途中から予定を変更して、江川先生をねらったとしても、いったい、どういう方法で毒を盛ったというんですか。ゆうべのお通夜でも話が出たが、先生はあの席ではなにも口にされなかった……」

等々力警部がいぶかると、

「古垣先生……」

と、叫んで絶句した加藤女史の瞳から、とつぜん、滂沱《ぼうだ》として涙がしたたりおちた。

「それがあたしには悔しゅうございます。毒ということばから、先生もあたしも口へ入るものばかりを警戒していたんですの。あたし、先生に申し上げました。なにしろ混雑することでございますから、いつどんなとばっちりをくわないものでもございません。ですから絶対に向こうで出るものに手をお出しなさいませぬようにと、……それで、あたしホテルから魔法瓶を拝借して、冷し紅茶を用意してまいったんです。ところが……」

「ところが……？」

「犯人の用意していた毒は、口から入るものじゃなかったんです。古垣先生、皮膚から入って、ひとを殺す毒だってあるんじゃございませんか？」

「加藤君！」

と、古垣教授もきびしい調子で、

「なにかそのような形跡が……」

「はい……」

加藤達子はそわそわとあたりのようすを見まわしたのち、かばんの中から防水した手提げ袋を取り出した。それからもうひと品、金属性のケーキ挟みを取り出すと、

「これ、さっき食堂から借りてきたんですけれど……」

と、そういいながら、手提げ袋の口を開くと用心ぶかくケーキ挟みでつまみ出したのは、なんと薄よごれたゴムまりではないか。

「あっ、そのゴムまりは……」

テーブルのうえに投げ出されたゴムまりのほうへ、等々力警部が手を出そうとしたとき、

「あ、警部さん、いけません」

と、加藤女史が金属製のケーキ挟みで、ぴしりとつよく警部の手をたたくと、

「ごめんなさい、警部さん、でも、このゴムまりにうっかりおさわりになっちゃいけないんです。ほら、この仕掛け……」

加藤女史がケーキ挟みのさきでつつくと、ゴムまりはころころとテーブルのうえをころがって、ほどよいところで停止するが、なんどつついてもゴムまりは必ずおなじ角度

で停止するのである。

「ほら、ね、起きあがりこぼしと同じ原理で、このゴムまりの一部には、おもしがついておりますの。しかも、これを上から強く押すと……」

と、加藤女史がケーキ挟みでゴムまりを上からつよくおさえると、なかからヌーッと現われたのは、鋭い針の先端である。

金田一耕助はいうにおよばず、古垣博士も等々力警部も、手に汗にぎって、思わず大きく呼吸をうちへ吸いこんだ。

「金田一先生も等々力警部さんもおぼえていらっしゃいますでしょう。江川先生がなにもご存じなく、このゴムまりのうえに腰をおろされたのを」

加藤女史はそこまで語ると、まるで重大な任務でも果たしたかのように、ケーキ挟みをそこに投げ出し、ハンカチを目におしあてて、声をのんでしいんと泣きだした。それは魂もついえるばかりのむせび泣きだった。

古垣教授はケーキ挟みでゴムまりをおさえると、突き出した針の先端を、虫眼鏡でながめていたが、その顔色にはありありとふかい驚愕《きょうがく》の色が浮かんでいる。

そのゴムまりの中には、くろいタールのような液体がたくわえられているらしく、針はいつもどすぐろく濡れて突き出してくるのである。

「加藤さん、あなた、このゴムまりをどこで見付けてこられたんですか」

金田一耕助は横目で古垣教授の顔色を読みながら尋ねた。

「あのテントの中で……江川先生のリップ・リーディングのことがなかったら、あたしも心臓麻痺かなんかと思いあやまったかもしれないんです。しかし、読唇術のことがございましたから、どうしても自然死とは思えず、それでみなさまが先生のなきがらに気をとられていらっしゃるあいだに、念のためにと思ってそのゴムまりを拾っておいたんです」

金田一耕助も等々力警部も、この聡明《そうめい》な女性のまえで、大いに赤面せざるをえなかった。たとえリップ・リーディングのことをしらなかったとしても……。

「しかし、加藤さん、犯人はなんだって江川教授をねらったんです」

という、等々力警部の質問にたいして、

「それは……」

と、いいかけて、加藤女史が口をつぐんだので、そばから金田一耕助がやさしく、

「加藤さん、なんでもお気づきのことがあったらいってください。それが正しいか否かを調査するのが、警部さんのお仕事ですから」

「はい」

加藤女史はちょっとためらったのち、

「こういうことを申し上げると、ある特定のひとを傷つけるかもしれませんけれど、犯人……いや、犯人たちはじぶんたちの計画が先生にしられたことに、気がついたんじゃないでしょうか。それで先手をうって……」

「なるほど。しかし、どういうふうにして犯人たちは、それに気がついたんでしょうか」

「それは……」

と、加藤女史はまたちょっと口ごもったのち、

「先生が双眼鏡で犯人たちのヨットを観察していらっしゃるのを、犯人たちの仲間が見ていたんじゃないでしょうか。そして双眼鏡をごらんになりながら、先生がなにか書いていらっしゃるのに気がついたのじゃ……」

加藤女史がいっているのは、あきらかに一柳民子のことである。そういえば、江川教授にあのゴムまりののっかっていたデッキチェアーをすすめたのも民子であった。

「しかし、江川先生のあの特異な才能は、ごく少数のひとしか知らなかった……」

「はい、あたしはそう信じております。しかし、ひょっとすると、先生はそのことを加納さんにおっしゃったかもしれませんし、加納さんからマダムの耳に……」

そして、マダムの口から一柳民子の耳に入ったというのか。と、すると、江川教授が双眼鏡のなかにとらえた男女というのは、民子と親しいものということになる。

金田一耕助の眼前に、そのとき、彷彿《ほうふつ》として浮かびあがってきたのは、やせて、ひねこびれて、狐のような感じのする悦子の継子の芙紗子である。そしてもうひとりというのは猫のような岡田豊彦……。なるほど、あのふたりなら民子と共謀するかもしれないし、また、ふたりともきのうあのテントへきていたのである。

金田一耕助はもういちど、加藤女史の翻訳を取りあげてみる。

それでみるとあきらかに、男が女に殺人を教唆《きょうさ》しているのである。しかも、この会話が取り交わされた時分には、江川教授はまだ犠牲者として想定されていなかったであろう。と、すると、犯人たちが槍玉にあげようとしていたのはいったいだれなのか。奸悪きわまる犯人たちによってねらわれていた、いやいや、おそらくげんざいもねらわれているであろう犠牲者とはいったい何者なのか。

金田一耕助の脳裡に、そのとき、まざまざと浮きあがってきたのは、あの晴れやかにも美しいここのマダムの一柳悦子である。

一柳悦子が死ねばその財産は継娘《ままむすめ》の芙紗子のものになるのだろう。そうすれば肉親の叔母にあたる一柳民子も、女中頭のような屈辱的なげんざいの立場から浮かびあがれるのかもしれない。

民子も以前は相当の財産をもっていたのだそうである。しかし、悦子のような機略と才覚に欠けていた彼女は、戦後のはげしいインフレ時代に、なしくずしにそれを失って、いまではじぶんより年齢のわかい義理の姉のやっかい者になっていて、いつもそれが不平らしいことを、金田一耕助も二十日ほどの逗留でしっていた。

だが、金田一耕助はつよく頭を左右にふって、その妄想《もうそう》をふるいおとした。

一柳民子が江川教授のリップ・リーディングの才能をしっていたかどうかも疑問だし、たとえそれをしっていたとしても、教授がそれによって犯人たちの計画を読みとったことを悟ったと考えるのは、あまりにも早計ではあるまいか。それに、彼女も共犯者のひとりとしたら、なぜ、あの大切な証拠のゴムまりを処分しようとしなかったのか。

「どちらにしても……」

と、しばらくして金田一耕助がつぶやくような声で注意した。

「このリップ・リーディングのことはしばらく発表しないことにしましょう。犯人たちがそれに気がついているにしても、いないにしても……」

惨劇

古垣博士の綿密な検死の結果、江川教授の死はある非常に特異な方法による毒殺の疑いが濃厚になったので、教授の遺体は古垣博士執刀のもとに、鏡が浦病院で解剖されることになったと発表されたとき、望海楼ホテルはいうに及ばず、鏡が浦ぜんたいがわっとばかりに震撼《しんかん》した。

ことに、毒物の名はとくに伏せられていたけれど、特異なる方法というその手段が公けにされたときには、全国の新聞という新聞が大きく騒いだ。ひとびとをしてことに恐れさせたのは、もしそこに注意ぶかい観察者がいなかったならば、江川教授のこのケースは、たんなる心臓麻痺としてかたづけられていたかもしれないということである。

「いったい、これはどういうことだ。金田一先生、いったいだれが江川のように善良な男を殺したというのだ」

と、加納辰哉はまた涙を新たにしておろおろするし、

「金田一先生、これはなにかの間違いじゃございますまいか。いえいえ、江川先生が毒殺されなすったということは事実としても、先生はだれかほかのひとに間違えられて、殺されなすったのじゃないでしょうか」

と、さすが女丈夫の一柳悦子も神経がとがっているのか瞳がすわっていた。

「マダムはだれかこの奸悪きわまる犯人に、ねらわれるような人物の心当たりがありますか」

と、金田一耕助が尋ねると、

「とんでもない！」

と、一言のもとに打ち消しはしたものの、悦子はなぜかくちびるまで土色になっていた。

一柳民子は江川教授にデッキチェアーをすすめた前後の事情を、係官から尋ねられたが、彼女はむろんそこに、そんな怪しげなゴムまりがあったなどとは気がつかなかったといいはった。

「だいいちあたしが犯人ならば、そんな大切な証拠の品を、そのままにしておくはずがないじゃありませんか」

と、民子はいたけだかになり、それからまた、

「それにあたしがなぜ江川先生を殺さなければならないんです。先生を殺したところで三文のトクにもならないのに……」

と、いきり立ちもするのである。

しかし、この答えを意地悪く裏返すと、彼女は三文のトクにさえなれば、人殺しもあえて辞さないというふうに聞こえるではないか。

さて、問題の芙紗子と豊彦だが、芙紗子は部屋にとじこもったきり、一歩も外へ出なくなってしまった。豊彦がいかに誘い出そうとしても、応じようとしないらしい。

「それで、芙紗子さん、部屋のなかでなにをしてるの、本でも読んでるんですか」

と、金田一耕助がそれとなく豊彦にさぐりを入れると、

「いいえ、それが……まるで檻《おり》の中のライオンみたいに、部屋のなかを歩きまわっているらしいんです。それで、ぼく、そのことをおばさまにいったんです」

「そしたら、マダム、なんといった？」

「神経質なひとだから、ソーッとしておいてちょうだいって。だけど、ぼく、こんどのことで、なにもそんなにおびえることないと思うんだけどなあ。だれも芙紗ちゃんみたいな文《もん》なし、ねらうわけがないし……」

「あっはっは。芙紗子さん、文なしなの？」

「ええ。……おじさまがお亡くなりになったとき、相当、遺産をもらったんです。ところが、民子おばさまっているでしょう？　あのひとにそそのかされて、柄《がら》にもなく事業をはじめたところが、悪いやつにだまされて、たちまちボシャッちゃったんです。それに反してこちらのおばさまは甲斐性《かいしょう》もんでしょう。たったひとつ遺されたこの別荘を、

こんなにさかんに盛りたてて。……そこで芙紗ちゃん、心ならずもここでやっかいになってるてえわけです」

「ところで、失礼ですが、君と芙紗子さんとはどういう関係になるんですか」

「ぼくたち、ふたいとこになるんです。それに……」

と、豊彦は猫みたいな上目づかいで耕助を見て、

「おばさまはぼくたちを結婚させたがっているんです。つまりぼくならば芙紗ちゃんみたいなわがまま娘でも、だいじにするだろうという見通しなんですね」

「それで君はどうなの、芙紗子さんにたいして……」

「さあ……」

と、豊彦は冷たいうすら笑いを浮かべて、

「いろいろと試験してみたり、観察してみたりしてるんですが、ああわがままじゃあねえ。ぼくが承知しても両親が許すかどうか。……おばさまにはお気の毒だが……」

この猫のような青年にも、猫は猫なりにちゃんとした意志をもってるのだと、金田一耕助はあらためて感心させられた。

「ところで……」

と、金田一耕助はここで思いきって、いちばんだいじな質問をそれとなく切り出してみた。

「土曜日の夕方、ぼく、ここの屋上テラスから海のほうを見てたんですが、君じゃなか

った？　芙紗子さんといっしょにヨットに乗っていたのは……？」

「えっ、芙紗子さん、男といっしょにヨットに乗ってましたか？」

と、そう反問してきた豊彦の顔色に、お芝居があろうとは思えなかった。

「いや、いや、はっきり芙紗子さんだったとはいえないんだが……」

「あのひと、あの性格がいやなんですよ。ときどき約束をすっぽかすんです。おとつい、土曜日の夕方もいっしょにヨット遊びをする約束になってたんです。ヨットは、ぼく、自信ないもんですから、いつも芙紗ちゃんにつれてってもらうんです。ところが、ちょっとぼくがまごまごしてるうちに、ひとりで沖へ出ちゃったんです。そして、ぼくが浜辺でうろうろしていると、五時過ぎ、しゃあしゃあとしてかえってきて、ぼくに口もきかないんです。あれで、男をじらせて、いっそうひきつけるつもりかなんかでいるとしたら大間違いですよ。ぼく、相当、憤慨したんです」

「それで、そのヨット、芙紗さんのヨット、どんなヨットでした。帆の色やなんか……？」

「さあそこまでは覚えておりませんが、芙紗ちゃん、男といっしょだったんですか」

もしそれがほんとうなら、じぶんのほうにも考えがある……とでもいいたげな豊彦の目の色だった。

江川教授の遺体解剖は、いよいよ火曜日の午後行なわれることになった。その解剖の結果をまって、こんどの事件が自然死か毒殺死か正式に決定されるのだから、遺体がはこび出されたあと、望海楼ホテルは一種の恐慌《きょうこう》状態にあった。だれもかれもうわずった目の色だった。

「金田一さん、ここの捜査主任がね、妙なことをいいだしたんです」

等々力警部が眉根にしわをよせてささやいた。

「妙なことって？」

「あの加藤女史というのは大丈夫かっていうんですね」

「大丈夫かって……？　ああ、あの翻訳になにか間違いでも……？」

「いや、それは大丈夫なんですが、リップ・リーディングで犯人の計画を読みとったなんてえのは、少し奇抜すぎる、そこになにか作為がありはしないかっていうんです」

「しかし、警部さん、ぼくもその現場を見、かつ、ふたりの会話も耳にしたんですよ。江川先生はたしかに……」

「いや、わたしもそれはもちろんいったんですよ。ところがここの捜査主任がいうのに、そのとき江川先生が書きとったのと、われわれのまえに提出されたものと、果たして同じものだろうか。これがふつうの文章とちがって速記符号ときてるでしょう。筆跡鑑定というわけにゃいきません。そこになにか、アヤというか作為というか、そんなものがあるんじゃないかって……」

「なるほど」

と、金田一耕助は考え深い目つきになって、

「つまり、あのとき、江川教授はリップ・リーディングでだれかの会話を読みとってそれを紙に書きつけた。しかし、それはあんな重大なものでなく、もっとべつなものだった。それを加藤女史が握りつぶして、べつにじぶんが創作したものを提出したんじゃないかと……」

「そうです。そうです。それでないと話があんまりうますぎるというんですが、それも、まあ、一理ある考えのように思われるんですがね」

「しかし、加藤女史はなんのためにそんなことを……？」

「いや、つまり、ここの捜査主任の考えじゃ、加藤女史があれをやったんじゃないか。しかも、加藤女史の目的は江川教授を毒殺するだけにあるんじゃなく、だれかにその罪をきせたいので、ああいうリップ・リーディングを創作したんじゃないかって……」

「なるほど、それもひとつの考え方ですね」

「まあ、そういう見方もあるということを、あなたもひとつ考慮にいれておいてください」

　等々力警部は週末の休暇をフイにしたばかりか、当地の警察のとりこになってしまったのである。

　それからまもなく、金田一耕助が屋上テラスへのぼっていくと、このあいだ江川教授の座っていたテーブルに、三人の女がひっそり座って、そのなかのひとりは双眼鏡で、しきりに海のうえをながめていた。

三人の女というのは江川教授の孫娘ルリ子と加藤女史、もうひとりは都築正雄のガール・フレンドの久米恭子だった。ルリ子の母の晶子は病院のほうへいっているのである。

「あら、金田一先生」

と、恭子はなんだか泣いたような目をしていたが、それでもあかるくほほえんで、

「あたし、ルリ子さんとすっかり仲良しになりましたのよ。あたし、この方、大好き！」

「ほんとうに、ルリ子さんと恭子さんがいてくださいますので助かりました。ルリ子さん、お祖父《じい》さまがお亡くなりになるまえの日、ここから双眼鏡で海のうえを見ていらしたと申し上げたら、じぶんも見たいとおっしゃって……」

加藤女史はホロリとする。

ルリ子は耳が聞こえない。くちびるの動きを見なければ、ひとがなにを話しているかわからないのである。彼女はちょっと振り返って、金田一耕助に目礼すると、また、双眼鏡の焦点を海のほうへ向けなおした。

いまこうして望海楼の屋上テラスから、鏡が浦の海上を見渡すと、人間の生命のはかなさが、しみじみと身にしみとおる。

一昨々日、ここから海を見ていたひとは、いまや、冷たい骸《むくろ》となって横たわっている。それにもかかわらず鏡が浦の海上は、このあいだとかわりのない賑《にぎ》やかさなのだ。沖にはあいかわらずヨットやボートがひしめいて、砂浜から波打ちぎわへかけては、ビーチ・パラソルの花が咲き、芋を洗うような混雑である。

それをいま、故人の孫娘になる少女が、おなじ双眼鏡で無心に見ている。……金田一耕助は胸が熱くなるのをおぼえずにはいられなかった。

「ときに、久米さん、都築君は……？」

「あのひとは海」

「あなたはどうしていらっしゃらなかったの？」

「だって、江川のおじさまのことを考えると、とてもそんな気持には……」

「ああ、江川先生とご懇意だったんですね」

「ええ、ずうっとまえに亡くなった父のお友達……」

「ああ、そういう関係で加納さんや加納さんの甥ごさんの都築君とも知合いになられたんですね」

「はあ」

「金田一先生」

と、そばから加藤女史が言葉をはさんだ。

「こちら、ほんとうにお気の毒なんですの」

「お気の毒とおっしゃると……？」

「いまお聞きして思わずもらい泣きしてしまったんですけれど。恭子さま、本来ならば去年の春ごろ、加納さまのお嬢さんになっていられたはずなんですって」

「加納さんのお嬢さんに……？」

と、金田一耕助は恭子の顔を見なおして、

「ああ、そう、都築君と結婚されるはずだったんですか」

「いいえ、そうじゃございませんの。恭子さんのお母さまと加納さんとがご結婚なさることになっていたんですって。うちの先生、お亡くなりなさいました江川先生のおすすめで、おふたりともその気になっていらして、加納さんなんかとても喜んでいらしたそうです」

「なるほど、それで……？」

「ところが、お話もちゃんとまとまり、結納の取りかわしもすみ、挙式の日まできまっていたところが、そのやさきに恭子さまのお母さまが自動車事故で、とつぜん亡くなられたんですって」

「お母さまが自動車事故で……？」

金田一耕助はなにかしらギョッとするようなものを感じて、思わずつよく恭子のほうをふり返った。

「はあ……」

と、恭子は膝のうえでハンカチをまさぐりながら、

「自動車のブレーキが故障していたんですのね。それで自動車が転覆して、運転手はさいわい一命を取りとめたんですけれど、母はいけなくなってしまいましたの。でも、あのとき、どうしてブレーキがあんなにひどく故障していたのか、いきがけにはなんとも

なかったのにと、運転手もふしぎがってるんですけれど……でも、そんなことをいってももう取りかえしつきませんわね」

恭子は長い睫毛《まつげ》をふっさり伏せて、下くちびるをかみしめたが、そのくちびるのはしがかすかに痙攣《けいれん》しているのを、金田一耕助は見のがさなかった。

「ほんとうにねえ」

と、加藤女史もしきりに首をふりながら、

「お亡くなりなすったこちらのお母さまももちろんお気の毒ですけれど、加納のおじさまがそれはそれはお気の毒だったと、恭子さまがいまもお泣きなさいましたので、あたしもついもらい泣きをしてしまって。……とても愛しあっていらしたんですって」

場合が場合だけに身につまされたのか、加藤女史はホロリとして、度の強い眼鏡のしたを、しきりにハンカチでこすっている。

金田一耕助はなにか強い感動にうたれて、

「恭子さん」

と、おもわずのどのつまったような声を立てた。

「そのときのこと……つまり、お母様が遭難《そうなん》されたときのことを、もう少しくわしく話してくれませんか」

「はあ」

「いま、いきがけはなんともなかったのにと、運転手がいったとおっしゃいましたね。

お母さまはそのとき、どこへいらしたかえりだったんですか」

「鎌倉なんですの」

「鎌倉……？　鎌倉になにかあるんですか」

「はあ、あの、それはこうなんですの」

金田一耕助が親身になって聞いてくれるのがうれしいらしく、恭子は瞳をかがやかせて、

「母が江川のおじさまの紹介で、加納のおじさまとおちかづきになった時分、加納のおじさまはまだ東京のホテルにお住まいだったんですの。ところが母との話がだんだん進んでいったものですから、加納のおじさま、鎌倉へ家をお求めになって、ひとあしさきにそっちのほうへお移りになり、そのとき正式に正雄さんを引きとられたんですの。しかし、なんといっても男のかたばかりですから、おうちの改造のことやなんかよくおわかりになりませんでしょう。そこで母がちょくちょく出向いていって、主婦として使い勝手のいいように、造作の指図なんかしていたんですけれど、そのかえりの災難だったんですの。場所は京浜《けいひん》国道でした」

恭子の話をきいているうちに、なにかしら空恐ろしい疑惑がむくむくと、金田一耕助の脳裡《のうり》に浮かびあがってくる。

加納辰哉は去年の春、ひとりの婦人と愛しあって結婚しようとしていた。ところが、そのやさきに相手の婦人が非業の最期をとげたという。

しかも、その加納辰哉は最近ここのマダムの一柳悦子を愛している。ふたりの顔色や素振りからみると、早晩結婚するのではないかと思われる。いや、もうふたりのあいだには約束ができているのかもしれない。

ところが、そのやさきに持ち上がったのがこんどの殺人事件である。しかも、犯人たちの終局の目的は江川教授ではなかったはずである。だれかがもっとほかのだれかを殺害しようと計画しているのだ。それも自然死とみえる方法で……

金田一耕助はとつぜん、のどもとまでこみあげてくる熱い怒りをおぼえたが、そのときである。

さっきから無心に沖をながめていたルリ子が、双眼鏡を目におしあてたまま、聾唖者特有の奇妙な金切り声をあげた。

「ああ、ヨットがひっくりかえる！　ヨットがひっくりかえる！」

さっきもいったように、リップ・リーディングを習得している聾唖者は、不完全ながらも口がきけるのである。それは耳でおぼえた言葉ではなく、くちびるのうごきで習得した言葉だけに、ふつう人とはちょっと声のひびきがちがっているが。……ルリ子も祖父の苦労が報われて、ひととおり口がきけるのだった。

そのルリ子が、とつぜん、

「ああ、ヨットがひっくりかえる！　ヨットがひっくりかえる！」

と、狂気のように叫びだしたので、一同がびっくりして沖のほうに目をはなつと、いましもひとつのヨットが大きくななめにかしいで、ヨット上の人物が両手をあげて救いをもとめているところであった。しかも、どうやらそれは女であるらしい。

あいにく、そのヨットはいちばん沖へでているので、まわりには一艘の船も見当たらない。女は気ちがいのように両手をふって、しきりになにか叫んでいるらしいが、あいにく風は陸のほうから沖へ向かって吹いているので、女の声は海にいるひとびとにも聞こえなかったのであろう。

しかも、ヨットはいよいよ大きくななめにかしいで、女はいまにも海上へほうりだされそうである。それを女はほうりだされまいとして、必死になってヨットの帆柱にしがみついているのである。

「ああ、女のひとが叫んでいる！」

とつぜん、双眼鏡をにぎりしめたルリ子がふたたび奇妙な金切り声を張りあげた。

「ああ、ルリ子ちゃん、ルリ子ちゃん！」

と、金田一耕助が肩をたたくと、ルリ子は双眼鏡を目からはなして、うしろをふり返って金田一耕助のくちびるに瞳をすえた。そうしないとルリ子にはあいてのいうことがわからないのである。

「女のひと、なんといって叫んでいるの、ルリ子ちゃん、くちびるを読んでごらんなさい」

「はい」

と、うなずいたかれんなルリ子は、ふたたび沖のほうへふり向くと、ヨットに向かって双眼鏡の焦点をあわした。そして、一瞬、二瞬、瞳をこらして、双眼鏡のなかをのぞいていたが、

「あら！」

と、叫ぶと、

「あのひと、叫んでるわ。ヒ、ト、ゴ、ロ、シ……」

「えっ？」

金田一耕助をはじめとして、恭子も加藤女史も屋上テラスの胸壁へ走りでて、手に汗握って、眼前に展開するこのヨットの危機をながめていたが、ルリ子の言葉を聞くと思わずぎょっと息をのんだ。

「ああ、叫んでる。叫んでる！　ヒ、ト、ゴ、ロ、シ……タ、ス、ケ、テ、エ……ヒ、ト、ゴ、ロ、シ……タ、ス、ケ、テ、エ……」

ルリ子が狂気のように、ヨット上の女の言葉を取りついでいるあいだに、ヨットはとうとう転覆して、女の姿は何者かにひっぱりこまれるように、海の底へと消えていった。

金田一耕助の提案

海上を大捜索の結果、その翌日になって発見されたのは、一柳悦子の継子の芙紗子で

あった。彼女はみじめな溺死体《できしたい》となって発見されたのである。

もっとも、遭難したのが芙紗子ではないかということは、死体が発見されるまえから考えられていた。いつのまにかホテルをぬけだした芙紗子が、ヨット屋からヨットを借りて、沖へでていったという証言もあったし、しかも、それっきり芙紗子の姿が見えなくなっていたからである。

しかし、それをたんなる遭難とみてよいだろうか。

そのじぶんには江川教授の死因もはっきりしていた。それは皮膚から血管へはいるある恐ろしい毒物による中毒死と、古垣博士によって発表されていた。

それとこれとをにらみあわせてみても、たんなる遭難とみなしにくいところへ、ルリ子という証人もあった。

風が陸から海のほうへ吹いていたので、だれも芙紗子の叫び声をきいたものはなかったが、ルリ子がリップ・リーディングという特異な才能によって、彼女の最後の叫びを読みとったのである。
ヒ、ト、ゴ、ロ、シ……タ、ス、ケ、テ、エ……と。
と、すると、あのときだれかが海のなかにいて、ヨットを転覆させたうえ、彼女を水中へひっぱりこんだにちがいない。

芙紗子はそうとう泳ぎが達者であった。だから、ヨットが転覆したからといって、むやみに溺死するとは思えない。いや、いや、なにかの事故でヨットが危ないとみれば、彼女はみずから海へ飛びこんだはずである。それにもかかわらず、芙紗子がさいごまでヨットにしがみついていたというのは、彼女はきっと水中に、じぶんの生命をねらっている人間の姿を認めたのにちがいない。……と、いうのが彼女をしっているひとたちの一致した意見であった。

しかし、これが殺人事件とすると、犯人はなんという大胆なやつであろう。そいつは白昼何千何百というおおぜいの目撃者の眼前で、堂々と殺人をやってのけたのである。

このあいつぐ怪事件に、鏡が浦へきている避暑客たちは、恐怖のどん底にたたきこまれて、あらぬ噂《うわさ》、とりとめもない流言飛語がみだれとんで、まるで鼎《かなえ》の沸《わ》くような騒ぎだったが、そのなかにあって苦りきっているのは等々力警部である。

「金田一さん」

海からひきあげられた芙紗子の死体が、またしても解剖のために鏡が浦病院へ送られたあと、等々力警部はすっかり困惑した顔色で、例の屋上テラスで金田一耕助と向かいあって座っていた。あいつぐ怪事件に避暑客の多くが逃げだしたので、いまこの屋上テラスにいる客といえば、金田一耕助と等々力警部のふたりきりである。

「この事件はやっぱり江川教授の事件と関係があるんでしょうな」

「それはやっぱりあるとみるべきでしょうねえ。いかに素姓のしれぬ避暑客が、おおぜいきている避暑地とはいえ、ああも巧妙な殺人をやってのける犯人が、ふたりも三人もうろうろしてるとは思えませんからね」

「そうすると、江川教授を殺した犯人が、すなわち芙紗子殺しの犯人ということになりますか」

金田一耕助はちょっと思案をしたのちに、

「まあ、そうお考えになってもまちがいないでしょうねえ」

「そうすると……」

と、警部はいよいよ困ったように、

「土曜日の夕方、犯人たちがヨットのうえで相談していた殺人の犠牲者、つまり、犯人が殺害しようともくろんでいたのは芙紗子だったということになるんでしょうか」

金田一耕助が返事をしぶっているので、等々力警部はさぐるようにその横顔を注視しながら、

「ところが江川教授の事件で失敗して、あの毒物ではもう自然死とみせかけることがむつかしくなってきたので、こんどは、手をかえ溺死とみせかける方法で、目的を達したということになるんでしょうか」

「しかし、ねえ、警部さん」

と、金田一耕助は暗い目をすっかりさびしくなった沖に向けて、

「犯人……いや、犯人たちはなんだって芙紗子という娘をねらうんでしょう。芙紗子はそれほどきれいじゃない。しかも、聞くところによると彼女は一文なしだそうです。どの角度からみても、計画的殺人の犠牲者としてえらばれるには、およそ不適格者だと思

わざるをえませんがね」

「いや、わたしもそれを考えるもんですから、どうも腑《ふ》に落ちんのじゃが……」

「警部さん」

「はあ」

と、答えたが、金田一耕助はそれきりあとをつづけない。

等々力警部が不思議に思って、金田一耕助の視線を追うと、屋上テラスから百メートルほどかなたの波打ちぎわを、ならんで歩いているのは加納辰哉の甥の都築正雄と、そのガール・フレンドの久米恭子である。ふたりはなにか語らいながら、肩をならべて波打ちぎわを歩いているが、そのようすはあまり楽しそうにもみえない。

ふたりの姿を見つめる金田一耕助の瞳の、一種異様なかぎろいに気がついて、等々力警部はふしぎそうに、

「金田一さん、あのふたりは婚約の間柄なんでしょうねえ」

「さあ……婚約の間柄かどうかしりませんが、加納氏はそうなることを望んでいるようですね。おや……」

「どうかしましたか」

等々力警部がもういちど金田一耕助の視線を追って、波打ちぎわへ目をやると、さっきまで肩をならべて歩いていた久米恭子がただひとり、逃げるようにこちらのほうへ走ってくる。顔にハンカチを押しあてているのは泣いているのかもしれない。

正雄はなにか叫びながら、二、三メートルほどそのあとを追ってきたが、恭子が引っ返しそうにないとみたのか、あきらめたように立ちどまって、だまって恭子のうしろ姿を見送っている。

「あっはっは、若いもんがけんかをおっぱじめたとみえるな」

等々力警部はのんきらしく笑っていたが、金田一耕助はなにか気になるようすで、そわそわあたりを見まわした。そして、となりのテーブルに双眼鏡があるのを見つけると、そっちへいってそれをとりあげ、胸壁のところまででて、いそがしく双眼鏡の焦点をあわしはじめた。

「金田一先生、ど、どうしたんですか。また沖のほうになにか……」

しかし、金田一耕助が双眼鏡の焦点を向けているのが沖ではなく、波打ちぎわであるらしいことに気がつくと、等々力警部はまたふっと眉をひそめた。

都築正雄はまだ波打ちぎわに立って、恭子のうしろ姿を見送っていたが、そのうちに屋上テラスの金田一耕助に気がついたらしく、まじまじとこちらをながめている。

金田一耕助もそれに気がつくと、双眼鏡を目にあてたまま、右手をあげて振ってみせる。それに呼応して正雄のほうも手をふったが、等々力警部の目には正雄の陽焼けした顔から、ちらと白い歯がのぞいたのがはっきりみえた。

正雄は屋上テラスの金田一耕助に向かって、二、三度右手をふってみせたのち、くるりと踵《きびす》をかえすと、すたすたと大股に向こうのほうへ歩いていく。学校でラグビーの選手をしているというだけあって、アロハを着たうしろ姿の肩のあたりがたくましい。

金田一耕助は正雄の姿を見送ったのち、双眼鏡をとなりのテーブルへかえすと、等々力警部のそばへかえってきた。

「警部さん」

と、金田一耕助はあいかわらず、物思わしげな暗い目を沖へ向けて、

「すっかりさびれてしまいましたね」

「きょうのことがありますからね。きのうのいまごろは、ヨットがうじゃうじゃするほど出ていたもんですが……」

きょうはその沖に一艘のヨットの影もみえないのである。

「警部さん、さっきのことですがねえ」

と、金田一耕助は依然として、沖のほうから目をはなさず、

「あれは万事ぼくにまかせてくださいませんか。こんや関係者一同を集めて、一か八か、ひとつやってみようと思うんです。鉄は熱いうちに打てといいますからね」

「そりゃ、おまかせしてもいいが、一か八かって、いったいどんなことをやるんです」

「いや、ですから万事ぼくにまかせてくださいませんか。まかりまちがっても、全部ぼくの責任ということにして……」

等々力警部は無言のまま、しばらく金田一耕助の横顔をみていたが、やがてかるい嘆息とともにうなずいた。

「承知しました。それじゃ万事あなたにおまかせしましょう」

こういう場合、いくら責めてもたのんでも、適当な時期がくるまで絶対に、心のうちをのぞかせることのない金田一耕助であることを、等々力警部はだれよりもいちばんよくしっているのである。

現代のラスコルニコフ

さて、その晩、金田一耕助の要請によって、望海楼ホテルの母屋の日本座敷へ、召集された関係者一同というのはつぎのようなひとびとである。

まず、故人と縁の濃い加藤達子女史を筆頭に、加納辰哉と甥の都築正雄、正雄のガール・フレンドの久米恭子、さらにホテルがわからは、マダムの一柳悦子に義妹の民子、亡くなった芙紗子のボーイ・フレンドの岡田豊彦と以上の七人の男女である。

ほかに金田一耕助と等々力警部。この土地の私服の刑事や警官たちが、こっそり日本座敷の周囲や庭先にひそんでいることは、警察がわの連中だけしかしらなかった。

金田一耕助がわざとこの日本座敷をえらんだのは、すずしげな葭《よし》の障子ひとえへだてたとなりの座敷に、江川教授と芙紗子のなきがらが枕を並べているからである。

芙紗子のなきがらはついさきほど、解剖がおわってこちらへ引き渡されたもので、死因はいうまでもなく溺死であった。

江川教授の枕もとには、娘の晶子と孫のルリ子、それから友人の古垣博士のほかに、東大から駆けつけてきた教授の弟子が四、五人、ひっそり、呼吸をのむようなかっこうでひかえている。

金田一耕助も芝居げがある。これによって舞台効果をねらっているらしい。

当然そこには重っ苦しく息づまるような空気が、一同のうえにのしかかっている。七人の男女がおたがいに、さぐりあうような視線をかわしながら、しかもなお押し黙っているのは、金田一耕助の要請によって、この土地の捜査主任がやってくるのを待っているからである。

加納辰哉は一昨日のあのはちきれそうな元気はどこへやら、すっかり意気地がなくなって、ベショベショとしきりに洟《はな》をかみながら、おりおり立ってとなりの座敷へ線香をあげにいったりする。そのたびに一柳悦子もいっしょに立って、彼女は芙紗子の枕頭へ線香を立てるのである。

加藤女史は度の強い眼鏡のおくから目をひからせて、おりおり一座のひとびとの顔色をうかがっている。彼女の関心をいちばん強くひいているのは民子と岡田豊彦らしい。民子はそれを意識しているのか、ときどき敵意にみちた視線がぶつかって火花を散らした。岡田豊彦はなんとなく呼吸がつまるらしく、しきりにのどを鳴らしている。

そのなかでいちばんゆったりしているのは都築正雄で、なかばおもしろそうに一座のひとびとの顔を見まわしたり、ときどき立って伯父のそばへいき、慰め顔になにかささやいたり、かえりに恭子の肩を小突いてからかったりする。その恭子はさっきからうなだれたきりで、うつむいた彼女の耳たぶのうぶ毛が電灯の光線にきらきら光った。

こうして息づまるような沈黙の数分をすごしたところへ、

「やあ、どうも、遅くなりまして……」

と、この土地の捜査主任がやってきたので、一座はちょっとざわついたのち、また新しい緊張の雰囲気につつまれた。

さて、こういう舞台装置のもとに、金田一耕助とこの奸悪きわまりのない犯人との対決が行なわれたのだが、それがあっけなく金田一耕助の勝利におわったというのは、かれが用意しておいたトリックに、もののみごとに犯人がひっかかったからである。

「金田一先生、それではあなたからどうぞ」

等々力警部にうながされて、

「はあ、承知いたしました」

と、おもむろに一座のひとたちを見まわした金田一耕助は、やおらかるい咳払《せきばら》いをすると、

「いや、わざわざみなさんにお集まりねがって恐縮ですが、どうやらこの事件の真相も判明いたしましたし、犯人の正体もあきらかになったので、それをこれからみなさんに聞いていただこうと思うのです」

と、あまり自信にみちた調子だったので、一同はぎょっとしたように金田一耕助の顔

を見なおし、

「金田一先生、そりゃほんとうですか」

と、捜査主任は半信半疑の顔色である。

「はあ、いや、主任さん、こういったからといって、わたしはなにも推理の明を誇ろうというのではない。じつはみなさんが見落としていたもの……すなわちこういうものを発見したんです」

と、金田一耕助がふところから取り出したのは、女学生などが使う桃色の封筒で、封は切ってあるが、かなりのふくらみをみせているのは、なかにかなりの内容の書簡が入っているのであろう。

「金田一先生、それ、いったいなんでございますの」

と、膝を乗りだしたのは狐のような一柳民子である。これまた捜査主任に負けず劣らず半信半疑の顔色で、その質問の調子などもひとを小馬鹿にしたようである。

「はあ、いや、じつは無断ではなはだ失礼とは思ったのですが、いささか思うところがあって、芙紗子さんの部屋をさがしてみたところが、はからずもこういう手記を発見したんです。いってみればこれは芙紗子さんの書き置きみたいなもんですな」

書き置きときいて一同はまたぎょっとしたように息をのんだが、狐の民子だけはそれを承服できなかったとみえ、

「あら、まあ、書き置きですって？　それじゃ金田一先生の見解では、芙紗子は自殺し

たとでもおっしゃるんでございますか」

「いいえ、芙紗子さんの死はあきらかに他殺でございます」

「あら、ま、ほっほっほ、それでは金田一先生、論理の辻褄《つじつま》があわないじゃございませんか。ひとに殺されたものがあらかじめ、書き置きをのこしておくなんて……」

「はあ、ですからぼくもはっきりと書き置きとは申し上げませんでした。書き置きみたいなものと申し上げたので、厳密な意味でこれは書き置きとはいえませんな。したがって芙紗子さんも封筒の表に『書き置き』とは書かず、『後日のための覚え書』と、書いていらっしゃいます」

と、金田一耕助が水茎のあとうるわしい女文字を、まるで手品使いが仕掛けものを見物に示すような手つきで一同に見せると、

「金田一先生、それ、ちょっと拝見できません？」

と、要請したのは一柳悦子である。

「いや、いや、奥さん、これは大切な証拠物件ですから、いまただちにお渡しするわけにはまいりません。いずれまたのちほど、ここにいられる主任さんからお受け取りになってください」

「はあ、あの、失礼申し上げました」

と、悦子は素直にじぶんの要請をひっこめると、なんとなく一座のひとびとを見まわした。

捜査主任は半信半疑ながらも、なにか等々力警部にいいふくめられているらしく、無言のままひかえている。

一柳民子はすきあらばおどりかかろうという、無言の待機姿勢である。

「ああ、いや、ではなぜ芙紗子さんがこんなものを書いておかれたかというと、ひとつには良心の苛責《かしやく》に悩まされたんですね」

「芙紗子がどういう意味で良心の苛責に悩まされたとおっしゃるんですの」

と、さっそく民子がからんでくるのを、

「ああ、いや、それについてはおいおいお話いたしましょう」

と、金田一耕助はかるくいなして、

「それと、もうひとつ、芙紗子さんがこういうものを書き遺された理由として、この事件の計画者のために殺されるのではないかという、恐怖というか、予感みたいなものをもっておられたんですね」

「この事件の計画者とおっしゃいますと……?」

と、これは一柳悦子の質問だったが、この際、一座のなかでもいちばんしっかりした理性と平穏をたもっているのも彼女であった。

「ああ、そのことですがね。江川教授の殺人事件について、ここでいちおうご注意申し上げておきますが、あの事件の場合、それを計画した人物と、それを実行した人物とはちがっているんです。すなわち、あの死のゴムまりをつくった人物と、じっさいに手を下した人物、すなわち、あのデッキチェアーのうえに死のゴムまりをおいた人物とは別人なんです。したがってあの事件の計画者、つまり真犯人は日曜日の午後、この鏡が浦にいる必要はなかったわけです。そして、真犯人の命令によって、あのデッキチェアーに死のゴムまりをおいたのが、すなわち芙紗子さんだったんです」

また、新しいショックが電撃のように一座をつらぬいて、一座はちょっと騒然たる空気につつまれた。

「馬鹿な！　馬鹿な！　そんな馬鹿なことが……」

と、俄然《がぜん》、いきりたったのは民子である。彼女は狐のように目をつりあげ、狐のように口をとがらせ、

「芙紗子はなんだって江川先生を殺すんです。なんの理由、どういう動機があって、縁もゆかりもないあのかたを、芙紗子が殺すというんです」

と、当たるべからざる女狐のいきおいに、

「いや、あの、それが……」

と、さすがの金田一耕助もいささかたじろぎ気味だったが、そのとき、かたわらから救け舟を出すように、

「金田一先生、そして、その、江川を殺害しようとたくらんだ犯人はいったいだれなんですか」

と、重要な質問を切りだしたのは加納辰哉である。

「ああ、いや、それなんですがね、加納さん」

と、金田一耕助はわざと民子のほうを無視して、

「その計画者の名前もちゃんと書いてありますよ。そいつは現代のラスコルニコフを気取ってるやつなんです」

「現代のラスコルニコフとおっしゃると？」

「『罪と罰』……ドストエフスキーの『罪と罰』の主人公ですね。そいつはこういって芙紗子さんを教唆《きょうさ》したんです。ナポレオンは幾万という人間を殺戮《さつりく》したが、なおかつ英雄として尊敬されているではないか。現代のようなセチ辛い世のなかで、人のひとりやふたり殺すくらいの勇気がなくて、幸運をつかもうなどとは大間違いのコンコンチキ……あっ！」

あらかじめ、金田一耕助はこのことあるを予期して、警戒していたにちがいない、ぱっと畳のうえに伏せたかれの頭上を、灰皿がうなりを生じてうしろへとんだ。

すわ！

と、一同が殺気立ち、

「正雄！　なにをする！」

と、腰をうかした加納辰哉をつきとばして、座敷から身をおどらせて庭へとびおりたのは、辰哉の甥の都築正雄である。

「金田一先生、あの男が……？」

「そうです、そうです、主任さん、あの男が江川教授殺害の計画者で、同時に一柳芙紗子殺害の犯人です！」

正雄は縁から庭へとびおりたが、しかし、そこにはまえにも述べたとおり、土地の警官が待機していた。

ラグビーの選手をしているというたくましい体格の都築正雄と警官たちの格闘は、かなりはなばなしいものがあった。都築もはじめは、逃れるだけは逃れてみようという腹だったらしく、かなり頑強《がんきょう》に抵抗を試みたが、なんといっても多勢に無勢である。

そこへ縁側に立っている加納辰哉の、

「正雄！　正雄！　おまえはなんだって江川を殺したんだ。なんだってあんな親切で善良な男を殺したんだ」

と、涙にうるむおろおろ声が耳に入ったにちがいない。とつぜん、抵抗していた都築の全身から力がぬけていったかと思うと、がっくりと砂のなかに顔をうずめた。

警官たちはくちぐちに罵りながら、都築の体を抱き起こそうとしたが、かれの左手が上衣のポケットのなかにあるのを見て、金田一耕助は縁側から、思わず声を張りあげた。

「あっ、気をつけてください。その男の左手をポケットからだしてみてください。気をつけて、……ソーッと、ソーッと」

警官たちにも金田一耕助がおそれている意味がわかったらしい。

おそるおそる都築の左手をポケットから引きだしてみると、その掌にしっかり握られているのは、あの恐ろしい死のゴムまりだった。
これが現代ラスコルニコフの最期だったのである。

悪魔の籤《くじ》

鳥島の南方何キロのところを、中心気圧九百何十ミリバール、中心の最大風速何十メートルの台風が、目下北進中という気象庁の予報があって、鏡が浦の海岸一帯も昨夜あたりから急に波のうねりがたかくなった。

もう夏もおわりなのである。

あいついで三つの葬式をだした望海楼ホテルは、滞在客もあらかた引きあげて、盛夏の候からみるとまるで火の消えたようなさびしさである。

金田一耕助と等々力警部も、あす鏡が浦をたって東京へかえるつもりなのだが、そのさよならパーティをかねて江川教授の追悼会《ついとうかい》が、望海楼ホテルの日本座敷でしめやかにおこなわれた。

会するもの、加納辰哉に一柳悦子、久米恭子に加藤達子。かつての夜、事件の関係者として出席した七人の男女のうち、都築正雄は死亡、岡田豊彦は東京へ去り、一柳民子はまだこの望海楼ホテルにいることはいるのだが、今夜の会に顔を見せないのは、さすがに恥をしるというものだろう。

ほかに金田一耕助と等々力警部、それに土地の捜査主任が出席しているのは、このひとにもまだ事件の真相がはっきりのみこめていないからである。

江川教授の遺族のひとたちは遺骨を抱いて、古垣教授や弟子たちといっしょにきのう立った。そのなかで加藤達子女史だけがのこっているのは、金田一耕助からくわしい真相をきいてくるようにという、古垣博士の命令があったからである。

「それでは、金田一先生」

一同の席が落ちついたとき、まずいちばんにこう切りだしたのが捜査主任であったのは、この際当然というべきであろう。

「なあ、金田一先生」

と、それにつづいて発言したのは加納辰哉で、

「わたしゃどう考えてもわからんのだが、正雄はなんだって江川を殺そうとたくらんだんだろう、いや、なんだって江川を殺したんだろう」

と、これまた当然の疑問だった。

「はあ、加納さん、それなんですがね」

と、金田一耕助は膝をのりだし、

「この事件でいちばん興味のあるのはその点で、じつは正雄君がねらっていたのは江川先生ではなく、あの男がほんとうにねらっていたのは、マダム、あなただったんですよ」

「まあ、あたしを……？」

と、さすがに悦子も顔色をかえて、

「正雄さんがどうしてあたしを……？」

「いや、正雄君はべつにあなたに恨みがあったなんていうんじゃないんです。ただ、あの男は加納さんが結婚することを望まなかったのです。不吉なことを申し上げるようだが、加納さんが独身のまま死亡すれば、全財産はあの男のものになる。だから、加納さんが結婚しそうな相手が出てくると……」

「あっ！」

と、加納辰哉はとつぜん大きく呼吸をはずませて、

「き、金田一先生、そ、それじゃ恭子さんのお母さんも……」

「そうじゃないかと思います。恭子さんのお母さんは鎌倉にあるおたくを訪問したかえり、自動車事故で死亡されたのでしたね。しかも、その自動車のブレーキがひどい故障を起こしていたことを、運転手もふしぎがっていたそうです。しかも、鎌倉のおたくにはその当時から正雄君がいた……」

加納辰哉はそこまで聞くと、がっくり首をうなだれて、膝においた両手の拳《こぶし》がわなわなふるえた。悦子がそっとそばへにじりより、やさしく肩へ手をかけると、辰哉はうつむいたまま、かすかに首をふってうなずいた。大丈夫だという意味だろう。

「さて、恭子さんのお母さんの事件でまんまと成功しているだけに、正雄君はいよいよ危険人物になってきました。あの事件の成功でおそらく正雄君は得意になっていたでし

ょう。ところが、そこへあらわれたのが第二の恭子さんのお母さん、すなわちマダムです。まえの事件で味をしめているだけに正雄君は自信満々、これまた抹殺《まっさつ》せずんばあるべからずというわけですが、なんといっても二度目ですからおなじ手口は使えない。そこで大いに肝胆を砕いた結果思いついたのがあの毒殺法。正雄君はおそらく毒物学かなにかの本で、ああいう毒物の知識をえたのでしょうが、しかし、二度目だけに慎重のうえにも慎重を期した。つまり、マダム毒殺の場合、じぶんは鏡が浦にいたくなかった。すなわち、確固たるアリバイをもっていたかった。それには当然、共犯者が必要になってくる。その共犯者としてえらばれたのが芙紗子さんだったというわけです」

「なるほど、すると芙紗子という娘は、マダムを毒殺するつもりで、まちがって江川教授を殺したというわけですか」

それは捜査主任のまことにもっともな質問だったが、

「ああ、いや、主任さん、その問題はもう少々お待ちください」

と、金田一耕助はじぶんのペースで、話を進めていくつもりなのである。じっさいにまた、そのほうが聞き手にとってもわかりやすいことをかれはしっているのだ。

「さて、芙紗子さんは案外簡単に正雄君に抱きこまれたのじゃないかと思う。こういうことを申し上げると、マダムに失礼かもしれませんが、芙紗子さんというひとは、およそ娘らしいやさしさ、女性らしいしおらしさに欠けたひとでした。ひとのどんな親切も、どんな思いやりも、てんで通用しないといったふうなタイプの、徹底的なエゴイストでした。あのひとにとっては、じぶんが財産をうしなったにもかかわらず、継母であるマダムの羽振りのいいということが、このうえもなく心外の種だったようです。一ヵ月ちかくの滞在のあいだに、ぼくはときどき考えたのですが、マダムがどんなにあの娘にやさしくしてもそれはだめである。マダムがしんじつあの娘をよろこばせようと思うならば、全財産を無条件にあの娘にゆずりわたし、しかもマダムじしんが貧乏になってみせるよりほかに手はないのではないかと。……はっはっは、いや、たいへん失礼なことを申し上げましたが、芙紗子さんてそんなひとじゃなかったですか」

「先生、まことにお恥ずかしゅうございます」

悦子はしんじつ恐縮そうに肩をすぼめてうなだれた。いま金田一耕助の指摘した芙紗子の極端なエゴイズムは、以前から彼女にとって悩みの種だったのである。

「さて、話は余談にわたりましたが、そういう芙紗子さんですから、案外簡単に正雄君に抱きこまれた。しかし、そうなると正雄君はまずだいいちに、芙紗子さんの安全を考えてやらねばなりません。それは芙紗子さんのためではなく、じぶんじしんのためであります。芙紗子さんの危険はすなわちおのれの危険であることを、正雄君はだれよりもよくしっていたでしょう。さて、あの毒物ですが、こんどのケースでもおわかりのように、なんの予備知識もない医者が診断すると、心臓障害による死と、誤診されやすい性質をもっている。そこが正雄君のつけめですが、芙紗子さんにしてみれば、正雄君の言葉をそのまま鵜呑《うの》みにできなかったのも当然でしょう。芙紗子さんにしてみれば一世一代の大仕事です。金持の継母が毒殺されたとなると、当然、その疑いは文なしの継娘にむけられるにきまっている。そこで、マダムにあの毒物を用いるまえに、全然あかの他人で実験してみたらどうか。そして、果たして心臓障害による死でことがすむかどうか試験してみたらどんなものだろう。しかも、たとえそれが毒殺であるとわかっても、絶対に芙紗子さんに疑いのかかってこない、まったくのあかの他人で試験をしてみたらどうか。それには、ちょうどさいわい、あすのミス・カガミガウラ・コンクールの雑踏の席で、だれかためしに殺してみたらどうかというのが土曜日の夕方の、正雄君と芙紗子さんとのヨット会談だったわけです」

「ああッ！」

と、鋭い驚きの叫び声がいっせいに、一座のひとびとのくちびるをついてほとばしった。

「金田一先生、金田一先生」

と、忙しく膝をゆすりだしたのは、いうまでもなく加納辰哉である。

「そ、それじゃ江川は……それじゃ江川は実験台に使われたのですか」

「そうです、そうです、先生はひじょうに不幸な籤《くじ》をひかれたわけです」

「ち、畜生！」

と、加納辰哉の瞼《まぶた》からはいまさらのように涙がはふりおち、

「あなた！　申し訳ございません！」

と、一柳悦子は泣きくずれた。

それが意趣、あるいは目的のある殺人ではなく、まったく貧乏籤をひいたような殺人だけに、江川教授のうけた不幸の印象はいっそう強烈で、並み居るひとびとのショックは大きかった。

「さて……」

と、金田一耕助は一同のショックのおさまるのを待って、

「これをひるがえって考えると、選ばれたひと、すなわち悪魔の籤を引いたひとが江川先生であったということが、犯人にとっては致命的なエラーとなった。これを少し話を以前にさかのぼって説明しますと、土曜日の夕方、江川先生はここの屋上テラスから伊《い》賀越《がごえ》の助平を気取っていられた。つまり双眼鏡のぞきに憂身をやつしていられたが、たまたまその焦点にとらえられたのが正雄君です。そこにいるべきはずのない人物を発見されただけに江川先生も奇異に思われた。そこでもちまえのリップ・リーディングの才能を発揮されて、正雄君の発言を読みとられた。ところが、先生にとって非常に不幸だったことは、正雄君の全会話を読まれたのではなく、その一部分だけだったがために、それが試験殺人の相談とは気がつかれなかった。当然、確固たる目的のある殺人、したがってねらわれているのは加納さん、あなたであろうと思われたにちがいありませんね」

加納辰哉はいまさらのように涙を新たにしてうなずいた。

「さてここで、あのコンクールの席で、芙紗子さんの設けておいた罠《わな》に落ちたのが、江

川先生でなかった場合を仮想してみましょう。江川先生でないのみならず、加納さんとも正雄君ともぜんぜん無縁の避暑客だったとしたらどういうことになったでしょう。試験殺人、実験台殺人などとはおよそ健全な常識をもった人間には考えおよばないことです。しかも医者がその不幸な犠牲者を心臓麻痺と誤診した場合、江川先生は果たして古垣先生まで招聘《しょうへい》して、厳重な調査をするよう主張なすったでしょうか。江川先生は多忙なかたです。おそらく、そういう場合、先生の深い疑惑にもかかわらず事件はうやむやに葬られたのではないでしょうか。そして、後日、そこにいられるマダムが、不幸な避暑客とおなじ症状で急逝なさるに及んで、はじめて正雄君の奸悪きわまりなき計画に、気がつかれるという段取りになったのではないでしょうか」

悦子はいまさらのように身をすくめて、ふたたびそこに泣き崩れた。彼女が泣くのもむりはない。金田一耕助の論法を押しすすめていくと、江川教授はとりもなおさず彼女の身替わりになったもおなじではないか。

こんどは加納辰哉がやさしく彼女の背中をなでている。

「さて……」

と、金田一耕助は悦子の慟哭《どうこく》のおさまるのを待って、

「江川先生の第二の不幸は、ヨット会談の正雄君のあいてを見きわめることができなかったことです。それが芙紗子さんであるとしっていたら、コンクールの席上芙紗子さんの挙動に注意されたでしょう。ところが先生はそれをしっていられなかった。しかも、

一方、先生はねらわれているのは、加納さん、あなただとばかり信じていられた。だから、いまにして思えば、あのコンクールの席での江川先生の全神経は、加納さんを危害から守ろうとすることに集中されていたようです」

加納辰哉も一柳悦子もいまにして思いあたるのか、頭《こうべ》をふかく垂れてうなずいた。等々力警部も思いあたる節があるらしく、無言のままうなずいている。

「ところが、その加納さんになんのこともなくコンクールは無事終了し、あなたは勇躍マダムといっしょに街頭行進に出ていかれた。そのとき江川先生はおそらく心中こうつぶやかれたことでしょう。やれやれ、これで無事に終わって結構結構。マダムさえついていれば加納のやつも大丈夫……と。そして、ほっと気をゆるめられた瞬間、はからずも悪魔の設けておいた罠に落ちたというわけです」

金田一耕助の言葉が切れると、一座はしいんとした沈黙のなかに落ちこんだ。

台風は依然北進をつづけているらしく、波の音はいよいよたかく、座敷を吹きぬける風も、しだいに勢いをましていく。そのなかにあってきれぎれにつづいているのは女たちの歔欷《きょき》の声である。泣いているのは悦子だけではない、加藤達子も久米恭子も目にハンカチを押しあてている。

「さて、さきほども申し上げましたとおり、それが江川先生であった、すなわち悪魔の籤をひかれたのが、そこにいられる加藤さんのこのうえもなく敬愛していられる江川先生であったということが、犯人たちにとっては致命的なエラーになったわけです。加藤さんはそれが江川先生であったがためにふるい立たれた。ふたりの医者や愚かなわれわれが、心臓障害であろうなどと、安易な解釈をくだしているあいだに、加藤さんはいちはやく証拠のゴムまりを押収しておかれたばかりか、古垣先生に招電を発せられた。このことがなければ江川先生のご不幸は心臓麻痺と簡単にかたづけられ、さらに第二、第三の殺人がつづいたことでしょうから、思えばこんどの事件の殊勲甲はなんといっても加藤さんですよ」

「金田一先生」

と、捜査主任は目をみはって、

「第二、第三の殺人とおっしゃいますと、マダムと芙紗子のことですか」

「いや、そうそう、芙紗子さんのことは正雄君にとっては予定外だったと思うんです。思いがけなく悪魔の籤に当たったのが江川先生であったがために、心臓麻痺ではすまなくなり、しかも江川先生は芙紗子さんにとって、かなり身ぢかな人物である。そのことが芙紗子さんを動揺させ、それがひいては正雄君に不安を誘ったのでしょう。そこでいつものとおりの密会法、つまり芙紗子さんがひとりでヨットを沖へだし、そこで泳ぎの達者な正雄君と落ち合うという方法で、正雄君が芙紗子さんを誘いだし、みなさんもご承知のとおりの方法で殺害したのでしょうが、あれはむしろ正雄君としては番外殺人だったんでしょうねえ」

「と、すると、第二の殺人はマダムとして、第三の殺人とおっしゃるのは……？」

「ここにいらっしゃる恭子さんですよ」

あっ、とばかりに一同の視線は恭子のうえに集中され、恭子はくちびるの色まで蒼ざめて、小鳥のように肩をふるわせている。

「恭子さん」

「はい……」

「あなたはあなたのお母さんの不幸な事故死以来、その責任が正雄君にあるのではないかという疑いを、抱きつづけてこられたのではないのですか」

「はい」

「それをあの抜け目のない正雄君が気づかないはずはありませんね。あなたは火曜日の夕方、正雄君と波打ちぎわを歩いていられたようですが、途中できゅうに別れてかえってこられたですね。あのとき、なにかあったのですか」

「はい、あのときは……」

と、恭子はいまさらのように、おもてに恐怖の色をみなぎらせ、くちびるをわなわなふるわせながら、

「正雄さんがあたしを、ひとけのない鷲の巣峠へひっぱっていこうとしたので、急に怖くなったので逃げてかえったんですの」

「ああ、そう、それはよかったですね。あのときぼくはたまたま屋上テラスにいたのです。しかも、ちょうどさいわいそばに双眼鏡があったものですから、あなたのうしろ姿

を見送る正雄君の表情をはっきり見たんですよ。それは世にも凶悪な形相《ぎょうそう》、あきらかに
ぼくはそこに殺意らしきものを感じたのです」

「正雄のやつ……正雄のやつ……」

と、加納辰哉は面目なげにうなだれて、しきりに歯ぎしりをかんでいる。

「それでねえ、主任さん」

「はあ」

「ぼくはこう考えたのです。試験殺人が失敗し、芙紗子さんが死んだ以上、マダムは当分安全であろうと。しかし、双眼鏡でみた正雄君の表情からして、マダムよりむしろ恭子さんのほうが危ないのではないか。しかも、それは焦眉《しょうび》の急をつげているのではないかと。だからことを急がなければならないし、ことを急ぐには多少のインチキ手段もやむをえないであろうと」

「インチキ手段とおっしゃると……？」

「あっはっは、いや、これですがね」

と、取りだしたのはこのあいだの晩、手品使いのような手つきで、金田一耕助が一同に示した、いわゆる芙紗子書簡と称する桃色の封筒である。

「それがインチキとおっしゃるのは……？」

「どうぞ内容をお改め下さい」

捜査主任はふしぎそうに、封筒のなかみを引きだしたが、つぎの瞬間、あっという驚

きの声が一同のくちびるをついてでた。捜査主任がひろげてみせる五枚の便箋が、ことごとく白紙であったのには一同啞然《あぜん》たらざるをえなかった。

「き、金田一先生、それじゃ芙紗子の手記というのは……？」

「主任さん、そんなものがあったらすぐあなたにお渡ししたでしょうよ。ま、ま、警部さん、そんなにブーブー鼻を鳴らさんでくださいよ」

じじつこのとき等々力警部は、金田一耕助のやりかたを非難するように、ブーブー鼻を鳴らしていたのである。

「だけど、マダム、あなたはこの芙紗子書簡を偽物だとお見破りになったのではありませんか。あのときあなたにちょっと拝見といわれたときには、ぼく、正直の話、脇の下につめたい汗が流れたんですよ」

「たいへん失礼申し上げました。その上書き、どなたがお書きになったのか存じませんけれど、芙紗子さんはそんなに字がお上手ではございませんでしたから」

「あっはっは、そんなにおっしゃると加藤さんが恐縮なさいますよ。ぼくのインチキの共犯者は加藤さんですからね。しかし、ねえ、加藤さん」

「はあ」

「あなたもあの席にいられたのだからご存じでしょうが、正雄君に致命的な打撃をあたえたのは、ラスコルニコフの台詞《せりふ》でしたね」

「はあ」

「ところが、そのラスコルニコフの台詞というのは、江川先生がリップ・リーディングで読みとっておかれたものなんですから、結局、江川先生がみごと敵《かたき》を討たれたのもおなじことだとお思いください」

「はい、先生、ありがとうございます」

加藤女史はちょっとのどをつまらせて頭をさげた。

そこにしばらく味の濃い沈黙があり、一同は波の音に耳をかたむけながら、ひとそれぞれの想いにふけっていたが、とつぜん、

「金田一先生」

と、加納辰哉がうめくような声で呼びかけた。

「はあ……?」

「わたしは、……この加納辰哉はいったいどうしたらよいのです。正雄のような悪い甥をもったうえに、江川という唯一《ゆいいつ》無二の親友、相談相手をうしなった今浦島のこのわたしは、このもちどうして日本で過ごしていったらよいのです」

「加納さん、よくご相談下さいました」

と、金田一耕助は欣然たる面持ちで、

「それでは僭越《せんえつ》ながら江川先生に代わってご忠告申し上げましょう。あなたは一日も早くマダムと結婚なさることですね。マダム、いかがでございますか」

「先生、ありがとうございます。加納さんがそれを望んでくださるならば……」

と、神妙に答えたものの、その首筋にちった血の色を、金田一耕助はうつくしいものにみながら、

「それではひとつマダムにお願いがあるんですが……」

「はあ、どういうことでございましょうか」

「これは少し立ち入りすぎたことですし、また、あなたみたいなかたには釈迦《しゃか》に説法かもしれませんが、あえて江川先生にかわって提案させていただきますと、正雄君というひとがいなかったら、ここにいられる恭子さんは、当然、加納さんの養女になられたかたです。恭子さんは財産をもっていられるかたですが、たったひとりの肉親の母と、そのお母さんのよき相談相手であった江川先生を、ともにこの事件のためにうしなわれた孤独なかたですし、それに恭子さんは芙紗子さんとちがって、きっとあなたがたのよいお嬢さんにおなりでしょう。そのことをおふくみおき下されば幸いというものです」

「先生、ありがとうございます」

と、このあいさつは期せずして、加納辰哉と一柳悦子の口から同時に出た言葉であった。恭子は黙って泣いているが、その涙はけっして金田一耕助の提案に対して、抗議するものではなかったであろう。

台風の余波をうけて望海楼の日本座敷を、涼しい風が吹きぬけていく。

解説

中島河太郎

「支那扇の女」などと並んで、短篇を長篇化して書下した作品で、昭和三十六年一月に刊行された。

三十年ごろ金田一耕助は、緑ケ丘町緑ケ丘荘に居を構えていた。この作品には彼の生活ぶりが点描されていて、二枚目半の探偵に好意を寄せているファンには楽しい。

東京での事件で商売仇であると同時に、協力者でもある等々力警部が、刑事に訊《き》かれる場面がある。あの先生は「ああしていていくらかでも収入になるんですかね」という疑問は、われわれもかねて抱いているところを代弁してくれたのだ。

「収入になるのは五件に一件くらいじゃないかな。けっきょく、好きでやってるってかたちだな」

いちばん親しい警部のことばだから、多分信じていいだろう。

金田一はしばしばオケラになる場合がある。警部に煙草《たばこ》をめぐんでもらったり、アパートの管理人のおばさんから三千円借りたりする。その代り、時たまどかっと金が入ると、うまい物を食べて回ったり、ふらりと旅行に出かけたり、管理人夫婦に豪勢な贈り物をしたりという具合だ。

この物語の背景は昭和三十年も押し詰まった十二月二十二日の夜である。独り身の金田一には別に歳末年始もないが、かつてひと肌ぬいだことのある夜の蝶の紹介で、やって来たのが同僚の女給だった。西銀座の淋しい一角で殺人犯とぶつかって顔を見られたのがこわいのと、被害者の女性が恋仇だったから、自分が疑われたくないという理由で、自分の名前を出さないようにして、助けてほしいとの頼みである。

さらに彼女が付け加えたのは、凶器と思われるハット・ピンと、奇妙な手紙の切れ端を持参したことと、死体発見場所が殺害現場とは違っているという重要なことばかりだった。

金田一は依頼者の名を伏せて、お馴染《なじみ》の等々力警部らを殺害現場へ案内した。カシワの血で偽装されたのが目くらましになって、ここで凶行が行われたことは誰にも気づかれなかったらしい。レストランの裏口の前で、財界の巨頭がこの店のマダムのパトロンだ。

一方、金田一への依頼者と被害者は恋仇といったが、それはプロ・ボクサーを挟んでの争いで、ボクサー自身はマダムXとドライブしていて、アリバイを申し立てるのだが、マダムの名は絶対に明かせないと頑張っている。また被害者は戦後派の怪物と称せられる実業家をパトロンにしており、錚々《そうそう》たる人物が続々登場して、女給の殺された波紋はどこまで波及するか見当がつかない。

金田一はあくまでも依頼者の秘密を守りながら、彼らの陥った窮地から救いあげてやらなければならぬ。捜査権や機構をもたぬ一私人のかなしさは、当局と対立抗争することはできない。そこで等々力警部の評のように、あのひとは出し抜きはしない、最後は協力してくれる。だけど、なかなか手のうちは見せないということになるのだ。すなわち「利用したりされたりというところ」なのである。

依頼者のほうも決して素直な連中ばかりではない。自分の都合の悪い部分はひた隠しにして、名前が出ないようにうまく処置してくれという、虫のよい要求が強い。

金田一は被害者のパトロンで、戦後派の怪物と称せられる男の烈々たる凝視にも屈しない。あなたは進退きわまったわけだから、絶対にこの金田一耕助が必要になってくる。そうなると、わたしもモリモリ闘志が湧いてくる。あなたを陥れたわな、つまり運命のわなに対してですねと、堂々と言い放つ。

相手の怪人もついにかぶとをぬいだ。

「失礼いたしました、金田一先生、あなたはファイターでいらっしゃる」

「見かけによらず……と、おっしゃりたいんじゃないですか」

と、一矢を報いる。

「しかし、金田一先生、秘密は守っていただけるでしょうね」

「わたしはひとさまのスキャンダルにはちっとも興味がない。ただし、事件に直接関係がある場合はべつですよ。それにこういう秘密をタネにしてゆすろうなんて野心もない」

「存じております。それでいつもピーピーしていらっしゃるとか」

これには金田一も一本お面《めん》をとられた。実はカラッケツで管理人のおかみさんから三千円借用に及んだ。「そこへあなたからのお電話です。しめたッ！　と思いましたね。いいカモが飛び込んでくるぞォとね」と、あけっぴろげの態度が、彼の魅力であり、信頼感を増すゆえんである。

金田一は相手がぜひ秘密を守り通したいなら、うそのアリバイで押し通せと勧める。それが警察にばれたらと危惧すると、暴露する前に事件が解決して、真犯人がつかまったとしたら、あなたのアリバイなんか問題じゃなくなるという。相手の大物も気を呑まれて、「自信満々でいらっしゃる……」とひやかすと、「しょうばいですからね」と小面《こづら》憎い答えが返ってくる。そして彼はとるべきところからは、相応の謝礼をせしめるのだから、彼の収入を案じる読者を安心させるのだ。

この事件が俄然《がぜん》、局面の進展を見せるのは、金田一が第一の殺人の起った時間、場所に、近くであった轢き逃げに注目してからである。彼はこのほうの捜査を多門修に依頼する。多門については「支那扇の女」のなかで、簡単に紹介しておいたと著者は記しているが、実はその事件は昭和三十二年八月二十日に起り、この「扉の影の女」の事件は三十年十二月二十一日だから、登場の順は逆になっている。短篇の長篇化の過程で生まれた人物だけに、不審に思われる読者にちょっと断っておきたい。

このアドベンチュラーは金田一にひどく傾倒して、彼の股肱《ここう》をもって任じており、私設助手としてきわめて有能である。警察と即《つ》かず離れず、しかも独自の調査も進めなければならない金田一にとって、うってつけの手足であった。かつての由利先生が新聞記者三津木俊助とコンビを組んだように、ひとりぼっちの金田一を助けて、当局の察知し得ない面をさぐるために活躍する。

　等々力警部は金田一の金欠病を察して、妻からと金を貸すほど思いやりがあって、彼をほろりとさせるが、同時に商売仇でもあって、金田一・多門の行動も決して見逃さない。西銀座の片隅で刺された女性の死体消失の蔭には、現代世相の複雑な陰翳《いんえい》が錯綜《さくそう》していて、それを解きほぐすには、警察当局の正攻法だけでは関係者の口は堅い。金田一のようにプライヴェートな部分にはわれ関《かん》せずという態度で、しかも頼《たの》もしい推理力の持主なら、個人的秘密も打ち明けられるのだ。彼はその信頼感をフルに活用して、雪のクリスマス・イヴに事件の終止符をうっている。

　この金田一が東京近郊の海水浴場鏡が浦のホテルに滞在し、等々力警部を招いたときに起ったのが「鏡が浦の殺人」で、昭和三十二年八月号の「オール読物」に発表された。

　この地で催されるネプチューン祭の最大の行事、美女コンクールの審査員にこの二人がとうとうひっぱり出される羽目になった。ところが審査が終って、委員長の教授が腰をおろしたとき、ゴム鞠に仕込まれた毒で殺されたのだ。

　教授はその前日、沖のヨットで殺人の相談をしているのを、読唇術で読みとったという。この会話の取り交わされた時分には、教授はまだ犠牲者として想定されていなかったはずだから、犯人たちが槍玉にあげようとしていたのは、別にいたはずである。

果たしてつぎの事件が起った。聾啞の教授の孫娘が亡くなった祖父を偲《しの》んで沖を眺めていたとき、ヨットの沈みかけているのを見つけた。船上の人は「ヒトゴロシ……」と叫んだのを、これも読唇術でよみとったのだ。

金田一は一か八か、関係者一同を集めて話をすることを提案した。二人の遺体のある隣りの座敷を使って、舞台効果も考えてある。彼はのっけから事件の真相も、犯人の正体も明らかになったと断言した。彼はつぎの殺人を予想して、その先手をうった。警察なら許されないことだが、その点は自分が責任をとることにして、多少のインチキをあえて試みて、見事に犯人の追いこみに成功する、そのあとの関係者に対しての温かい心くばりも、彼ならではの厚意に溢れて、惨劇の痛ましさをやわらげている。

本書は、昭和五十年十月に小社より刊行した文庫を改版したものです。なお本文中には、女給、女中、たかがバーの女が殺された、同性愛病患者、性欲倒錯者、労務者、片輪、ホモ、気違いなど今日の人権擁護の見地に照らして、不適切と思われる語句や表現がありますが、作品全体として差別を助長するものではなく、また、著者が故人である点も考慮して、原文のままとしました。

（編集部）

扉《とびら》の影《かげ》の女《おんな》

横《よこ》溝《みぞ》正《せい》史《し》

昭和50年 10月30日　初版発行
令和３年 12月25日　改版初版発行

発行者●堀内大示

発行●株式会社KADOKAWA
〒102-8177　東京都千代田区富士見2-13-3
電話　0570-002-301（ナビダイヤル）

角川文庫 22959

印刷所●株式会社暁印刷
製本所●本間製本株式会社

表紙画●和田三造

●お問い合わせ
https://www.kadokawa.co.jp/（「お問い合わせ」へお進みください）
※内容によっては、お答えできない場合があります。
※サポートは日本国内のみとさせていただきます。
※Japanese text only

ISBN 978-4-04-112068-2　C0193

◇◇◇